U0373282

文化诗学理论与实践丛书

北京师范大学文艺学研究中心、

文学院211工程三期重点学科建设项目

主编：童庆炳、赵勇

文化诗学理论与实践丛书

蒋原伦 著

20世纪中国文学史研究观念的演变

北京大学出版社
PEKING UNIVERSITY PRESS

图书在版编目（CIP）数据

20世纪中国文学史研究观念的演变 / 蒋原伦著. —北京：北京大学出版社，2019.5

（文化诗学理论与实践丛书）

ISBN 978-7-301-30188-3

Ⅰ. ① 2…　Ⅱ. ①蒋…　Ⅲ. ①中国文学 – 现代文学史 – 文学史研究 ②中国文学 – 当代文学 – 文学史研究　Ⅳ. ① I209.6

中国版本图书馆 CIP 数据核字（2019）第 001184 号

书　　名	20 世纪中国文学史研究观念的演变 20 SHIJI ZHONGGUO WENXUESHI YANJIU GUANNIAN DE YANBIAN
著作责任者	蒋原伦　著
责任编辑	张文礼
标准书号	ISBN 978-7-301-30188-3
出版发行	北京大学出版社
地　　址	北京市海淀区成府路 205 号　100871
网　　址	http://www.pup.cn　　新浪微博：@ 北京大学出版社
电子信箱	pkuwsz@126.com
电　　话	邮购部 010-62752015　发行部 010-62750672　编辑部 010-62767315
印 刷 者	三河市北燕印装有限公司
经 销 者	新华书店
	650毫米×980毫米　16开本　18.5印张　239千字
	2019 年 5 月第 1 版　2019 年 5 月第 1 次印刷
定　　价	48.00 元

序

陈丹晨

中国文学史的学习和研究是一个比较专业的问题。20 世纪 50 年代我在大学求学期间，我们是第一届五年制本科，中国文学史是中文系最主要的课程，要整整学四年，每周的课时也最多。其他文科各专业也都要学此课目，不过时间没有这么长而多，所谓公共课，也是必修的，可见其重要。因为研究和教学的需要，关于中国文学史的教材和论著甚多。它自身好像也已成为一门学科，有其特殊的发展和变迁的规律和内在联系，需要人们研究和探寻，已有一些学者精心研究写作中国文学史的学术史。原伦君的新著《20 世纪中国文学史研究观念的演变》就是其中最新的一部。

研究“文学史”，首先遇到的一个问题就是什么是“文学”？文学的“本质”是什么？可谓各有各的理解。中国文化史上出现的各种文字作品，曾经有过的“经史子集”分类其实就有互相交叉重叠。知名的文学家写的也不都是文学。有人将文学研究分为内部和外部两个系统。也有人称文学是“生活的百科全书”，这样凡是与人类的生活思想感情有关的都可能入诗（文学）的描述范围。有的强调语言艺术，有的强调想象和虚构世界……因此，文学涉及的方方面面是广泛浩瀚的。这就为研究者造成了一个困境，难以做到包罗万象、巨细无遗。于是就有了不同的着重点，不同的视角，研究写作文学史就出现了精彩纷呈的局面。

原伦君筚路蓝缕，先从文学观念的差异立论，将有关史料进行爬梳整理，理顺一个头绪和线索。他探讨了尼采、福柯等一大批西方学者的“谱系学”或本质论等来观照文学本体中的相互作用和关系。他也探讨了近代中国学者研究和写作文学史时，对文体、分类、分期、品评、体例等涉及文学观念而存在的歧义，在不同程度上与“谱系学”本质论等既有同构又各呈自己的审美经验和标准。有一点类似的是都强调从文学内部的递演、嬗变和传承来考察、论述其相互间的“谱系”和“史”的意义。

原伦据此对已有的中国文学史写作，选出数十种最有代表性的曾经产生较大影响的著作，如胡适的《白话文学史》，是从文学语言的角度进行史的论述。他认为白话文学的范围是把古代文学中“那些明白清楚近于说话的作品”，即有生命力的口语化的文学作品作为研究对象：“白话文学史就是中国文学史的中心部分。中国文学史若去掉了白话文学的进化史，就不成中国文学史了……”[胡适:《白话文学史》(上)，第13、12页]原伦认为文学作为语言的艺术，胡适的研究从语言角度切入研究，正是文学本质论的一种实践。继之又有郑振铎的《中国俗文学史》，循着胡适的“活文学”思路，以创作和流传于民间的、大众的、通俗的文学包括口头创作为研究对象。到了他的《插图本中国文学史》则强调文学是“人类的最崇高的精神与情绪”的演化和传承，仍然视文学的本质为情感的表达。到了刘大杰的《中国文学发展史》，他更明确地主张“文学发展史便是人类情感与思想发展的历史”，同时也开始注意到“每一个时代文学思想的特色，和造成这种思想的政治经济、社会生活、学术思想以及种种环境与当代文学所发生的联系和影响。”[刘大杰:《中国文学发展史·原序》(上)，第1页]原伦称他“将文学史当作人类的心灵史或精神生活史”进行研究。对于诗人林庚的《中国文学史》

则被认为是“将文脉的流播作为书写的主要线索……真正是一本以描述文学主潮流变为使命的文学史”。

在此期间，先后受西方或苏俄文艺思潮的影响，建立在反映论哲学思想基础上的现实主义文艺创作日益活跃。这种思潮本应是文学题中应有之义，但是在机械唯物论、唯阶级论、庸俗社会学的主导下，偏离了文学研究的正常学术规范走到了极端，“最为彻底最为突出的是”北大学生撰写的所谓“红色文学史”，这原本可以不在讨论范围之内。因为它完全是当时“大跃进”政治运动中文化学术界最有代表性的政治性产物之一。虽然得到官方热情支持和宣传，评为先进，以至风靡全国，影响各个高校兴起一场学生（连刚进校门的低年级）写书的热潮。事实上却是朝生暮死，几个月后，连作者自己都感到站不住脚而要重写。稍后，原伦又以刘大杰为个案，分析他三次修订，特别是“文革”期间把本有很高声誉、有个人才情特色的著作，违心曲意修改得连他自己后来都感到痛悔。这些历史事实证明科学研究是不能用政治运动替代的，鼓噪起哄是没有生命力的。科学就是科学，只有老老实实，一切从事实出发，遵从科学自身的规律，才会有真正的创新和进步。

但是，其后在反映论文学观指导下的“文学史话语方式的影响横跨了半个世纪之久”，以游国恩等主编的《中国文学史》为代表，原伦认为它是“比较成熟的文学史著述”，同时对此以及其他各家的著述都作了详尽的列举和分析；20 世纪 90 年代，有了章培恒、骆玉明主编的新作，原伦认为他们“提出了情感论的文学史观念。这是对 20 世纪 50 年代以来的反映论文学史观的一个反拨”，“将文学的情感功能和‘人性发展的过程’联系起来”，以此考察几千年的文学历史，使人们一新耳目。其他如袁行霈等主编的《中国文学史》也都受到他的注意和评述。尤其是龚鹏程的《中国文学史》系独力写作完成，原伦说他“最为有个人色彩”，体例建构、内容叙述，都有别出心裁，“新见迭出”，因此有更详尽的评论。

原伦执教于北京师范大学、同济大学，对中外文艺理论特别是西方现代文艺理论有较深的造诣；主编《今日先锋》，致力于介绍先锋文艺思想理论。本著在详尽占有材料的基础上，广征博引，议论恣肆，不仅从纵的史的角度对中国文学史的学术研究作了理论性论述；还选择了例如文学史的建构、文人作品和民间文学（即雅和俗）、思想内容和艺术分析的两分法，以及传统文学与现代创作等专题，在浩瀚的文学作品和文学史论著中，撷取大量有代表性意义的实例，引述各家识见、多种观点互相参照，比较短长得失，进行客观的评述。因而使这本论著既有丰厚的史料实证，又有坚实的理论阐释。

从原伦引述的各家编著的《中国文学史》，又一次说明任何学术研究的创新关键在于自由开放的思考和深入独创的评说，无论是反映论、情感论、精神史、心灵史、活的语言文学史……都是从不同视角切入，探索寻找文学发展的内在规律，予以实证和有力的论述，却又都是文学范畴之中应有之义，展示了有三千年绵延不断的繁复深远的文学发展历史。原伦揭示了长期以来因为非文学因素的影响，独尊反映论和思想艺术两分法，陈陈因袭成了套路，文艺批评囿于旧说而无生气和新意的现象；同时，他用相当篇幅论述近些年文学史研究的突破，对新出现的一些文学史研究新成果作了热情的介绍和叙述，这也是本书一大特色和贡献。

文学史本是专业性很强的学科，研究文学史写作相对来说更是冷僻。原伦 1987 年于北师大硕士毕业，应聘到《文艺报》来工作，我们也算是多年同事，他好学而耽于思考，学养丰赡，这次选择这样的课题本身就是一次涉险的学术之旅，精神可嘉。他耗费多年心血，广泛阅读原著文本，积累材料，以中外古今各家文艺理论宏观高瞻，且又聚焦具体的文本作为典型剖析，更具说服力。这样苦心孤诣求真求实的学风在今日显得特别可贵可嘉，也因此有了厚实的学术成果。我应原伦之邀，作为第一读者谈一些粗浅之见，勉为其序，正好借此就教于读者。

2017 年 9 月 17 日

目　次

第一章　文学史：从系谱论到本质论

一

开卷钱基博的《现代中国文学史》，很有阅读快感，其著述文字酣畅淋漓，遒劲有力，一路读来，作者饱满的情绪力透纸背，笔触所到，有如苏轼所说的，常行于所当行，止于不可不止……但是另有一种怪怪的错愕的感觉挥之不去，这感觉来自他的编排体例。

该体例除了绪论和编首，正文分上下两编：上编为古文学，下编为新文学。在古文学编中又分“文”和“诗”两部分。文的部分，有魏晋文、骈文、散文；诗的部分则有中晚唐诗、宋诗、词、曲；下编新文学则分新民体、逻辑文、白话文三大部分。

说实话，最初翻检此书时，我略有眩晕：以为作者的现代文学史，就是指全书第二编的新文学，但是既然现代文学是指新文学，古文学怎么占了几近全书的三分之二的篇幅？这与全书宗旨不符呀。另外古文学怎么会只从王闿运和章炳麟开始？骈文怎么只写刘师培等人？

定下神来琢磨，才弄明白，作者的现代文学史是从晚清开始的，不是从五四新文学才起始，所以像我们列在近代史课本上的一干文人如王闿运、陈三立、张之洞、王国维等就进入到现代文学史的视野之中。当然更主要的是钱基博的文学史范畴是以文体作分野的，他将王闿运、廖平、吴虞、章炳麟、黄侃和苏曼殊等的文体作为魏晋文章的余脉来看待，将刘师培、李详等视作骈体文的传人，所以一部现代中国文学史竟然以“魏晋文”“骈文”等古代文体为其作开场锣鼓。接下来可以想见，作者是怎样来安排其章节和文学人物，并将他们对应起来。如“中晚唐诗”一节对应樊增祥、易顺鼎等人；“宋诗”一节中对应陈三立、张之洞、郑孝胥等人。当然为了这种编排体例，作者给出了充分的理由，如对王闿运的评价：“故其为文悉本之《诗》《礼》《春秋》，而溯庄、列，探贾、董，旁涉释乘；发为文章，乃萧散似魏晋间人；大抵组比工夫，隐而不现，浮枝既削，古艳自生。”[1]

同样，该文学史将刘师培列在“骈文”的名目之下，也是文体上的原因：“师培与章炳麟并以古学名家，而文章不同。章氏淡雅有度而枵于响。师培雄丽可诵而浮于艳。章氏云追魏晋，与闿运文为同调。师培步武齐、梁，实阮元文言之嗣乳。”又说“师培于学无所不窥；而论文则考型六代，探源两京……”[2]

这样读者就很好理解，他因为樊增祥、易顺鼎等诗风相近，“颇究心于中、晚唐”而将他们归在一处，其实按樊增祥的自述，他自己是转益多师，“所蓄既富，加以虚衷求益，旬煅季炼，而又行路多、更事多，见名人长德多，经历世变多，合千百古人之诗以成吾一家之诗”[3]。

钱基博现代中国文学史的写法，虽然体例独特，倒不是没有来由，在下文中我会详细论述。这里还是先回到我所说的错愕的感觉，这种感

[1] 钱基博：《现代中国文学史》，江苏文艺出版社，2008年，第38页。

[2] 同上书，第115页。

[3] 同上。

觉是对自己已有的知识结构的一种撞击，因为我以前所了解的现代文学史、中国文学史，甚至国人写的西方文学史，如欧洲文学史等都不是这样的写法。我以往所了解的文学史一般的写法，是将时段分开，在每一时段开始前有一个关于该时代的概说、概观或导言等，先要把这一时段的社会经济、政治状况介绍一番，然后才轮得上文学，最后才落实到具体时代的具体作家。即以影响比较大的几种文学史为例，无论是刘大杰1949年版的《中国文学发展史》，还是游国恩等1963年主编的《中国文学史》，或同一时期，中国科学院文学研究所余冠英主持的《中国文学史》、还是1990年代前后由章培恒等人主编的《中国文学史》、袁行霈主编的《中国文学史》，都在每一社会阶段的开端，对社会形态和政治、经济状况先作简要介绍，似乎形成一种套路，不先谈社会大背景、经济和政治状况，不对生产力和生产关系有所了然，就不能直接进入文学层面的内容（刘大杰在其1962年的《中国文学发展史》修订版中，主要是添加了这方面的内容）。

我原先所熟悉的文学史体例结构中不包含钱基博这种以文体特点为分野的写法，我以前读过的文学史是1950年代以来陆续出版的，特别是北京大学1955级学生集体编撰的《中国文学史》，开一代风气，[1]这种写法是受到两种西方思想的影响，一是本质论和反映论思想，另一是马克思主义的经济基础决定上层建筑和意识形态的思想。虽然在“文革”结束后，人们会以“左”“受极左思潮影响”“受政治运动冲击”等评价来论及那时的一些学术思潮和著述，但是基本的路数和意识形态是从上述方面而来，有其学术思想方面的深刻原因，只不过有的极端，有的相对中肯一些。

[1] 例如游国恩等主编的《中国文学史》，在其说明中就直言其影响。

钱基博有没有受以上西方思想的影响？很难判定。按照有关资料的介绍，钱基博年轻时“一心向往学习西学”[1]，而且在1920年代初在上海的圣约翰大学当过教授，处于时代潮流之中，不可能不受西方思想影响。但是从现代中国文学史的写法上看，显然没什么影响（尽管从他的《现代中国文学史》写成的年份看，各种西方思潮，包括马克思主义都已经进入中国），当然如果钱基博写的是古代文学史而不是现代文学史，体例的独特性就不会那么明显，他在若干年后写的《中国文学史》，其体例和其他同时代的文学史大致相同。1920年代，他在将那么一群文化人写进文学史时，没有将他们以年代划分，比如以同治、光绪、清末、民初和北洋时期来划分，而是以文体流别来区分，是十分自然的事情。因为朝代的更替是相对外在的，文脉的延续和流传则是更加直接的，更何况这一时段中的文化人，有的是作者识面的前辈，有的是同辈人，处于大致相同的文化氛围中，遭受同样的时代变迁，在同样的社会历史大背景下，各自创作风貌的差异显然不能用时代来解释，也不能简单以前朝的流风余韵来说明。

这里就不能不说到中国文学研究传统。

中国的文学研究传统是关注文章流别的传统和系谱研究传统。这一传统可谓源远流长。近人刘师培在其《搜集文章志材料和方法》一文中特别强调了这一方法：

> 文学史者，所以考历代文学之变迁也。古代之书，莫备于晋之挚虞。虞之所作，一曰《文章志》，一曰《文章流别》。志者，以人为纲者也；流别者，以文体为纲者也。今挚氏之书久亡，而文学史

[1] 尹艳秋编著：《近现代苏南教育家概览》，苏州大学出版社，2013年，第46页。

又无完善课本，似宜仿挚氏之例，编纂《文章志》《文章流别》二书，以为全国文学史课本，兼为通史文学传之资。[1]

应该说，这一见解不是为刘师培所独家秉持，也是当时北京大学一干文学教授的共识，《北京大学日刊》于1918年5月2日登载的国文教授会议议决的“文学教授案”似可为此佐证，其关于文学史课程的开设有如下说法：

教授文学史所注重者，在述明文章各体之起源及各家之流别，至其变迁。递演因于时地才性政教风俗诸端者，尤当推迹周尽使源委明了。

教授文学所注重者，则在各体技术之研究，只须就各代文学家著作中取其技能最高，足以代表一时或虽不足代表一时而有一二特长者，选择研究之。[2]

可见，“文章各体之起源”和“各家之流别”是20世纪初文学史研究的主要对象，没有什么大的争议。大家之所以对此见解比较一致，缘由是古文论中早有这一传统。刘师培将之追溯到了晋代的挚虞。挚虞的《文章流别集》四十一卷虽然亡佚，但是还有《文章流别论》存世，所谓流别是既强调“流”又区分“别”的，但后人更看重的是“别”，如郭绍虞主编的《中国历代文论选》认为《文章流别论》“之所以值得重视”，重要理由之一就是“因为它把文章的体裁区分的更细”。经由挚

[1] 刘师培：《中国中古文学史讲义》，上海古籍出版社，2000年，第114页。

[2] 转引自陈平原：《不该被遗忘的“文学史”》，见《早期北大文学史讲义三种》，北京大学出版社，2005年，第620页。

虞，难怪刘勰的《文心雕龙》中搜集和囊括了那么多文体，从《明诗》到《谐隐》，由《史传》至《书记》，林林总总不下二十种。而在此之前，关于文体这方面的分辨有“文学”与“文章”之别，还有“文”与“笔”之分野，有奏议、书论、铭诔、诗赋之归类，所以梁元帝在其《金楼子·立言》中有“古之学者有二，今之学者有四”的说法。

如果说文章流别论，注重的是“别”，那么钟嵘的《诗品》因其鉴定和把握诗歌的流品，其要义在溯“流”，考镜源流，揭櫫递演。

作为中国较早的文学研究典籍，钟嵘的《诗品》用现在时髦的话来说，是文学（诗歌）系谱学研究的开山之作，一般文学研究者关注他的《诗品序》，认为这是诗歌“缘情说”的代表作。这么说当然没有问题。除了强调情感，对于诗歌创作的演进，从四言到五言的发展，对于五言的推崇，关于比、赋、兴三义怎样“酌而用之”，等等，钟嵘在《诗品序》中均有所言及，也都为《诗品》研究者所恒久关注。然而，《诗品》不仅仅是强调情感，讨论诗体的演进，更是确立了一种评价标准，即诗歌的品第或格调，否则不成其为诗品。

钟嵘认为，“昔九品论人，七略裁士，校以宾实，诚多未值”[1]，而自己的判断是有文本作依据的，因此要比九品论人可靠得多。他将汉以来的122位诗人分上、中、下三品：上品计有李陵、班婕妤、曹植、刘桢、王粲、阮籍、陆机等11人；中品计有曹丕、嵇康、陶渊明、鲍照等39人；下品有班固、曹操、王彪、徐干等72人。

钟嵘划分的标准，如按其《诗品序》开首“动天地，感鬼神，莫近于诗”之说，应该是以情感的真伪、情调的雅俗来判定其优劣，但是只要稍微关注一下《诗品》的正文，我们就能发现，其对诗歌的品评不是

[1] 以下关于《诗品》的引文，均见（清）何文焕：《历代诗话》（上），中华书局，1981年，第2—24页。

依据其内涵的情感真挚和强烈的程度而定，而是依据它们的源流血脉来判别的。上品诗往往血统高贵，它们来自《诗经》《楚辞》这样一个古老而久远的传统，有“文温以丽，意悲而远”这样委婉而高远的意境。如李陵“其源出于楚辞，文多凄怆”；曹植“其源出于国风，骨气奇高，词彩华茂，情兼雅怨”；刘桢“其源出于古诗，真骨凌霜，高风跨俗”；阮籍则“其源出于小雅……言在耳目之内，情寄八荒之表。洋洋乎会于风雅，使人忘其鄙近”。

至于中品诗，离源头已远，似没有一个诗人有资格直接承传《国风》《小雅》的。中品诗人的源流至多来自上品，如曹丕“其源出于李陵”，颜延之“其源出于陆机 ”，这还算有些来历，而陶渊明则比较惨，其源出于同为中品的应璩，应璩则“祖袭魏文”，还是在中品内打转转。中品还有许多诗人没有标出源流。是钟嵘无暇顾及还是不想再细细分辨？

论及下品诗人，钟嵘干脆就不标源流了。既然列为下品，显然其源流来自何处已经不十分重要了。因为他们离主流已远，流品芜杂，所以就三五个一拨，轻松打发。其中最为简略的是仅用 16 字就将七位诗人一起了断，正是惜墨如金。我们可以说这样的评判，未免草率，但是要对一百多诗人个个都作出精当的评断，本来就不是容易的事情，对排行榜的最后几名，人们不能有太高的期望。

钟嵘的判断是否公允、切中肯綮，另当别论，后人关注《诗品序》而少言《诗品》中具体的评价，表明钟嵘所确立的诗歌判断标准没有普适性，他对陶渊明的误判，或者说将这样一位被历史证明有久远影响的著名诗人列为中品，其趣味和鉴赏力引起了后人的批评和质疑。但是就现有文献看，钟嵘是第一个对诗歌创作的谱系作出描述并下判断的，他的评价和划分代表了那时的一种风尚，即崇尚古风。亦即钟嵘制作的这份诗歌“排行榜”不是以今天我们熟悉的市场法则或销售量来定夺的，而是以它们与诗歌的源头国风或骚楚“血统”的亲疏远近来定高下的，因此诗品上开首就有“古诗”赫然在目，“古诗”不知何人所作，只是“其体源出于国风”，故名列榜首。当然，正因为不知具体作者，也不知准确年代，有些许神秘色彩缭绕，使之平添三分魅力。

钟嵘所谓的“古诗”，是指由无名氏创作，并经由无名氏编选的汉五言诗歌集，其中除了陆机所拟14首，被他称为“文温以丽，意悲而远，惊心动魄，可谓几乎一字千金”。其外还有45首，“旧疑是建安中曹、王所制”(即创作或编选)。[1]这样，钟嵘所见的古诗集，当不少于59首。据说《昭明文选》中的“古诗十九首”，也是萧统从《古诗》集中精挑细选出来的。鉴于钟嵘的时代稍早于萧统，大致可以推断，萧统能见到的前人的选本，钟嵘应该也能见到。或许他们见到的是相同的本子。

这里不是想考证《诗品》所推崇的“古诗”是否包含“古诗十九首”，或者它们均出于同一个更古老的选本。只是想指出，钟嵘所推崇的“古诗”既是汉代五言诗最早的源头，也是五言诗中的翘楚和标杆，此外它们还有另一重价值，那就是它们源出于《诗经》和《楚辞》，承续了一个伟大的传统，即乐而不淫、哀而不伤、怨而不怒及言近旨远的传统。由此钟嵘为后人考订了一个大致的诗歌演进系谱。除了源出于《国风》《小雅》《楚辞》等，钟嵘还沿波逐流，细加甄别，将自己熟悉和认可的诗人归入到这样的源流之中，不管他们是其源出于李陵、出于陈思、出于公干者，还是出于仲宣、出于陆机者……其中出于陈思和仲宣者最众，似表明钟嵘更加“偏袒”建安七子，特别是欣赏他们“情兼雅怨”“高风跨俗”的诗风，并认为是建安一干诗人得五言古诗之真传，上承风骚之精髓，下启魏晋之风韵。而对于时人推崇的鲍照、谢朓等略

[1] (清)何文焕:《历代诗话》(上)，中华书局，1981年，第6页。

有讥刺，称这些人为轻薄之徒，因为他们竟然“笑曹刘为古拙，谓鲍照羲皇上人，谢朓今古独步”。[1]

钟嵘之前，刘勰已经有 “时运交移，质文代变”，“歌谣文理，与世推移”，“文变染乎世情，兴废系乎时序”[2]等说法，但是钟嵘从维护诗歌系谱的立场出发，既然认“古诗”为五言诗最高标杆，“建安风骨”是其嫡传，那么必然对时人的其他趣味大加质疑。他批评那些学习鲍照、谢朓的人“师鲍照终不及‘日中市朝满’，学谢朓劣得‘黄鸟度青枝’。徒自弃于高明，无涉于文流矣”。[3]所谓“无涉于文流”，就是不入流，不入诗歌之主流。不入诗歌之主流，当然就难入诗歌之堂奥。至此，钟嵘有关诗歌品第的评判立场和明源流溯谱系的考察方法昭然于文坛，并影响了其后一代又一代的诗家和文学（诗歌）研究思路。

说到谱系研究的传统，中国诗学的学术理路和现代西方的谱系学并不相同。中国的谱系学讲学统讲承传，西方现代人文学科的谱系学，例如尼采的谱系学思想，就是建立在对已有的旧说怀疑和质询的基础之上的，即通过词源学等方法来挖掘历史的碎片，并不是想维护某种统一的历史观，并为此寻找某一个确定的起点，恰恰相反，尼采“是要驻足于细枝末节，驻足于开端的偶然性”，来打破这种统一性。

按福柯的说法，“谱系学家需要历史来祛除起源幻象”，因为谱系学“并不打算回溯历史，不打算在被忘却的散落之外重建连续性；它的任务并不是给整个发展进程强加一个从一开始就已注定的形式，然后揭示：过去仍在，仍活生生地在现在中间，并在冥冥中唤醒它”。相反，谱系学“应该追寻来源的复杂序列，就要坚持那些在自身散落中发生的

[1] （清）何文焕：《历代诗话》（上），中华书局，1981 年，第 2—3 页。

[2] （南朝）刘勰《文心雕龙·时序》。

[3] （南朝）钟嵘：《诗品序》。

东西……揭示在我们所知和我们所示的东西的基底根本没有真理和存在，有的只是偶然事件的外在性”。[1]

其实，尼采的所谓道德谱系研究，并不是要在世界的背后寻找善与恶的起源，而是想追问：“人在什么条件下为自身构造了善与恶的价值判断？这些价值判断本身又有什么价值？迄今为止它们是阻碍还是促进了人的发展？它们是不是生活困惑、贫困、退化的标志？或者与之相反，它们自身就显现了生活的充实、力量和意志，或者显现了生活的勇气、信心和未来？”[2]

尼采从词源学出发，认为“善”这个词并非像那些道德谱系学家所想象的那样，从一开始就必然与“无私的”行为相联系。相反它产生于贵族的价值判断走向衰亡的时期。尼采认为，最早从古希腊时候起，“真诚”“高贵”“好”这些正面的词是贵族用来表达自身的，所以“善 = 高贵 = 权势 = 美丽 = 幸福 = 神圣”，而“平凡”“俗气”“低级”等词汇演变成“坏”的概念，是用来形容下等人的。后来，在漫长的话语争夺战中，在僧侣们最阴险狡诈的复仇行动中，加之道德上的奴隶起义，情势逆转，那些价值正面的词和概念被底层人们所篡夺、改变和拥有，故“惟有苦难者才是善人；惟有穷人、无能的人、下等人才是善人；惟有受苦受难的人、贫困的人、病人、丑陋的人，才是惟一虔诚的人，惟一笃信上帝的人，惟有他们才配享天堂的至乐”。而那些“高贵者和当权者，永远是恶人、残酷的人、淫荡的人、贪婪的人、不信上帝的人，你们将永远遭受不幸，受到诅咒，并将罚入地狱！”[3] 由此，尼采得出道

---

[1] [法] 米歇尔·福柯著，杜小真编选：《福柯集》，上海远东出版社，1998 年，第 150—151 页。

[2] [德] 尼采著，谢地坤译：《论道德的谱系》，漓江出版社，2000 年，第 3 页。

[3] 同上书，第 11—18 页。

德诞生于奴隶们的“怨恨精神”，而不是出于善，这样一种结论。尼采的“重估一切价值”十分重要的一环，就是对现有道德和善恶起源说的颠覆。

福柯重提尼采的谱系学，不是肯定尼采的价值立场，而是发扬其词源学的方法，重现“实际的历史”，以颠覆禁锢人们头脑的本质主义的历史观。在福柯看来，尼采的谱系研究开辟了一种历史研究的新途径，即“使实际的历史与传统历史相对立”的途径，“实际的历史打乱了通常在事件的突现与连续的必然性之间建立起来的关系。总有一种历史传统（神学的或理性主义的），倾向于将特殊事件纳入理想的连续性——目的论的进程或自然因果序列。而‘实际’历史要使事件带着它的独特性和剧烈性重现”。[1]

至于谱系学对于福柯，则是自己着手的《知识考古学》的理论向度的新拓展。知识考古学探讨的是某些知识和观念的生产和流变，其深层则展示历史演进的多样性和复杂性，以解构历史的统一性和连续性。当然，福柯将历史分解为多种话语和层面，知识考古学就是分门别类地来揭示这些话语的演化过程，而谱系学，按他自己的理解，具有实践品格。由知识考古学走向谱系学，就是由知识分析走向知识—权力的分析，故而在福柯那里，谱系学家就是致力于现代社会中权力、知识以及肉体之间关系的诊断学家。

中国的谱系研究，走的是另一条路径，中国的谱系研究和发掘是经验性的和考据性的，是为了确立或维护一种道统或学统，是为了加固某些随着时代的流变而可能失落和被丢弃的传统礼教和价值观。就如韩愈在其《原道》中所弘扬的尧、舜、禹、汤、文、武、周公、孔子之道，

[1]　[法] 米歇尔·福柯著，杜小真编选：《福柯集》，上海远东出版社，1998 年，第 157 页。

是试图以文化保守主义的方法强调文化的一致性和连续性，或者说为了某种理想，建构了文化的一致性和连续性。文学（或诗歌）的谱系研究还有另一重意义，就是给文学鉴赏和批评确立一种趣味标准和审美标准。

在中国的学术传统和思想传统中，由于没有本质论和反映论的根基（当然不排除个别学人、思想家在这方面有所建树），所以也不会产生类似西方现代意义上的谱系学。尼采、福柯等人的谱系学与本质论认识论呈反相关关系，正是在现代西方语境中，谱系学有其振聋发聩的开拓性意义。

西方学者在追溯认识论的现代源头时，往往追溯到笛卡尔的基础理论。海德格尔曾认为，从莱布尼兹以来，德国思想界所达到的高度，丝毫没能超越这个理论，而恰恰是在这基础之上展开了它形而上学的广度，并为19世纪的思想繁荣创造了前提。

与笛卡尔几乎同时代的中国学者黄宗羲，则走了一条以今天西方的眼光看似更为“现代”的路子，在其《明儒学案》中，他对有明一代的学术思想的递演、嬗变和各个流派的传承作了缜密而结实的梳理，考辨17个学派210个学者的思想学说，可谓其功厥伟。

诚然，钱穆在其《读刘蕺山集》中有言：“余少年读黄梨洲《明儒学案》，爱其网罗详备，条理明晰，认为有明一代之学术史，无过此矣。中年以后，颇亦涉猎各家原集，乃时撼黄氏取舍之未当，并于每一家之学术渊源，及其独特精神之所在，指点未臻确切。乃复时参以门户之见，意气之争。……故其晚年所为学案，已仅可为治明代儒学者之一必要参考书而止。”[1]

这里“指点未臻确切”，今人可以作两种理解，一是《明儒学案》

[1] 钱穆：《中国学术思想史论丛》（第7册），安徽教育出版社，2004年，第261页。

乃黄宗羲一人之力所完成，17 个学案，210 个学人，在材料的搜集、归纳和概述上，未免有疏漏和不当之处；二是见仁见智的问题，确切和未臻确切是可以进一步讨论的话题。说到“门户之见”，也是在所难免，人总有其局限性，黄宗羲浸淫王门心学日久，自然倾心于王门，在全书 62 卷中，王门各派就占了 20 卷。应该看到钱穆的批评是就《明儒学案》的内容而言，从方法和形式上讲，《明儒学案》远远领先于时代。黄宗羲所确立的学术研究框架，不仅为日后其弟子的《宋元学案》所遵循，也对两百多年后梁启超撰写《中国近三百年学术史》产生了很大的影响，这一框架几乎不必作大改动就可搬到当下中国思想史学术史的讲义中，搬到今天的大学课堂上。

这里不能不提到当年与梁启超《中国近三百年学术史》同样有影响的章太炎的《国故论衡》，这部被胡适称之为有“贯通的功夫”、精心结构的著述，可以说是具有某种谱系学理路的，依胡适当时的眼光，中国“这两千年中只有七八部精心结构，可以称做‘著作’的书，——如《文心雕龙》《史通》《文史通义》等——其余的只是结集，只是语录，只是稿本，但不是著作”。[1] 胡适对《国故论衡》的下卷“诸子学九篇”尤其青睐，认为其“别出一种有条理系统的诸子学”[2]。

而本文关注的是《国故论衡》中卷有关文学的篇章，章太炎显然对当时流行的狭隘的文学观及相关见解，不以为然，例如将文学从经史子集等各种文类中独立出来，给以命名，并以此将众多的历史文献划分为文学或非文学等。所以他在“文学总略”中从概念演变的角度梳理了文学观念的流变，认为从历史来看，文学并不单指“文采斐然”的辞章，

[1]　胡适：《五十年来中国之文学》，杨犁编：《胡适文萃》，作家出版社，1991 年，第 71 页。

[2]　见胡适：《中国哲学史大纲》，转引自陈平原：《国故论衡・导读》，上海古籍出版社，2003 年，第 7 页。

亦即文学的功能，以今天的话来说，不能只从所规定的所谓审美功能出发来框定，更不能以今天的文学观来曲解前人的各式文学观。因为文学的情形复杂得很，不能简单归类。例如在孔子以前的时代，文或文章可以是指某种社会秩序，亦可指仪式典礼等。如“孔子称尧舜，‘焕乎其有文章’，盖君臣朝廷尊卑贵贱之序，车舆衣服宫室饮食嫁娶丧祭之分，谓之文；八风从律，百度得数，谓之章”，又如“‘言之无文，行而不远’，盖谓不能举典礼，非苟欲润色也”。[1] 由此而下，每一个时代都有该时代对文章或文学的理解，例如对“文”与“笔”、“文”与“辞”的划分，有韵之文与无韵之文的划分等，都不是绝对的，因为在章太炎看来“文与笔非异涂，所谓文者，皆以善作奏记为主。自是以上，乃有鸿儒。鸿儒之文，有经、传、解故、诸子，彼方目以上第，非若后人摈此于文学外，沾沾焉惟华辞之守，或以论说、记序、碑志、传状为文也”[2]。

接着，他依次指出《昭明文选》和阮元等文学观自相矛盾的地方：如“若以文笔区分，《文选》所登，无韵者固不少。若云文贵其彣耶，未知贾生《过秦》、魏文《典论》，同在诸子，何以独堪入录？有韵文中，既录汉祖《大风》之曲，即《古诗十九首》亦皆入选，而汉晋乐府，反有佚遗。是其于韵文也，亦不以节奏低卬为主，独取文采斐然，足耀观览，又失韵文之本矣。是故昭明之说，本无以自立者也”[3]。

至于近世阮元“以为孔子赞《易》，始著《文言》，故文以耦俪为主，又牵引文笔之说以成之。夫有韵为文，无韵为笔，是则骈散诸体，一切是笔非文，借此证成适足自陷”[4]。

[1] 章太炎：《国故论衡》，上海古籍出版社，2003年，第49页。

[2] 同上书，第50页。

[3] 同上书，第51页。

[4] 同上。

由此，他辩驳道："前之昭明，后之阮氏，持论偏颇，诚不足辩。最后一说，以学说、文辞对立，其规摹虽少广，然其失也，只以彣彰为文，遂忘文字，故学说不彣者，乃悍然摈诸文辞之外。"[1] 此处所谓的"最后一说"，即指以学说和文辞相对立的文学观，虽然这也是打昭明和阮元那儿过来，其实已经融合了西方的本质主义文学观，例如由黄人撰写的《中国文学史》，在其开篇就由文学的本质入手，提出了六条文学特质（下文将提及，此处不赘述）。

章太炎反对狭隘的文学观，无论是来自古人还是来自西人，这不仅是因为其学养所致，而且还有其以深厚的学养为基础的辨析事理的立场和方法，以他自己的话来说："夫持论之难，不在出入风议，臧否人群，独持理议礼为剧，出入风议，臧否人群，文士所优为也；持理议礼，非擅其学莫能至。"[2] 如果说，章学诚有所谓"六经皆史"的说法，那么在章太炎那里是六经皆文，不仅六经皆文，而且史学即文学。

在《论式》篇中，他放论："余以为持诵《文选》，不如取《三国志》《晋书》《宋书》《弘明集》《通典》观之，纵不能上窥九流，犹胜于滑泽者。"[3]

今天来看，太炎先生的文学观不仅古老，同时亦前卫得很。所谓前卫，是他的这些看法居然与后来者，1983 年英国学者伊格尔顿的《文学理论》相通，或者应该反过来说，伊格尔顿的持论竟与章太炎相近。伊格尔顿在该书的导言"什么是文学"和第一章"英国文学的兴起"中洋洋洒洒数万言，说的就是这一层意思。他在文学概念的辨析中发现："事实上不可能给文学下一个'客观的'定义"，例如文学是"虚构"的或"想

[1] 章太炎：《国故论衡》，上海古籍出版社，2003 年，第 53 页。

[2] 同上书，第 82 页。

[3] 同上书，第 83 页。

象性”的作品；“文学是一种写作方式”；或“文学是‘非实用’话语”；再或者文学是“被赋予了高度价值的写作”，等等，因为每一种论断都有其破绽。其实，“文学并不是从《贝奥武甫》直到弗吉尼亚·伍尔芙的某种写作所展示的某一或某些内在性质，而是人们把自己联系于作品的一些方式”。因为文学并无固定的“本质”。[1]

伊格尔顿认为，现代美学或艺术哲学在18世纪以来，对现代文学的兴起和发展发挥了至关重要的作用，对文学本质论的形成起了至关重要的作用。这主要是在这一时期中，“从康德、黑格尔、席勒、柯勒律支和其他人的著作中，我们继承了‘象征’与‘审美经验’‘美感和谐’与艺术品的独特性这些当代观念。以前，一些人出于各种各样的目的写诗、演戏、作画，另一些人以各种各样的方式读诗、观剧、赏画。现在，在这些具体的、随历史而变的实践正在被归结为某种特殊的、神秘的能力，即所谓‘美感’，而一些新型的美学家则在力图揭示其内在的结构。这些问题以前并非从未被人提起，但现在却开始具有一种新的重要意味。假定存在着所谓‘艺术’这样一种不变的客体，或所谓‘美’或‘美感’这样一种可以孤立出来的经验”。[2]伊格尔顿进一步论述道，尽管“《伊里亚特》作为艺术对于古希腊人的意义不可能同于大教堂作为艺术品对于中世纪人的意义，也不可能同于安迪·沃霍尔的作品作为艺术对于我们的意义，但美学的作用就是压住这些历史差异。艺术被从始终纠缠它的物质实践、社会关系与意识形态中抽拔出来，而被提升到一个被孤立地崇拜着的偶像的地位”[3]。

[1] 以上均见[英]伊格尔顿著，伍晓明译：“导言”，《二十世纪西方文学理论》，北京大学出版社，2007年。

[2] 同上书，第19—20页。

[3] 同上。

显然，在伊格尔顿看来，文学本质论或艺术本质论是由审美意识形态和相应的一系列观念以及有关社会功能的划分为支撑的。但是，在中国，这一观念的出现，最早却是由文类的划分，如文与笔、文与辞、有韵之文与无韵之文的区分所造成。章太炎正是通过所掌握的文献，以及《文选》的自相矛盾之处来表明其立场的，即人们不能将某种划分方式或某一时期的观念加于所有时期之上，以为这是亘古不变的准则。

程千帆在为《文学总略》作注本时，将章太炎的文学观归结为广义的文学观，而今人所谓“纯文学”则是狭义的文学观。“则自《论语》所称，迄阮氏所指，由广及狭。”[1] 其实这里除了广和狭，还有一层意思须挑明，即章太炎认为，文学观念是随时代变迁而变换的，不能削足适履。另外，从文质彬彬的角度讲，那些优秀的历史文献，比单靠华丽辞章取胜的所谓文学作品，更有阅读价值。

由章太炎而钱基博，我们看到，他们是从其自身进展的内在理路出发来看待文学的历程的，与后来的文学本质论者有很大的不同。

从文学谱系学研究的角度来审视钱基博的《现代中国文学史》，在他的现代文学人物中为什么可以有樊增祥、易顺鼎等只在较小的文学圈内有影响的人物，而没有李伯元、吴趼人、刘鹗、曾朴等在普通民众中影响很大的近代小说家，就比较容易理解，因为这些近代小说家在传统文学的谱系上没法安排，新文学中也没有他们的地位，新文学是以新民体或白话体为发端的，新民体有康有为、梁启超等，白话体有胡适和鲁迅等。

现代意义上的中国文学史是从 20 世纪初肇始的，林传甲的《中国文学史》被学界公认是最早的著述。这部草创的文学史，按林传甲自己

[1] 程千帆：《文论十笺》，武汉大学出版社，2008 年，第 46 页。

的说法是“仿日本笹川种郎《中国文学史》之意以成书焉”[1]。有多种著述均提及了中国早期的文学史对日本人所写的中国文学史的借鉴，由于手头没有笹川种郎的文本，不知道这一仿意或借鉴是指文学观念上，还是大的框架上。我更相信是指文学观念上的仿照。因为从目录看笹川种郎的体例是按“春秋以前的文学”“春秋战国时代的文学”“两汉文学”逐次编排的，即在大量的历史遗留的文本中将文学的部分，从非文学的部分区分出来。

林传甲的文学史就大的框架上而言，无论是上半部分论述文字和音韵的演变，还是下半部分探讨文体流变，应该是出自中国古老的传统，不像从日本学者那里借鉴。特别是谈论文体的部分，更是有来历可寻，所以林传甲的文学史在这方面有更大的包容度和宽尺度的分野。他所列的文体有群经文体、周秦传记杂史文体、周秦诸子文体、史汉三国四史文体、诸史文体、汉魏文体、南北朝至隋文体、唐宋至今文体、骈散古合今分之渐、骈文又分汉魏六朝唐宋四体之别。显然这里其实不是在说挚虞或刘勰意义上的文体，而是以历史和时代演进为主轴，作大跨度的概述。

在林传甲的文学史中为什么没有诗歌、小说、戏曲？今人认为最重要的文学样式都不在其列，特别是没有诗歌？如果说在中国古代，小说、戏曲属于稗官野史，“托体稍卑”，那么诗歌历来是中国文学的正宗，为什么也没有？

这或许要追问林传甲的文学观。这是比较笼统的文学观，按他自己的说法：“夫籀篆音义之变迁，经史子集之文体，汉魏唐宋之家法”[2]几乎无所不包，既包括文字之学、文章之学或文笔之学，也有骈散之体

[1] 转引自陈平原编：《早期北大文学史讲义三种》，北京大学出版社，2005年，第29页。
[2] 同上。

的区分，但就是诗歌阙如，虽然在其《中国文学史》第七篇中，有若干小节论及“诗三百”，也只是将其作为“群经文体”之一种来讨论，绝不是诗歌文体本身独立的价值所至。这估计是受桐城派文学观念的影响（其时，桐城文学依然红火有地位，尚未跌落到“桐城谬种”的境地，否则清廷大臣张百熙不会一而再，再而三延请吴汝纶出任京师大学堂总教习）。或许在林传甲那里，文学主要是指文章之学，因此文学和诗学分隔在两个领域。这是没有经过现代思维辨析、分化的文学观，虽然以经史子集为依据，但是不仅集部中的小说、戏曲不在其列，居然连诗歌都没有份。

中国的文学研究是谱系性的经验性的研究，是地地道道的“内部研究”，这是没有经过外部研究洗礼的内部研究，所以后来者在文学研究上往往沿袭前人的思路和框架，只是在的材料的取舍和处理上力求别开生面，并在历史的纵向描述中，力求全面、清晰和到位。所以我们能看到的早期北大文学史讲义，如刘师培的《中国中古文学史讲义》（1917年）、朱希祖的《中国文学史要略》（1916—1920年之间）、吴梅的《中国文学史（自唐迄清）》（1917—1922年之间），虽然各有千秋，但是在思路上无大的突破。刘师培在其《中国中古文学史讲义》中强调骈体文在文学史上的地位，是对桐城古文的一种反拨，其上承阮元的文学思想而来，阮元推崇汉学，褒扬骈体文，认为只有像孔子那样“以用韵比偶之法，错综其言”才配得上称“文”，并将孔子的《文言》奉为文章之楷模。因此刘师培文学史的宗旨虽然逆时（相对于桐城派在晚清的兴盛而言），却并非独树一帜。当然这与即将到来的“五四”新文学运动所批判的“桐城谬种，选学妖孽”出发点完全不同。

这里须提到黄摩西，有论者认为他所撰写的《中国文学史》虽然正式出版稍晚于林传甲的1910年，但是在1904年就已经编撰为教材，并用于东吴大学的教学，“应属国人所著第一部本国文学史”，[1] 其实林传甲在京师大学堂的所用的讲义也印行于1904年。另外有说法：“中国文学史一书非摩西一人所作，属于古代者，出摩西手，汉以后则他人所续也。”[2] 故黄摩西文学史的独特之处不在于时间上的第一，而在于进入具体史料前，有洋洋洒洒之论述，有总论、略论、分论诸篇，对“文学之目的”“文学史之效用”“文学之起源”“文学之种类”“文学定义”等一通辨析。他的文学“特质论”在20世纪初是脱出中国传统研究思路的，明显受西方思想影响，即不以体制定文学，而以内容特质来界定文学。所谓文学之特质者如下：

（一）文学者虽亦因乎垂教，而以娱人为目的。
（二）文学者当使读者能解。
（三）文学者当为表现之技巧。
（四）文学者摹写感情。
（五）文学者有关于历史科学之事实。
（六）文学以发挥不朽之美为职分。[3]

他的文学史分期也与其特质论相关联，以专制制度与个体情感和自由精神的对决所造成的势态而划分，由此形成文学全盛期（上世）、文学华离期（中世）、文学暧昧期（明代）、第二暧昧期（清代）等四个大的阶段。

谢无量的《中国大文学史》或许受启于黄摩西，开篇就专门设立“文

---

[1] 徐斯年：《黄摩西的〈中国文学史〉》，载《鲁迅研究月刊》，2005年第12期，第24页。
[2] 汤哲声、涂小马编著：《黄人》，中国文史出版社，1998年，第8页。
[3] 同上书，第69页。

学之定义”一章，其中就“中国古来文学之定义”“外国学者论文学之定义”“文学研究法”“文学之分类”等问题作了理论的梳理和探讨，然后才由历史的源头往下叙说。该书出版于1918年，在体例和内容上不仅比黄摩西的规整，也比与他几近同时期的刘师培、朱希祖、吴梅的文学史讲义齐备，周详。

谢无量的《中国大文学史》拓展了中国文学史的基本规模。另外，也是最有体例意义的，是在各个历史时期之下，以文学家为主线，为人物立了专章专节。在此之前，林传甲是依据时代和文体为线索，王国维的宋元戏曲史（1914年）也是以时代和戏剧体裁作为线索，不以戏剧家为章节的中心，朱希祖《中国文学史要略》亦如此，均可谓“目中无人”，即在体例的纲目中，没有具体的作家。刘师培的稍好，在两晋文学中设有嵇、阮，潘、陆等名目，但是说到南朝，简约了许多。谢无量于历代的著名诗人、文学家等均设有专节，从这一点看，倒是有笹川种郎的影响，明显是将目光聚焦在具体的文学家身上。但是其中所设“五帝文学”和“夏商文学”章节，既无材料上的依据，也和其中古文学史、近古文学史等内容无理论上的前后一贯性。

二

20世纪的文学史研究到了胡适有一个大的转变。胡适的文学研究，从根本的立场上改变了在他之前因袭的传统，开创了中国文学研究的本质主义的路径。这体现在他写的《白话文学史》中，该书虽然于1928年才正式出版，但是于1921年在给教育部办的国语讲习所讲授国语文学史时，就有了基本的大纲和讲义。胡适的新思想与他年纪轻轻留学国外有很大关系。胡适的《白话文学史》观是本质主义加进化论的，虽然他的《白话文学史》通篇没有提及“本质”这个概念，但是他认为与口语相联系的“活”的语言，是文学的根本，文言则是“半死的语言”。由此写白话文学史，要一切推倒重来。先秦的他不敢碰，因为缺乏材料上的依据，无法在《诗经》等典籍中明确区分“死文言”和“活语体”。汉代的有乐府在，可以对照汉赋中的文人创作，区分白话和文言，所以《白话文学史》从汉代开始写起，这也是一种写作上的策略。

当然这不是胡适个人的主义和方法，也是一个时代的主义和方法，是“五四”新文化运动一干人如陈独秀、钱玄同、周氏兄弟等的共同的立场，这一立场从根本上改变了在他之前许多学者因袭的经验性和谱系性文学观与文学史研究方法。

胡适及“五四”同人的文学观，简要说来，就是认为真正称得上文学的只能是白话的文学，因为只有白话的文学才是活的文学，是当下的文学，是写实主义的文学。胡适在其《白话文学史》的“自序”和“引子”中反复强调，自己撰写《白话文学史》就是“要大家知道白话文学在中国历史上占一个什么地位。老实说罢，我要大家知道白话文学史就是中国文学史的中心部分，中国文学史若去掉了白话文学的进化史，就不成中国文学史了，只可叫‘古文传统史’罢了”[1]。

在年轻的胡适心目中，真正的文学应该是鲜活的和有生命的，那么什么是活的文学呢？那就是“不模仿古人，语语须有个我在”的文学，[2]他在和梅光迪等争论时称：“文字没有古今，却有死活可道。”[3]只有用活的文字写出来的活的文学，才是有生命的文学，才是真正的文学。这

[1] 胡适：《白话文学史·引子》，东方出版社，1996年，第2页。

[2] 姜义华编：《胡适学术文集·新文学运动》，中华书局，1993年，第17页。

[3] 同上书，第10页。

就是文学的实质，或文学的本质（虽然胡适并没有用“本质”或“实质”这个概念，但是在其《白话文学史》中始终贯穿这一思想，并且影响了好几代学者）。所以他特地强调：“这书名为‘白话文学史’，其实就是中国文学史。”又说：“我们现在讲白话文学史，正是要讲明……中国文学史上这一大段最热闹，最富于创造性，最可以代表时代的文学史。”[1]

就胡适而言，西方的本质论思想、进化论思想，还有实证主义等都对他有深刻的影响。但由于没有进入到西方思想深厚的传统中，所以许多地方存在着误解，比如对杜威的实用主义哲学思想，胡适并没有真正理解其内核，故直到1950年代末，在其《胡适口述自传》中，还只讲其“实证思维术”，并且进一步，将自己当初的“大胆的假设，小心的求证”的说法与杜威的思想和研究方法联系起来。[2] 而根本没有涉及杜威实用主义理论中的反本质主义内核。

这里的意思不仅是想说，胡适并不真正理解他的论文导师杜威，更想说只有在坚定的本质论思想指导下，才会写出《白话文学史》这样气势豪迈、横扫千古的著述。他早年的大胆假设，一切好的文学都是白话写就的，“一部中国文学史也就是一部活文学逐渐代替死文学的历史”[3]，就是这一思想最概括的表述。

触发胡适写《白话文学史》的动机可能是偶然的，或许是起于和朋友们如任鸿隽、梅光迪在大洋彼岸的争论。当初他批评任鸿隽，因为任的《泛湖即事》长诗中有“言棹轻辑，以涤烦疴”，“猜谜赌胜，载笑载言”[4]这样的“三千年前之死语”，结果遭到了猛烈反击，由此双方点燃战火。

---

[1] 胡适：“自序”，《白话文学史》，东方出版社，1996年，第7—8页。

[2] 唐德刚整理：《胡适口述自传》，安徽教育出版社，2005年，第100—104页。

[3] 同上书，第153页。

[4] 胡适：《胡适全集》第18卷，安徽教育出版社，2003年，第306页。

在胡适又是发表宣言，又是带头尝试作白话诗，所以在十多年之后，撰文回顾这段往事，他名之曰“逼上梁山”。[1]

其实，真正称得上“逼上梁山”的还是写那部《白话文学史》，要把历史装到自己的理论框架中是何其艰难？他的文学史只写了上半部分，到唐代就戛然而止，可见路途艰难。要将文言和白话绝然分开，殊非易事，年轻生猛如胡适，上梁山也只走了半途。后来郑振铎 1938 年所出版的《中国俗文学史》显然是在受到胡适等人和新文化运动的影响下完成的。毕竟区分雅俗，比区分死活，区分文言和白话容易一些，另外写俗文学史，意味着还有一部雅文学史存在，或者还有非俗非雅的文学史（在此前的 1932 年，郑就完成了《插图本中国文学史》，似乎是雅俗兼收）。

总之从捍卫自己的文学观出发，又出于讲课的需要，胡适的这趟梁山是非上不可的。

为了贯彻自己的意图，也是一种写作策略，在其《白话文学史》中，胡适总是将各朝各代的文学作品分成两类：一类是鲜活生动的，来自民间的，白话的；另一类是半死的或僵死的，来自庙堂的，拟古的。或者在同一个诗人的作品中（如杜甫），将其中的好诗，或他认为成功的诗歌，看成是“说话的”和有“自然神气”的，而另一些则是仿古的，文言的、硬凑的，因而是失败的，“全无文学的价值”。[2]

为此，他的白话文学史要从汉代开始，而不能从先秦写起，因为胡适和当时的学术界难以区分先秦典籍中，哪些是当时的白话，哪些是更古老的古文（恐怕在今天依然是一个难题）。尽管知道《诗经》的“国风”是从民间采集的，带有原始的清香和露珠，但哪些是原汁原味，哪些是

---

[1] 转引自《胡适学术文集》，该文发表于 1934 年《东方杂志》，第 31 卷，第 1 期。

[2] 胡适：《白话文学史》，东方出版社，1996 年，第 255 页。

经文人加工改造，已经变得文绉绉的“华伪之文”，不太好分辨。至于那些艰深的文字，是当初的白话，因年代久远，后人难以读解，才变得佶屈聱牙的，还是庙堂文人仿古的伪作？殊难判定。故胡适在开篇就申明，“手头没有书籍，不敢做这一段很难做的研究”[1]。

到了汉代，情形就相对容易辨别。因为有先秦的典籍为依据，所以胡适大胆断言：“汉朝的韵文有两条来路：一条路是模仿古人的辞赋，一条路是自然流露的民歌。前一条路是死的，僵化了的，无可救药的。”[2] 那些汉赋如枚乘的、司马相如的、扬雄的，就属于前一条路，所以，在《白话文学史》中毫无地位，特别是那个以自己才华引得卓文君私奔的司马相如，在胡适眼里更是一钱不值，认为他的有些赋简直是“荒诞无根的妖言，若写作朴实的散文，便不成话了；所以不能不用一种假古董的文体来掩饰那浅薄昏乱的内容”。最要命的是他还开了个坏头，胡适认为“用浮华的辞藻来作应用的散文，这似乎是起于司马相如的《难蜀父老书》与《封禅遗札》”。这成为两千年来做“虚辞滥说”的绝好模范，绝好法门。[3]

既然文人创作被否定，《白话文学史》从汉朝的民歌开始是必由之路。故而汉乐府中的许多无名氏的作品如《江南可采莲》《战城南》《十五从军征》《艳歌行》《陌上桑》《孤儿行》《陇西行》《东门行》《上山采蘼芜》等均进入文学史的视野。

这里，似乎颠倒的历史被颠倒过来，因为在胡适之前，或同时，陆续面世的一些文学史，包括本文前面提及的一些，还有如游国恩早期的《中国文学史讲义》，都是将有名有姓的文人创作，作为文学史的表述对

---

[1] 胡适：“自序”，《白话文学史》，东方出版社，1996 年，第 8 页。

[2] 胡适：《白话文学史》，东方出版社，1996 年，第 38 页。

[3] 同上书，第 32 页。

象。乐府中只有像《陌上桑》《孔雀东南飞》《木兰辞》等特别著名的无名氏作的篇章才会被录用，其他的篇章就很少被收录。这里除了传统的原因，如历来关注文人创作，轻视民间文化，另外一个原因是，有名有姓的文化人，有史书依据，有年代可考，写入文学史像模像样。无名氏的作品流传久远，很难断定年份，很难判定是个体创作还是集体智慧结晶，所以不予考虑也在情理之中。

当然，将民歌作为文学史的主流来描述，这种情形只在汉代或南北朝有相对便利的条件，因为有乐府诗集在，保存了大量的民间文学。在另外一些年代，情形就比较复杂，因为没有大量的民间文学可以作参照。所以必须在文人的创作中间来加以甄别，寻找哪些是“语体”（白话），哪些是文言。如以晋代为例，胡适必须将文化人分为两拨，一拨是缺少创造力和想象力、因袭守旧的文化匠人，另一拨则是向民间文化学习，敢于将俚语俗语写入自己诗歌的有真才华真性情的诗人。所以有许多耳熟能详的文人因被划入第一拨而遭到摈弃，按其白话文学史中的说法是，“两晋的文学大体只是一班文匠诗匠的文学。除去左思、郭璞少数人之外，所谓‘三张，二陆，两潘’……都只是文匠诗匠而已”[1]。另一拨人则以陶渊明为代表。在胡适眼中，只有东晋的陶渊明才派得上称“大诗人”，因为他的“诗在六朝文学史上可算得一大革命。他把建安以后一切辞赋化、骈偶化、古典化的恶习气都扫除得干干净净”[2]。

自陶渊明而下，胡适精心挑选了南朝的鲍照与和尚诗人惠休、宝月等，就因为他们的诗风俗白，属“委巷中歌谣耳”“颇伤清雅之调”，受到当时“一班传统文人的妒忌和排挤”，所以现在应该得到重视和重新评价。

---

[1] 胡适：《白话文学史》，东方出版社，1996年，第93页。

[2] 同上。

这里比较有意思的是陈叔宝陈后主，无论从民间文化论还是从文学革命论出发，这位生活奢靡、善作艳词的亡国之君，这位“生于深宫之中，长于妇人之手”的末代皇帝，均是被摈弃的对象，但是《白话文学史》将他列为文人创作的表率，就因为“后主的乐府可算是民歌影响的文学代表”，胡适认为，“选几百个美貌的宫女学习歌唱，分班演奏；在这个环境里产生的诗歌应该有民歌化的色彩了”。[1]

这里显而易见，胡适建立了这样的逻辑和文学标准：白话——民间——乐府，或白话——乐府——民间。只要是跟乐府相关，就是民间的，就是白话的，就是有生命力的。

由此，当作者由南北朝文学而下，经由“佛教的翻译文学”，进入到唐代诗歌时，为了贯彻和强化这样一个意图，他独辟蹊径，不是按历史的分期，如初唐、盛唐、中唐、晚唐来铺陈，而是以“唐初的白话诗”“八世纪的乐府新词”“歌唱自然的诗人”这样的体例来安排章节（而在 1922 年制定的《国语文学史》新纲目中，胡适还是以初、盛、中、晚的分期来设置体例的）。

唐代是中国文学史最辉煌的时代，是文人诗歌的高峰期，也是其白话文学理论能否确立的试金石。为了要和他的理论相对应，所以胡适改变了通常的体例。在这一体例中他便于提出自己的新的见解：“盛唐是诗的黄金时代。但后世讲文学史的人都不能明白盛唐的诗所以特别发展的关键在什么地方。盛唐的诗的关键在乐府歌辞。第一步是诗人仿作乐府。第二步是诗人沿用乐府古题而自作新辞，但不拘原意，也不拘原声调。第三步是诗人用古乐府民歌的精神来创作新乐府。在这三步之中，乐府民歌的风趣与文体不知不觉地浸润了，影响了，改变了诗体的各方

[1]　胡适：《白话文学史》，东方出版社，1996 年，第 109 页。

面，遂使这个时代的诗在文学史上放一大异彩。”[1]

由此，人们可以明白作者的用心，即胡适为什么将贺知章、高适、岑参、王昌龄、王维、李白等一干著名诗人放到“八世纪的乐府新词”一章中，而又将同一时代的孟浩然、王维、裴迪、储光羲、李白、元结等安置在“歌唱自然的诗人”一章中，这里王维和李白均出现两次，分身而二，为的是强调他们怎样由仿作乐府到自作新辞的。即“当日的诗人从乐府歌词里得来的声调与训练，往往应用到乐府以外的诗题上去。……五言也可，七言也可，五七言夹杂也可，大体都是朝着解放自由的路上走，而文字近于白话或竟全用白话。” 接着胡适批评某种诗体的划分方式，说：“世妄人不懂历史，却把这种诗体叫做‘古诗’‘五古’‘七古’!”“那解放的七言诗体，曹丕、鲍照虽开其端，直到唐朝方才成熟，其实是逐渐演变出来的一种新体，如何可说是‘古诗’呢?”[2]

这里，胡适不是要为“古诗”划定范围，也不是想为唐人的“新体”正名，只是想表明，唐人的诗歌就是当年的白话诗，是唐之前几百年发展起来的白话诗传统的巅峰。按他的说法，是“五六百年的平民文学——两汉、三国、南北朝的民间歌辞——陶潜、鲍照的遗风，几百年压不死的白话化与民歌化的趋势，到了七世纪中国统一的时候，都成熟了，应该可以产生一个新鲜的，活泼泼的，光华灿烂的文学新时代了。这个新时代就是唐朝的文学”。又说，“唐朝的文学的真价值，真生命，不在苦心学阴铿、何逊，也不在什么师法苏李（苏武、李陵），力追建安，而在它能继续这五六百年的白话文学的趋势，充分承认乐府民歌的文学真价值，极力效法这五六百年的平民歌唱和这些平民歌唱所直接间

[1] 胡适：《白话文学史》，东方出版社，1996 年，第 187—188 页。

[2] 同上书，第 194 页。

接产生的活文学”。[1]

但是即便将唐朝文学整个纳入白话传统，有许多诗人是难以安排到以上两个章节中去的，像孟郊、张籍、韩愈等，还是只能按年代，归到“大历长庆间的诗人”一章中。

或许整部《白话文学史》中，为杜甫、元稹和白居易立专章，是胡适比较有创意的部分，如果说前述许多著名诗人，是不得不有所交代，否则整个唐代部分就难以成立，那么，杜甫和白居易是要单独处理的。白居易有《新乐府》诗，有明确的“为人生的文学”的主张，诗风晓畅，又有“每作诗，令一老妪解之”的传说，因此将其归入《白话文学史》有其充分的理由。杜甫的情形则要复杂得多，杜甫作为忧国忧民的大诗人，是文人创作的代表，也是后世诗人的典范，他“转益多师”“读书破万卷”，学识广博，文学主张并不单一，其沉郁敦厚的诗风也不能以白话概括之，但是如果一部文学史（胡适写到唐代基本还是诗歌史）缺了杜甫，或者将其归入上面“八世纪的乐府新词”的一干诗人中，简单打发，显然难成体统。但若要将其纳入《白话文学史》中，是需要一番技巧和论述策略的。这策略就是将杜甫的诗歌分为两部分，即一部分是有价值的诗歌：如《丽人行》《兵车行》《自京赴奉先县咏怀五百字》等，胡适认为这些社会问题诗是“杜甫的创体”，有独特的意义。这些名篇和后来动乱中所写下的《北征》《哀江头》《羌村》《新安吏》《石壕吏》《无家别》等虽然“都是从乐府歌辞里出来的，但不是仿作的乐府歌辞，却是创作的‘新乐府’”。[2] 而另外一些诗歌，即早年那些“勉强作苦语”的乐府仿作，如《出塞》等，则没有什么深远的意义，自然也就没有什么价值。因为那时候少年杜甫的“经验还不深刻，见解还不曾成熟，他

[1]　胡适：《白话文学史》，东方出版社，1996 年，第 113 页。

[2]　同上书，第 241 页。

还不知战争生活的实在情形”，故所作诗歌其“意境是想象的，说话是做作的。拿他们来比较《石壕吏》或《哀王孙》诸篇，很可以观时世与文学的变迁了”。[1]

至于杜甫的律诗，在诗家历来的品评中有很高的评价，可是在胡适的标准里却没有什么地位，因为从白话文学的立场出发，格律诗是一种枷锁，对于诗人来说，创作律诗是一种带枷锁的舞蹈，因此胡适称："律诗本是一种文字游戏，最宜于应试，应制，应酬之作；用来消愁遣闷，与围棋踢球正同一类。老杜晚年作律诗很多，大概只是拿这件事当一种消遣的玩艺儿。"[2] 接着他别出心裁，提出一种新的说法，即“老杜作律诗的特别长处在于力求自然，在于用说话的自然神气来做律诗，在于从不自然中求自然。”[3] 由此，胡适眼中的好律诗居然是“打破律诗”声律的诗，这近乎悖论，其实，胡适就是要反对格律诗，即便是“诗圣”杜甫，也不轻易放过。故那为后世文人所津津乐道的一些名篇，如《秋兴》八首等，均被列入“全无文学的价值”的作品之列，胡适的理由是“律诗很难没有杂凑的意思与字句。大概做律诗的多是先得一两句好诗，然后凑成一首八句的律诗。老杜的律诗也不能免这种毛病”[4]。

这里胡适的标准已经由白话转到是否言之有物，还是为文造情上面，提倡白话就是提倡情感的自然流露，就是提倡真实，言之有物，反对造作，反对为文造情。

与此相应，胡适还强调了杜甫谐趣的诗风和打油诗之关系，缘由是“白话诗多从打油诗出来”[5]，打油诗的分量虽轻，却有一份自然的

[1] 胡适：《白话文学史》，东方出版社，1996年，第242页。

[2] 同上书，第253页。

[3] 同上书，第254页。

[4] 同上书，第255页。

[5] 同上书，第247页。

轻松，真切的轻松，没有格律诗那份矫饰。所以那些不入诗论家法眼的俳谐诗、打油诗都成了《白话文学史》的好材料，更何况它们是出自大诗人手笔。由此胡适称杜甫"晚年的小诗纯是天趣，随便挥洒，不加雕饰，都有风味。这种诗上接陶潜，下开两宋的诗人"[1]。

当然，限于材料，也是既定的思路，胡适将唐以前白话文学史的整个重心放在诗歌上，诗歌的关节点在乐府，所以，该书的最基本思路是：西汉以乐府和故事诗为主，东汉以后以文人创作中接近乐府体的诗歌为主流。因此他才说"到了东汉中叶之后，民间文学的影响已深入了，已普遍了，方才有上流文人出来公然仿效乐府歌辞，造作歌诗。文学史上遂开一个新局面"[2]。基于此，他将诗人分为两类，仿效乐府的和拘泥于体制的，或将同一个诗人的诗歌分为两类，白话的和文言的，以适合他的白话文学观念。

这里的关键是胡适以什么来断定只是东汉中叶以后，文人们才来仿效民间的创作，造作歌诗？难道东汉中叶以前的诗人和文化人就不从民间吸收养分？另外，第一流的诗人和文人创作难道不反过来也影响民间创作？再则，从体制上讲有庙堂的和民间的区分，但是从诗歌语言和风格讲，这种划分是否简单化了一些？简单化就容易有破绽，捉襟见肘。因为一代有一代之文学，所有能够流传于世的诗歌对后人来说都是前朝"古"话，人们也不会以其产生时是否是白话为自己喜欢的标准。文学史更多关注的是流传于世的、为后人推崇的作品。任何一位优秀的诗人、文学家总是集大成者。他们既向生活学习，也向传统学习，当下生活和以往的历史经常是交织在一起的，一切历史的都可以成为当下的，所谓传统就是两者的汇合点。

---

[1] 胡适：《白话文学史》，东方出版社，1996 年，第 245 页。

[2] 同上书，第 39 页。

胡适的《白话文学史》和他的《中国哲学史大纲》一样，只有上半部分，没有下半部分。而且这上半部分基本只讲诗歌，没有涉及散文，严格讲只能算是半部白话韵文史，按理还有许多内容可写，之所以没有续写，缘由可以有很多，我们可以有多种设想，如1928年之后，胡适声誉日隆，一面有大量的行政事务和学术事务要处理，另一面还要整理国故（如注《淮南王书》），考订佛学（如出版《神会和尚遗集》、撰写《菏泽大师神会传》等），但笔者个人的揣测，是胡适对续写没有了兴趣和热情。尽管宋以后大量的话本、戏曲、小说等都是《白话文学史》的上好材料，特别是元代，无论是杂剧、散曲还是小说，均最符合胡适的标准（当时胡适曾以为施耐庵、罗贯中都是元末的人）。但是那些开创性的思想已经在上半部分得到了较充分的阐释，区分文学作品的价值和质量的标准既是以白话为准，似乎要说的话已经不多，或者说一部《白话文学史》到此已经完成，除非从社会学角度或叙事学角度等方面再辟新路。

另外，他的白话文学思想也部分为学界所接受，或者说是"五四"一代人的共识，如陈独秀、鲁迅、傅斯年等均有相似的表述，再如郑振铎，其《插图本中国文学史》和其后的《中国俗文学史》显然也受这一思潮深刻影响。

当然胡适等人的文学死活论是建立在文学进化论基础之上的。

胡适终其一身，倡导的是进化论文学观，从"五四"前一直到1950年代后期未有改变。当初，在使其"暴得大名"的《文学改良刍议》中，他说道："文学者，随时代而变迁者也。一时代有一时代之文学……文学因时进化，不能自止。唐人不当作商周之诗，宋人不当作相如子云之赋，——即令作之，亦必不工。逆天背时，违进化之迹，故不能工也。"[1]

[1] 姜义华编：《胡适学术文集·新文学运动》，中华书局，1993年，第21页。

在《白话文学史》的“引子”中说：“这一千多年中国文学史是古文文学的末路史，是白话文学的发达史。”后来他在《五十年来中国之文学》的演讲中再次强调：“中国每一个文学发达的时期，文学的基础都是活的文字——白话的文字。但是这个时期过去了，时代变迁了，语言就慢慢由白话变成了古文，从活的文字变成了死的文字，从活的文学变成死的文学了。”[1]

一个时代有一个时代的文学，这一说法没有异议，并且是由文学的历史所证明，故当年刘勰就有“歌谣文理，与世推移”“时运交易，质文代变”之说，但是文言是否就是死去的语言，情形就要复杂得多，在某些语境下，过去的文言可以转化为今天的文化代码，起修辞的功用，语言的死和活不是一个简单的问题，任何个人都没有评判权。不能以书面和口头来作绝然的划分，另外由于某种情境和条件，那些通常被认为死去的语言有时会起死回生，死而复活。当年黄庭坚所说的“点铁成金，脱胎换骨”并非全无道理。

胡适肯定没有料到，某些早已死亡的文字还能复活，例如“囧”这个古文字，在今天的网络上就大行其道。某些几被新文化运动浪潮湮没的古典诗词，在近一个世纪后又起死回生，纷纷进入流行歌曲，且风靡一时。再则，一代有一代的文学是就文学创作而言的，文学接受的情形就要另当别论。不必说那些千古名著，就是某些早已经被历史烟尘湮没的作品，在多少年之后，会被重新发现，甚至还会在异国他乡突然火爆走红，既有偶然性，也有必然性。

当然，白话文学观的崛起，除了本质主义文学观作为思想内核，这里也可以见出民粹主义或平民主义思潮对“五四”一代人的深刻影响，

[1] 胡适：《白话文的意义》，见《胡适作品集·24·胡适演讲集（一）》，远流出版事业股份有限公司，1986 年，第 217 页。

这就涉及另一个巨大的话题，应做专门研究，此处不表。

胡适的《白话文学史》开创了中国文学史本质主义研究的先河。在胡适大受批判的20世纪五六十年代，文学研究中的本质主义和反映论思潮在中国大陆风头正健，成为文学史研究的主导话语，文学史写作的基本路数是强调其意识形态本质和对社会现实生活的反映（甚至阶级斗争的反映）。这一点在游国恩等主编、人民文学出版社出版的颇具权威性的《中国文学史》中得到如下表述："文学艺术是现实生活通过人们头脑的反映，在阶级社会中又是阶级意识形态的形象表现，它不可能超阶级而存在。"[1] 在思想解放运动展开的1970年代末，这种阶级斗争反映的文学观被研究者逐渐摒弃，但是，本质论文学观却依旧有其土壤，许多文学史在写法上相当雷同，即每一历史时段前均有概论或概说，以对该时期的社会政治、经济状况作简述，然后才进入文学历程的叙说，这一体例似已规定，文学作为意识形态是社会经济基础和政治上层建筑等的反映，而雷同的体例和写法，也表明撰写者对既成的文学史研究观念的接受。直到1990年代后期，复旦大学出版社出版的《中国文学史》，一边质疑文学是"对社会生活的形象反映"这样一种文学镜式本质观，一边还在树立另一类本质主义文学观，在其长达61页的导论中，详尽阐释了文学的人性本质和情感本质，提出了如"我们就可以给文学的成就确定一个与其定义相应的标准，那就是作品感动读者的程度"[2]，如"文学发展过程实在是与人性发展的过程同步的"[3]，文学是"以感情来打动人的、社会生活的形象反映"等观点，并认为："一部文学史所

[1] 游国恩等主编：《中国文学史》，人民文学出版社，1963年第1版，1979年第7次印刷，第5页。

[2] 章培恒等：《中国文学史》，复旦大学出版社，1996年，第14页。

[3] 同上书，第19页。

应该显示的，乃是文学的简明而具体的历程：它是在怎样地朝人性指引的方向前进，有过怎样的曲折，在各个发展阶段之间通过怎样的扬弃而衔接起来并使文学越来越走向丰富和深入，在艺术上怎样创新和更迭，怎样从其他民族的文艺乃至文化的其他领域吸取养料，在不同地区的文学之间有何异同并怎样互相影响，等等。”[1] 应该说，文学越来越走向丰富和深入是无疑问的，关键是在哪方面深入，可以是揭示人性的丰富性复杂性方面的深入，也可以是其他方面的深入和变化，如果概而言之“人性指引的方向”等，则还是在本质主义的窠臼之中。

以此看当年那半部《白话文学史》和相应的文学史研究方法，可谓影响深远。

[1] 章培恒等：《中国文学史》，复旦大学出版社，1996 年，第 61 页。

第二章　文学史写作及其观念的演变

本章所提及的诸种文学史写作观念，基本上是在本质主义文学观基础上演化而来的。中国文学史研究中本质主义文学观，虽然最早由黄摩西提出，并且谢无量在其《中国大文学史》中，专设“文学之定义”一章，但是到具体的文学史阐释过程中，在对文学史资料的搜集、选取和采用上，并不始终贯彻其关于“文学之定义”的见解，如胡适所说，中国的许多著述，前后并无“贯通的功夫”。

真正将本质主义文学观贯通到自己的著述中的是胡适，他的半部《白话文学史》开创了这一历程。自胡适开始，一些学者和文学史研究者，陆续将本质主义文学观贯彻到文学史的写作之中，例如郑振铎，在完成了《插图本中国文学史》后于1938年又出版了《中国俗文学史》，继承的是胡适当初的文学史观，即“白话的——乐府的——民间的”这样一种“活文学”观而来。

游国恩在早年的《中国文学史讲义》（1929—1931年）中，亦有“文学之界说”一章，所主张的是纯文学论或者说文学情感本质论，“即所谓情思丰富有声有色之纯文学也”。故“盖上自六艺三传，庄列史汉，旁及百氏支流，下逮唐宋杂笔，其不合于文学条件或虽合而不以文为主者，举不得以文称焉”。显然，游国恩服膺的是阮元的说法，“惟沉思翰藻乃可名之为文也”，“善乎萧统之言曰，事出于沉思，义归乎翰藻，界画疆分，区以别矣。”[1] 重新强调了《文选序》的意义。他反对的是章太炎的大文学观，其类似唯美主义立场的文学观，使他难以理解章太炎的带有谱系学思想的文学观。[2] 他认为只有将文学作品从林林总总的文献中拔擢出来，给以单独的规范，即从纯文学角度来看待，才是文学史写作的正道。游国恩虽然推举阮元上及萧统，其实，从大氛围上说是受西方唯美主义和“为艺术而艺术”思潮的影响所致。当然在中国，“为艺术而艺术”的纯文学观是创造社一批年轻的才子极力推崇而扩大其影响的（当然也包括闻一多、游国恩等诗人学者），可见游国恩的纯文学观在当年是颇为流行的。继游国恩之后，刘大白的《中国文学史》（1933年）亦站在同样的立场，批判了章太炎的文学观，并认为已有的十几种《中国文学史》中，除极少数的例外，大多是“史料的堆积”，“而实在不过是点鬼簿和流水账一类的东西”。其弊病在于“以非文学跟文学并为一谈”，或者是“堆垛式的记录”，所以不得要领，往往成了“中国学术史”或“中国著述史”。

那么什么才算是真正的中国文学史呢？刘大白认为“给文学下一个抽象的定义，本来不是编文学史者的任务；而且历来文学的定义，往往言人人殊，几乎没有一个被一般人所认为满意的；所以咱们与其说明它抽象的是什么，不如说明它具体的是什么。咱们现在只消认明：文学的具体分类，就是诗篇、小说、戏剧三种，是跟绘画、音乐、雕刻、建筑等并列，而同为艺术的一部分就够了。既然知道只有诗篇、小说、戏剧，才可称为文学，自然不至于把这三种以外的非文学作品，混入文学

[1] 以上均见游国恩：《中国文学史讲义》，天津古籍出版社，2005年，第4—5页。

[2] 关于章太炎在《文学总略》中所讨论的文学观，前文已有阐释，此处不赘述。

范围以内；而知道咱们所要讲的中国文学史，实在是中国诗篇、小说、戏剧的历史”。[1]

从具体的形态而不是从抽象定义入手来认识文学，是一种有益的方法，但是由此将诗歌、小说、戏剧以外的著述统统归入非文学，实在是武断了一些。由此可见本质主义的纯文学观的排斥性很强。这种情形亦见于刘经庵1933年完成的《中国纯文学史》中，刘经庵所谓的“纯文学”在概念上与游国恩的理解基本相同，即都从《文选序》的“事出于沉思，义归乎翰藻”出发，强调“至如文者：须绮縠纷披，宫徵靡曼，唇吻遒会，情灵摇荡”。在收录的文学作品类别方面，与刘大白基本一致，就是诗词、戏曲、小说。[2]

当然，我们还能发现唯美的和形式主义的文学观，在20世纪二三十年代兴起之后沉寂，到了1980年代后期又再一次崛起，并有相当的势头。这是后话，下文将论及。

中国文学史的写作起于20世纪初，可以看作是大学文科教育的产物。许多学者在这方面均有所论述：如当年（1933年），刘大白在其《中国文学史》引论中，就提及“在中国从前，除所谓正史的各种史书中，间或载有文苑传以外，向来没有系统的文学史。不过最近几十年来，因为中等以上各学校课程中，往往列有中国文学史一门，于是有些人从事编述，排印的，写印的，陆续出现，据我所看到的，也有十几种之多”[3]。最近二十年来，许多文学史研究者也从学科建设的角度出发，将早年的中国文学史写作的缘起和大学的文科教育联系起来，陈平原有

[1] 以上均见刘大白《中国文学史》，知识产权出版社，2012年，第5—6页。

[2] 刘经庵《中国纯文学史》，江苏文艺出版社，2008年，第1页。

[3] 刘大白：《中国文学史》，知识产权出版社，2012年，第5页。

《作为学科的文学史》一书，专门论述此问题。[1] 其他各家的看法没有大的出入，此处就不重复。[2]

早年的这类文学史在罗列史料、介绍作品和相关的文史知识方面，或详尽或简略，却并不一定有明确的文学史观念，因此常常为后来者诟病。然而没有贯通的文学史观念，似乎并不影响文学史的编撰，或文学史的讲授。但是，以今人的眼光看，这类文学史实在不像文学史。也因此有学者将林传甲的《中国文学史》称为“错体”的文学史，就是想说明这一情形。即像林传甲一类的早期文学史不是现代意义上的文学史，只是给京师大学堂附设优等师范科的学生授课时的国文讲义，这一讲义按照当时学堂教学章程的要求，“既要照顾国文科的语言文字的知识，修辞成文的写作法则，以至经史子集的基础学识，又要兼顾教学法的讲授，以及乘隙推广维新思潮，以期造就有用之才”[3]，故实在不能以现今的标准来裁量。

由于现代教育的兴起和发展，到了 1930 年代初，先后已经有了几十种中国文学史，这些文学史中不少也是由授课讲义而来（包括正式出版和未出版的）：如朱希祖的《中国文学史要略》，吴梅的《中国文学史（自唐迄清）》，刘师培的《中国中古文学史讲义》，甚至那本开一代风气的《白话文学史》，也是在胡适 1921 年给教育部办的国语讲习所讲授《国语文学史》的讲义基础上发展而来。然而，讲义与讲义不一样，文学史和文学史也不一样。这里说的不一样，首先在表层上，即在史料的选取和阐释上，或具体文学作品的讲解上，或对文学现象的关注上各有侧重等等。更进一步，人们会关注其背后的文学观念或者说文学史观

[1] 参见陈平原：《作为学科的文学史》，北京大学出版社，2011 年。

[2] 可参见戴燕、陈国球等有关文学史研究的相关著述。

[3] 陈国球：《文学史书写形态与文化政治》，北京大学出版社，2004 年，第 59 页。

念。当然作为一部文学史，关键是在于总体的观念上要有一定之见，否则于作者只见树木不见森林，面对汗牛充栋的历史文献，不知如何下手，对读者来说，也往往不得门径而入。

第一节　纯文学史观的出现及其背景

好在到了20世纪二三十年代，不少文学史编撰者有了这方面的自觉要求，文学史的写作上也有了明显的变化。他们力求将自己的某种理念贯穿在撰写过程中，并对此前的同类著述有了这方面的审视。

以胡云翼为例，他在1931年撰写《新著中国文学史》时，就对此前的中国文学史表达了大致的看法。根据他的记载，那时起码已经有二十来种文学史面世。如：

1.《中国大文学史》（谢无量）
2.《中国文学史》（曾毅）
3.《中国文学史大纲》（顾实）
4.《中国文学史》（葛遵礼）
5.《中国文学史》（王梦曾）
6.《中国文学史》（张之纯）
7.《中国文学史》（汪剑如）
8.《中国文学史纲》（欧阳溥存）
9.《中国文学史纲》（蒋鉴璋）
10.《中国文学史大纲》（谭正璧）
11.《中国文学史略》（胡怀琛）

12.《国语文学史》(凌独见)
13.《白话文学史大纲》(周群玉)
14.《中国文学小史》(赵景深)
15.《中国文学进化史》(谭正璧)
16.《中国文学 ABC》(刘麟生)
17.《中国文学史》(郑振铎)
18.《中国文学史》(穆济波)
19.《白话文学史》(胡适)
20.《中国文学史》(胡小石)[1]

不过，面对这些文学史，除了胡小石和胡适的，其余都不能使其满意，按胡云翼的说法："在最初期的几个文学史家，他们不幸都缺乏明确的文学观念，都误认文学的范畴可以概括一切学术，故他们把经学、文字学、诸子哲学、史学、理学等，都罗致在文学史里面。如谢无量、曾毅、顾实、葛遵礼、王梦曾、张之纯、汪剑如、蒋鉴璋、欧阳溥存诸人所编著的都是学术史，而不是文学史。"[2]

谢无量等人的中国文学史能否作为学术史看待，是可商榷的，但是认为上述文学史没有明确的文学观念而予以否定，可能是在一定范围内的共识。可见，在 1930 年代初，学界对一部文学史最起码的要求，就是背后要有一定的文学观念，否则就很难得到首肯。

自然，有明确的文学观念是重要前提，一部好的文学史，还要有相应的其他条件，如编撰者的有价值的、独特的见解。所以，胡云翼进而

[1] 胡云翼：《新著中国文学史 · 自序》，北新书局，1932 年，第 1—2 页。

[2] 胡云翼著，刘永翔、李露蕾编：《胡云翼重写文学史 · 自序》，华东师范大学出版社，2004 年，第 4 页。

论道：以上的文学史“都缺乏现代文学批评的态度，只知道摭拾古人的陈言以为定论，不仅无自获的见解，而且因袭人云亦云的谬误殊多”[1]。

说到“自获的见解”，不“人云亦云”，首先应该提及胡适，他于1928年正式出版的《白话文学史》可谓石破天惊，狂飙突进。胡适是要将人们头脑中旧有的所谓文学观念统统推倒。将以往人们传统上认定的文学经典看成是死文学，而将远离庙堂的、“中国的知识阶级向来不重视的”白话文学，作为中国文学的主流来对待。其实早在“五四”新文化运动前，胡适就认为，“这种贵族的文学都是死的，没有价值的文学”，因此《白话文学史》的出版，就是“第一，要人知道白话文学是有历史的；第二，要人知道白话文学史即是中国文学史。”[2]并在其文学史中宣称，古文在汉代已经“成了一种死文字了”，只是朝廷和中央政府以官位和利禄为诱饵，才得以维持。[3]

胡适激进的、民粹的白话文学观虽然启迪了一大批后来者，但是，《白话文学史》的写法却难以为继。例如深受白话文学观影响的郑振铎，在完成《插图本中国文学史》之后，于1938年专门写了《中国俗文学史》，将其在插图本文学史没有收录的，或收录后未及充分展开论述的俗文学作品：如“唐代的民间歌赋”“变文”“宋金的‘杂剧’词”“鼓子词与诸宫调”、明代以来的“宝卷”“弹词”“鼓词与子弟书”等均囊括其间。既然名之为“俗文学”，自然是强调其出自民间的“鲜妍的色彩”和“奔放”的想象力，还有其植根底层的顽强的生命力。这样一来，就将自古以来

[1] 胡云翼著，刘永翔、李露蕾编：《胡云翼重写文学史 · 自序》，华东师范大学出版社，2004年，第4页。

[2] 胡适：《白话文学史》（民国沪上初版书，复制版），上海三联书店，2014年，目录页“引子”。

[3] 同上书，参见第一章“古文是何时死的？”。

的文学大致分成两大部分，即文学的和俗文学的，或者说是“雅文学”的和“俗文学”的。或许正由此，后来的文学史，基本不将胡适倡导的“死文言”和“活语体”，作为文学作品的一种区分标准。因为将自古以来记录在籍的文学作品分成两类，即区别什么是“死文言”的，什么是“活语体”的（即白话），不仅殊难决断，而且这种绝然的、机械的两分，也不符合文学发展的实际状况，因为一个时代的文学语言不是预设的，语言是在继承中拓展的，口语和书面语也是互相吸收和转换的，其间，语境和许多偶然的因素在起作用。故即便是称颂《白话文学史》为“眼光及批评独到”“实是最进步的文学史”的胡云翼，也感叹该文学史“过于为白话所囿，大有‘凡用白话写的作品都是杰作’之概，这未免过偏了”[1]。

其实在胡适出版《白话文学史》的时代，在学术界相对流行的文学观念是“纯文学”观（这和当时文学界的“文学研究会”“创造社”等提倡的创作理念不同，下文会有所阐述，此处不赘述），这种“纯文学”观，在文学史编撰过程中极其实用，因为在处理大量的文献资料和阐释过程中，需要一以贯之的绳墨，而纯文学观就是标准，因此，在当时几乎同时面世的胡云翼的《新著中国文学史》（1932 年）、郑振铎的《插图本中国文学史》（1932 年）、刘大白的《中国文学史》（1933 年）、刘经庵的《中国纯文学史》（1933 年）等书中，均在其撰述中贯穿了这一理念。

1. 纯文学与西方形式主义

不过在时间顺序上，这里必须先说一下当时并未出版的两本文学史讲义，即傅斯年的《中国古代文学史讲义》（1927—1929 年）和游国恩的《中国文学史讲义》（1929—1931 年）。

[1]　胡适：《白话文学史》（民国沪上初版书，复制版），上海三联书店，2014 年，第 5 页。

傅斯年的文学史讲义是1920年代末，他在广州中山大学任教时的讲稿，在此讲稿中，傅斯年阐释了自己对文学的看法："我们现在界说文学之业（或曰文辞之业）为语言的艺术，而文学即是艺术的语言。以语言为凭借，为借物，而发挥一切的艺术作用，即是文学的发展。"因此，"把语言纯粹当做了工具的，即出于文学的范围。例如，一切自然科学未尝不是语言，然而全是工具，遂不是文学"。[1]自然，傅斯年也认识到许多情形下，工具和非工具的划分并不那么简单，因此补充道："若当做工具时，依然还据有若干艺术性者，仍不失为文学，例如说理之文，叙事之书，因其艺术的多寡定其与文学关系之深浅。"[2]

傅斯年的纯文学观显然受到西方形式主义理论很深的影响，不仅是因为他有在英国和德国七年的留学生涯，并于1926年从德国柏林大学回国，还因为他的这种将艺术的表现方式和其所使用的媒介（即他称之为"介物"）与所表达的内容区分开来的分析方法。所以他的举例也是从艺术作品所使用的媒介和材料着手，来理解艺术的所谓本质：

> 文辞是艺术，文辞之学是一种艺术之学。一种艺术因其所凭之材料（或曰"介物"medium），而和别一种艺术不同。例如音乐所凭是金石丝竹匏土革木等等，以及喉腔所出之声音；造像所凭是金属、石、石膏、胶泥等等所能表示出来的形体；绘画所凭是两积空间上光和色所能衬出之三积的乃至四积的（如云飞动即是四积）境界；建筑所凭乃是土木金石堆积起来所能表示的体式。文辞所凭当是语言所可表示的一切艺术性。[3]

[1] 以上见傅斯年：《中国古代文学史讲义》，北京大学出版社，2009年，第23页。

[2] 同上。

[3] 同上书，第22—23页。

这种专注于艺术的材料和表现媒介，并突出其审美功能，剔除其日常使用功能的观点，表明傅斯年其时站在比较正宗的形式主义批评立场上。

2. 纯文学与情感

与傅斯年不同，游国恩的文学史观虽然也是强调纯文学，并在其《中国文学史讲义》开篇中，特辟“文学之界说”一章，强调入选其文学史的标准为“情思丰富有声有色之**纯文学**也”，故“盖上自六艺三传，庄列史汉，旁及百氏支流，下逮唐宋杂笔，其不合于文学条件或虽合而不以文为主者，举不得以文称焉”。[1]

这里游国恩的“纯文学”，是强调情思或情感表露的文学，显见得是受浪漫主义文学观的影响，不过在接下来的表述中，他不是承西方的浪漫主义思潮而来，而是强调从萧统《文选序》到阮元的一脉的源流：“善乎萧统之言曰，事出于沉思，义归乎翰藻，界画疆分，区以别矣。”又引阮元之言，谓“惟沉思翰藻乃可名之为文也”。[2] 其时，游国恩对楚辞和屈赋兴致正浓，并发表了《屈赋考源》的论文，也许在他看来，在中国古代文学中，楚辞是最符合“事出于沉思，义归乎翰藻”的。虽然“事出于沉思”的“沉思”，是否就是上文提及的“情思”，作者没有特别的说明，但是从上下语境来看，这情思就是沉思。另外，关键还在于要有“翰藻”，要文采飞扬，绮毂纷披。游国恩的文学观是有点中西合璧的意思在。

这种情形亦见于刘经庵 1933 年完成的《中国纯文学史》中，刘经庵所谓的“纯文学”在概念上与游国恩的理解基本相同，即都从《文选

[1] 游国恩：《中国文学史讲义》，天津古籍出版社，2005 年，第 4—5 页。

[2] 同上。

序》的“事出于沉思，义归乎翰藻”出发，强调“至如文者：须绮縠纷披，宫徵靡曼，唇吻遒会，情灵摇荡”。在收录的文学作品类别方面，与下文的刘大白基本一致，就是诗词、戏曲、小说。[1]

胡云翼在《新著中国文学史》秉持的同样是纯文学观，可谓和游国恩、刘经庵等不谋而合。[2]但是侧重点又有区别，即他更关注文学的功能问题。胡云翼“认定只有诗歌、辞赋、词曲、小说及一部美的散文和游记等，才是纯粹的文学”。并以此文学观念为“准则”，“不但说经学、史学、诸子哲学、理学等，压根儿不是文学；即《左传》《史记》《资治通鉴》中的文章，都不能说是文学；甚至韩、柳、欧、苏、方、姚一派的所谓‘载道’的古文，也不是纯粹的文学”。[3]由此我们知晓，在胡云翼那里，所谓纯文学只关乎“美”的问题，丝毫不能承担所谓的“载道”的教化任务，哪怕是韩柳欧苏方姚等文章大家的作品也不行。

之所以如此激进地倡导纯文学观，是因为在胡云翼看来，只有纯文学观，才是现代的文学观或进步的文学观。由此他将文学观念分为两类：“文学向有广狭二义，广义的文学即如章炳麟所说‘著于竹帛之为文，论其法式为之文学’，既是说一切著作皆文学。这样广泛无际的文学界说，乃是古人对学术文化分类不清时的说法，已不能适用于现代。至狭义的文学乃是专指诉之于情绪而能引起美感的作品，这才是现代的进步的正确的文学观念。”[4]

---

[1] 刘经庵：《中国纯文学史》，江苏文艺出版社，2008年，第1页。

[2] 之所以说不谋而合，不仅是游国恩、刘经庵等文学史和胡云翼的文学史几乎是同时代的产品，更因为游国恩的文学史讲义当时并无出版。这里更见出时代思潮对一代人的影响。

[3] 胡云翼：“自序”，《胡云翼重写文学史》，华东师范大学出版社，2004年，第5—6页。

[4] 同上书，第5页。

其实章太炎在《国故论衡》中并非是持广义的文学观，即如胡云翼所说“一切著作皆文学”，而只是从概念演变的角度，梳理了文学观念的历史流变而已。由于胡云翼等持“进步和正确”与“落后和谬误”相对的文学观，将纯文学观作为切合时代要求的进步文学观看待，所以就将章太炎的观点作为落后的、不合时宜的文学观来看待。

刘大白在《中国文学史》中亦是将章太炎的文学观作为批评对象，并认为章太炎代表了中国大多数人的文学观，这一文学观与自己在《中国文学史》中所贯彻的“纯文学”观是相抵牾的。与胡云翼持同样看法，刘大白也认为，之前所看到的十多种文学史似乎都算不上是真正的文学史：“因为那些编者，不是误认文学的范围，便是误认历史的任务。”所谓误认文学的范围，就是“把中国一切的著述，都包括在里面的，仿佛是一部著术史”；所谓误认历史的任务，就是“史料的堆积”，就是“把古来著述者的传记，充实其中，好像传记式研究，而实在不过是点鬼簿和流水账一类的东西”。[1]

至于什么是纯文学？刘大白觉得与其下一个抽象的定义，“不如说明它具体的是什么”来得更直观，因此他说，“咱们现在只消认明：文学的具体的分类，就是诗篇、小说、戏剧三种，是跟绘画、音乐、雕刻、建筑、舞蹈等并列，而同为艺术的一部分就够了”。[2] 应该说刘大白有关纯文学观的表述在当时有点特别，这种只讲体例不问内容的选择标准也是独此一家。

刘大白 1932 年去世，这部 1933 年在其身后出版的纯文学的《中国文学史》只写到唐代，因此基本上就是一部中国早期的诗歌史。至

[1]　刘大白：《中国文学史》，知识产权出版社，2012 年，第 5 页。

[2]　同上书，第 6 页。

于他将纯文学只限定在诗篇、小说、戏剧的范围内，也是过于狭窄了一些。

3. 文学的绝对精神

这里不能不提及郑振铎的《插图本中国文学史》，这部1932年由北平朴社出版部发行的文学史，在无论在篇幅和规模上，还是在其后的影响上，均要大于胡云翼、刘大白和刘经庵的文学史著述（游国恩的《中国文学史讲义》作为教材，其时并未出版）。

郑振铎在其《插图本中国文学史》中的文学史观，比较之上述几位文学史作者的观念要更丰富驳杂一些。在该文学史的绪论中，作者首先强调，“文学乃是人类最崇高的最不朽的情思的产品，也便是人类的最可征信，最能被了解的‘活的历史’。这个人类最崇高的精神，虽在不同的民族、时代与环境中变异着，在文学技术的进展里演化着，然而却原是一个，而且是永远继续着的”[1]。

这表明作者相信艺术的绝对精神或者文学的绝对精神的存在，并且认为这是人类最崇高的精神产品。由此相应的，文学史的任务或主要目的：“便在于将这个人类最崇高的创造物文学在某一个环境、时代、人种之下的一切变异与进展表示出来；并表示出：人类的最崇高的精神与情绪的表现，原是无古今中外的隔膜的。其外型虽时时不同，其内在的情思却是永久的不朽的在感动着一切时代与一切地域与一切民族的人类的。”[2]

虽然“人类最崇高的精神与情绪”并无古今中外的隔膜，但是作者认为文学与非文学“却自有其天然的疆界”，文学“这个疆界的土质是情绪，这个疆界的土色是美。文学是艺术的一种，不美，当然不是文

[1] 郑振铎：“绪论”，《插图本中国文学史》，北京出版社，1999年，第5页。

[2] 同上。

学；文学是产生于人类情绪之中的，无情绪当然更不是文学”。[1] 所以写文学史的“第一件事，便要先廓清许多非文学的著作，而使之离开文学史的范围之内，回到‘经学史’‘哲学史’或学术思想史的他们自己的领土中去。同时更重要的却是要把文学史中所应述的纯文学的范围放大……”[2]

以上可见，郑振铎文学观的内核也是纯文学观，只是要有所扩大，或者说他将永恒的绝对的文学精神落到了纯文学的美和感情的领地中，显而易见，这是受到了浪漫主义和唯美主义文学观的影响。不过，作者并没有就此打住，而是继续在此基础加以扩充，又将胡适的白话文学的活文学观纳入其中，强调文学的原动力是民间文学：“原来民间文学这个东西，是切合于民间的生活的。随了时代的进展，他们便也时时刻刻的在进展着。他们的型式，便时时刻刻在变动着，永远不能有一个一成不变或永久固定的定型。又民众的生活又是随地域的不同而各有不同的式样与风格。这使我们的‘草野文学’成为很繁赜、很丰盛的产品。但这种产品却并不是永久安分的‘株守’一隅的。也不是永久自安于‘草野’的粗鄙的本色的。他们自身常在发展，常在前进。一方面，他们在空间方面渐渐的扩大了，常有地方性的而变为普遍性的；一方面他们在质的方面，又在精深的向前进步，由‘草野’的而渐渐的成为文人学士的。这便是我们的文学不至永远被拘系于‘古典’的旧堡中的一个重要原因。”[3]

显然，郑振铎的纯文学观并不那么单纯，它包罗着各种思潮和思想来源，依他自己的表述，要把“纯文学的范围放大”，当然这一放大，

[1] 郑振铎：“绪论”，《插图本中国文学史》，作家出版社，1957 年，第 7 页。

[2] 同上书，第 7 页。

[3] 同上书，第 11 页。

同时也说明了当时的各种文学观念在多大程度上影响到文学史编撰者的视野和判断。郑振铎的纯文学观与以上几位学者的不同，不仅是因为其范围有所扩大，将诗歌、小说、戏剧以外的“包罗着被骂为野狐禅等等的政论文学，策士文学，与新闻文学之类”以及变文、弹词、宝卷等统统纳入，更加关键的一点是其背后有着文学的绝对精神支撑。这种对文学绝对精神的寻求，加固了纯文学观念的基础。

说起来，无论是傅斯年、游国恩、胡云翼、刘大白、刘经庵还是郑振铎，无论他们各自秉持怎样的纯文学观，都表明在1930年代前后，所谓纯文学观是许多文学史家和文学研究者的某种共识。尽管他们在亮明自己的文学观时，均没有说明这一思想观念的来由和出处，但是在那时的大语境中，这一中西合璧的文学观似乎相当于普遍真理，是最时尚的，无须怀疑的真理，即如胡云翼所说，这是“现代的”“进步的”文学观，也因此不必详述其思想来源，即便造成了同一个观念各自有不同表述的局面，似没有多少人关注其间的差别。其实此纯文学观和彼纯文学观之间，还是有着一定的距离。

4. 纯文学观的古代渊源

认真探讨起来，就纯文学的理念而言，其思想并不单纯。可以说它是舶来品，是来自西方思潮，来自唯美主义和形式主义，或来自浪漫主义，或来自康德的“纯粹美”，来自黑格尔的绝对艺术精神和某种统一的理念，等等。然而，古今中外类似的精神追求往往不是从抽象的理念出发，而是体现在文学和艺术实践活动中，或者说在人类漫长的文学实践活动中，必然会升华出这一精神追求。也因此，在中国悠久的文化传统和文学实践中，必然会产生对纯文学或艺术精神的追求。故徐复观以《中国艺术精神》一书，来阐述中国古人在这方面的追求，并认为“中国文化中的艺术精神，穷究到底，只有由孔子和庄子所显示出的两个典型。由孔子所显出的仁与音乐合一的典型，这是道德与艺术在穷极之地的统一，可以作万古的标程。……由庄子所显出的典型，彻底是纯艺术精神的性格，而主要又是结实在绘画上面”[1]。之所以那么说，是因为“庄子之所谓道，落实于人生之上，乃是崇高的艺术精神”[2]。这里，徐复观将庄子的思想和精神内核提炼为中国的艺术精神，将庄子那里就开启并展示的“独与天地精神往来”的人生理想与天马行空的“游”的兴致，作自由精神的表征，就是为了说明悠久的中国文化的精神内核的复杂和多元。

在“五四”新文化运动中，打倒孔家店，批判儒家思想，新文化运动的干将们批判了韩愈、周敦颐等提出的“文以载道”的文学观，同时期，恰逢西方浪漫主义和唯美主义思潮引入，使得许多年轻人认为中国的“载道”文学观、工具论文学观是中国历史上一家独大的文学观，同时轻易地将以儒家文化为主导的中国主流文化和文学看成是同质的对象，误以为在这块土壤上从来没有，也不可能产生过类似西方的唯美的、形式主义的文学思想和纯文学精神，这就大错特错了。如有的文学史著作在提及“五四”时期的“为艺术而艺术”和“唯美主义”思潮时说道，“必须承认，这毕竟是几千年来中国文学史上第一次出现的要求摆脱‘文以载道’的束缚，要求尊重艺术价值和独立地位，要求艺术回到自身的强烈呼声”[3]。其实许多人不了解，在中国，对文学和艺术作品的形式主义分析和纯艺术批评已有上千年的历史，不少人低估或否定

[1]　徐复观：“自叙”，《中国艺术精神・石涛之一研究》，九州出版社，2014年，第7页。

[2]　同上书，第5页。

[3]　刘中树、许祖华：《中国现代文学思潮史》，华中师范大学出版社，2009年，第199—200页。

了中国的传统文化人在纯文学纯艺术或者说文学艺术形式方面的体悟和理论探求。所以我们才能明白徐复观写《中国艺术精神》一书的苦心，即如他在书中的特别申明：自己“绝不是为了争中国文化的面子，而先有上述的构想，再根据此一构想来写这一部书的”[1]。不过，徐复观将中国的纯艺术精神只囿于绘画艺术上倒是大可商榷的。

毋庸置疑，就文学批评而言，形式主义批评在中国一直有深厚的根基，不必向远古追溯，宋代诗话的兴起，就是中国形式主义批评的一个高峰，诗话中讨论的各种问题，即如“景与意”的关系，怎样做到“状难写之景，如在目前，含不尽之意，见于言外”；或“意与语”的关系，如何能“意新语工”[2]，或“语意皆工”甚至“语虽拙而意工”[3]，等等，其实就是今人所谓的纯文学问题。至于更进一步讨论用事（用典），关注对偶，讲究诗律等，并通过寻章摘句的方法来褒扬或批评某诗某句，那更是踏入了文本细读和修辞批评的范畴。例如“东坡云：渊明诗，初见若散缓，熟视有奇趣。如曰：‘日暮巾柴车，路暗光已夕。归人望烟火，稚子候檐隙。’又曰：‘采菊东篱下，悠然见南山。’又曰：‘暧暧远人村，依依墟里烟。犬吠深巷中，鸡鸣桑树颠。’大率才高意远，则所寓得其妙，遂能如此，如大匠运斤，无斧凿痕，不知者疲精力，至死不悟。如曰：‘一千里色中秋月，十万军盛夜半潮。’又曰：‘蝴蝶梦中家万里，杜鹃枝上月三更。’又曰：‘深秋帘幕千家雨，落日楼台一笛风。’皆寒乞相，一览便尽。初如秀整，熟视无神气，以其字露也”[4]。

再如，葛立方在《韵语阳秋》中比较了晚唐两位诗人在叠字使用

[1] 徐复观：“自叙”，《中国艺术精神·石涛之一研究》，九州出版社，2014年，第4页。

[2] 参见（宋）欧阳修：《六一诗话》，载（清）何文焕辑：《历代诗话》（上），中华书局，1981年，第267页。

[3] 参见（宋）陈师道：《后山诗话》，载（清）何文焕辑：《历代诗话》（上），第302页。

[4] 转引自（宋）蔡正孙：《诗林广记》，中华书局，1982年，第11页。

上的不同，很是细微："杜荀鹤郑谷诗，皆一句内好用二字相叠，然荀鹤多用于前后散句，而郑谷用于中间对联。荀鹤诗云：'文星渐见射台星'，'非谒朱门谒空门'，'长仰门风维国风'，'忽地晴天作雨天'，'犹把中才谒上才'。皆用于散联。郑谷'那堪流落逢摇落，可得潸然是偶然。''身为醉客思吟客，官自中丞拜右丞。''初尘芸阁辞禅阁，却访支郎是老郎。''谁知野性非天性，不扣权门扣道门。'皆用于对联也。"[1]

章学诚在《文史通义》中论及诗话时将诗话分为"论诗而及事"与"论诗而及辞"两类[2]，如果说唐人孟棨的《本事诗》是"论诗及事"的代表作，那么宋人的诗话中，"论诗及辞"就相当普遍了。近人郭绍虞认为，"唐人论诗之著多论诗格与诗法"，宋人往往"述作诗之本事"，还就此分出了"辞中及事""事中及辞"的两类，认为"这是宋人诗话与唐人论诗之著之分别"。[3]这种划分恐怕难以成立。因为就单篇诗话而言，不少宋诗话论诗及事的篇幅大于论诗及辞的篇幅，但是总体来看，宋诗话体量巨大，其中"论诗及辞"之处比比皆是，似涉及诗歌文本的一切方面。

以姜夔的《白石道人诗说》为例，通篇之中无涉"诗之本事"，几乎全部的关注点都落在诗歌的具体创作方法上。如在布局上要"首尾匀停，腰腹肥满"；在用语上则"语贵含蓄"，"人所易言，我寡言之，人所难言，我易言之，自不俗"；在修饰上须避免"雕刻伤气，敷衍露骨"。"若鄙而不精巧，是不雕刻之故，拙而无委屈，是不敷衍之过。"在收放的尺度上讲究"学有余而约以用之，善用事者也；意有余而约以

[1] （清）何文焕辑：《历代诗话》（下），中华书局，1981年，第488页。

[2] 罗炳良译注：《文史通义》，中华书局，2012年，第879页。

[3] 郭绍虞辑：《宋诗话辑佚·序》，中华书局，1980年，第2页。

尽之，善措辞者也；乍叙事而间以理言，得活法者也”。[1]

这里必须提到《沧浪诗话》。站在形式批评的立场上看，严羽《沧浪诗话》和前人的诗话的不同之处，不只是“以禅入诗”，还因为在这部诗话中，作者一改《六一诗话》以来的写作方式，即那种把什么想法统统汇煮一炉的写法，而以《诗辩》《诗体》《诗法》《诗评》《考证》诸章相区分的方法，将诗歌作了解析，其中《诗法》一章，专门细细探究作诗技巧：

发端忌作举止，收拾贵在出场。

不必太著题，不必多使事。

押韵不必有出处，用事不必拘来历。

下字贵响，造语贵圆。

意贵透彻，不可隔靴搔痒。

语贵脱洒，不可拖泥带水。

最忌骨董，最忌衬贴。

语忌直，意忌浅，脉忌露，味忌短，音韵忌散缓，亦忌迫促。

诗难处在结裹，譬如番刀，须用北人结裹，若南人便非本色。[2]

以上诗法，与其说是理论性总结，不如说是经验性的表述，然而人们最初朦胧地对艺术形式有所感悟，就是来自大量的阅读和丰富的创作经验，而不是来自理论认识。

宋代最奇特的文学现象就是集句诗的出现，这一现象与其说是创作

---

[1] （宋）姜夔：《白石道人诗说》，载（清）何文焕辑：《历代诗话》（下），中华书局，1981年，第680—683页。

[2] （清）何文焕辑：《历代诗话》（下）（第2版），中华书局，2004年，第694页。

现象不如说是形式主义文学思想的产物。所谓集句诗，就是从前人的诗篇中选取不同的诗句，并将它们重新组合在一起，另成一诗。自然，好的集句诗应该做到融会贯通，如出一体。如王安石是集句诗高手，此处暂选其两首集句短诗：

舭船一棹百分空，（杜牧） 十五年前此会同。（晏殊）
南去北来人自老，（杜牧） 桃花依旧笑春风。（崔护）

《送张明甫》[1]

潮打空城寂寞回，（刘禹锡） 百年多病独登台。（杜甫）
谁人得似张公子，（杜牧） 有底忙时不肯来？（韩愈）

《赠张轩民赞善》[2]

如果没有形式主义文学思想，将不同诗人的不同诗句集合在一起是不可思议的事情。那些能够流传下来的诗篇都是名篇，每首诗各有自己的生命，将它们拆开，重新组合，能够做到圆融一体，开出新的境界吗？当然，答案是不确定的，即集句诗能否做到圆融一体，在此基础上又能让人耳目一新，似有所得，是因人而异的。不过集句诗在宋代的兴起，却表明当时的人们有这样一种认识：每一句诗句不是附着在诗歌的内容上的，而是相反，诗歌的内容是由诗句给予的，诗歌的内容是诗句派生的，因此通过广阅博览、精心挑选、周密组合，一切都是可能的。当然，集句诗是文人之间的笔墨游戏，不同于创作，但是，这说明

[1] 《王安石全集》（第2册），大众书局，1935年，第251页。
[2] 同上书，第251页。

文人们对诗歌表达形式本身的关注，和在这上面所花的工夫，倾注的心血。

说起来，形式主义批评和诗歌的修辞研究，发生在有宋一代，这是有点蹊跷的事情。因为宋代是中国儒学大发展时期，是儒家思想在汉代以后得到重构的第二个重要时期。严格意义上说，正是宋儒周敦颐提出了“文以载道”的思想，并且从周敦颐以下，经张载、二程而朱熹，心血几乎都集中在如何承传儒家的道统，并使之发扬光大上。所以不难理解为什么这一干学者的行状，进入了《宋史》的《道学传》而不是《儒林传》和《文苑传》。

按理，儒家重道，反对浮华的文辞，倡导“辞达而已”，倡导“修辞立其诚”，何以在大量的诗话批评中，几乎都不关乎道，而只关乎“辞”，关乎“语工”，关乎“气象”“体面”“血脉”“韵度”等？[1]这里起码可以有这样一种解释，即只有在思想文化的蓬勃发展期，才会出现高度抽象的理念和形式主义思想。以上的回顾只是想说明，在20世纪中国，纯文学观念的出现并非仅仅是因为西方思潮的引入，还因为中国悠久的历史和丰富的文学实践活动的积累，为此打下了扎实的基础。

这里须说明，中国古代的这一文学观念与西方的唯美主义纯文学观有一明显的区别。西方的唯美主义思潮除了“为艺术而艺术”，往往还挑战社会既有的传统和价值观，如王尔德认为：“艺术家没有伦理上的好恶。艺术家如在伦理上有所臧否，那是不可原谅的矫揉造作。”因此“书无所谓道德的或不道德的，书有写得好的或写得糟的，仅此而

[1] （宋）姜夔：《白石道人诗说》，载（清）何文焕辑：《历代诗话》（下），中华书局，1981年，第680—683页。

已”。[1]王尔德本人的行状就是一个例证。然而，中国的纯文学观，关注修辞和表达，却不背离社会传统和道德，有宋一代的文化人秉承的是儒家“文质相当，彬彬君子”的诗学传统，在诗歌表达上追求精益求精的同时，似并不冲击“文以载道”的基本观念。诗话的作者如欧阳修、司马光、陈师道、姜夔等为大儒为硕学，也因此，宋代诗话和形式主义文论的兴起与儒学的复兴是并行不悖的。

5. 文学史观与文学创作的某种分离

这里，我们还必须注意这样一种现象，即在1930年代前后，就在上述学者笃信纯文学观，并以此作为撰写文学史时的基本立场时，文学创作界却出现另一种景象：先前相当一部分年轻人是西方唯美主义和纯文学的拥趸，他们反对“艺术上的功利主义”，如郭沫若曾表明自己的态度：“上之想借文艺为宣传的利器，下之想借文艺为糊口之饭碗，这个我敢断定一句，都是文艺的堕落，隔离文艺的精神太远了。”[2]也有人曾宣称：“艺术是不顾道德，也与社会不是共同的世界。艺术上唯一的目的，就是创造美，艺术家唯一的工作，就是忠实表现自己的世界，所以他的美的世界，是创造在艺术上，不是建设在社会上。”[3]但是，后来情形就复杂了，“原来文学研究会可以代表人生艺术派，创造社可以代表纯艺术派”[4]，但是短短几年，一切都发生了变化。这缘于社会的大革命和大分化，缘于政治斗争和各文艺社团思想冲突的剧烈，各种

[1] 以上均见[英]王尔德著，荣如德译：《道连·葛雷的画像·自序》，上海译文出版社，2006年，第4、3页。

[2] 饶鸿競等编：《创造社资料》（上），知识产权出版社，2010年，第14页。

[3] 李金发：《少生活美性之中国人》，载《世界日报》副刊，1926年7月26日。转引自孙玉石：《新诗十讲》，中信出版社，2015年，第81页。

[4] 今心：《两个文学团体与中国文学界》，载《创造社资料》（下），知识产权出版社，2010年，第784页。

文艺思潮的交锋也分外激烈。活跃于文坛的作家、批评家几乎将各自提倡过的“纯文学”抛在脑后。无论是创造社还是新月社，无论是浪漫主义还是唯美主义，似乎都调转了方向。1920年代初，那个发表《女神》，反对艺术功利主义，认为艺术是“苦闷的象征”[1]的郭沫若，于五年后在文学立场上，就有一百八十度转身。不仅自身投入了革命洪流，极力倡导革命文学。还在《革命与文学》一文中，论证了文学与革命的一致性：“我们可以知道文学的这个公名中包含着两个范畴：一个是革命的文学，一个是反革命的文学。”并以数学公式加以表达：

> 革命文学 ======F（时代精神）
> 更简单地表示的时候，便是
> 文学 ======F（革命）[2]

再看看新月派的情形，也有大的变化，无论是心中的对象“只是艺术”“决心为艺术牺牲”[3]的徐志摩，还是强调“我以为艺术是为艺术而存在的；他的鹄的只是美，不晓得什么叫善恶；他的效用只是供人们的安慰与娱乐”[4]的梁实秋，此时也有了新的态度和面孔。在1928年《新月》杂志创刊号上，新月同人发表了《〈新月〉的态度》一文，倡导的是“健康与尊严”的人文主义原则，反对和批判了“思想的市

---

[1] 参见郭沫若《论国内的评坛及我对于创作上的态度》，载饶鸿競等编：《创造社资料》（上），知识产权出版社，2010年，第13—18页。

[2] 以上均见郭沫若：《革命与文学》，载饶鸿競等编：《创造社资料》（上），知识产权出版社，2010年，第112—117页。

[3] 徐志摩：《天下本无事》，载《西风残照中的雁阵——徐志摩谈文学创作》，天津人民出版社，2013年，第5页。

[4] 转引自刘中树、许祖华：《中国现代文学思潮史》，华中师范大学出版社，2009年，第282页。

场上”的“种种非常的行业”，这就是以下林林总总的文艺观和各种文艺现象，如：

一、感伤派　　八、纤巧派
二、颓废派　　九、淫秽派
三、唯美派　　十、狂热派
四、功利派　　十一、稗贩派
五、训世派　　十二、标语派
六、攻击派　　十三、主义派 [1]
七、偏激派

以上可见，在文学创作界，自 1920 年代下半期，纯文学观已经受到较多的批判和抵制，但是几乎在同一个时期，学者和教授们，文学史的编撰者们，却仍旧以纯文学观来统率文学史，可见，从浩瀚的史料中走出来的学者们比创作界的弄潮儿们更加青睐“纯文学”观，这是因为编撰有两千多年光景的文学史，需要某种统一的观念，否则会迷失在汗牛充栋的史料中。正是依据纯文学观，后来者才能从林传甲、谢无量等的笼统的《大文学史》中走出来，并确立了《诗经》和《楚辞》作为中国文学源头的地位。今人讲文学史，大致从《诗经》和《楚辞》讲起，这似乎天经地义。如有所扩充，就是诸子散文和史传文学。其实，直到 1920 年代中，无论是胡适的《白话文学史》，还是傅斯年的文学史讲义，都还没有这样一种规范和格局。胡适的《白话文学史》不必说，因为强调白话，只能从汉代开始，因为汉以前的文献资料少，无法分辨“文言”

[1]　参见北京大学等主编：《文学运动史料选》（第 3 册），上海教育出版社，1979 年，第 3—10 页。

和“语体”之间的界限，所以宁肯连《诗经》都割去。汉代起码有汉乐府和文人辞赋之间的明显差异为证，遂《白话文学史》可以有所起步。而傅斯年尽管强调的作为语言艺术的文字为纯文学，作为传达工具的文字不属于文学范畴，但是一进入文学史撰述，则要从伏生所传的《尚书》二十八篇说起，可见在那时，没有今天所谓的共识。所以，游国恩的文学史讲义中，还有“周以前之文学”作为一章。

到了1930年代之后，学界对先秦文学的认识相对一致，所以，无论是郑振铎、刘大白、胡云翼、刘经庵，还是其后的柳存仁、刘大杰、林庚等，有了基本的文学史的共识。即诗词、歌赋、散文等表达情感的文字，或者传奇、戏曲、小说等用虚构的方式表达情感和思想的文字，或以这种方式反映社会现实的文字，可以入文学史。这里表达思想和情感是第一位的，至于是否虚构，并不是最主要的依据。

所以说到底，中国的纯文学观追溯起来，还是可以将《文选序》中所表达的观念作为其源头的。当然以“事出于沉思，义归乎翰藻”作标准来考量许多留载史册的文学作品，“沉思”或许未必，“翰藻”是一定要有的，因为起码先要在形式上符合文学表达的要求。

第二节　文学史即人类心灵史、精神进化史

1940年代，出了两部有影响的中国文学史，就是刘大杰的《中国文学发展史》和林庚的《中国文学史》，这两部文学史都得到了朱自清的首肯，认为这是“一以贯之”的“有独见的中国文学史”。[1] 在林林总

[1] 朱自清：“朱佩弦先生序”，林庚：《中国文学史》，清华大学出版社，2009年，第1页。

总的中国文学史中，得到朱自清称赞的这类著作并不多，除了1920年代胡适的《白话文学史》，1930年代郑振铎的《插图本中国文学史》，就是刘大杰和林庚的中国文学史。这两部文学史虽然各有特点，但是都有相同的目标，那就是试图勾勒出中国文学“各时代的主潮”[1]。由此我们也可以相信，这两位学者多少受到了丹麦批评家、文学史家勃兰兑斯的六卷本的《十九世纪文学主流》的影响。当然，前文提及的郑振铎也同样受到勃兰兑斯的影响，受到进化论的影响，所以也可以将郑振铎归到这一节范围中。只是从文学观念来说，郑振铎太过驳杂，似乎是一个特例，他几乎吸收了当时对文学史写作有影响的诸多文艺思潮，又加之在史料丰富翔实方面，胜过当时的许多文学史，因此将郑振铎放在任何一个观念的群体和对象里都适当，都有一定的合理性。

说潮流也罢，说主潮也罢，意味着文学是受更加强大的社会力量和自然的力量所驱使所激荡，才形成波涛起伏。在勃兰兑斯那里，由于相信进化论思想和黑格尔的历史哲学，因此相信文学的进程，也在演绎某种预设的世界精神。而具体到描述一个时代的文学，可以见出丹纳的种族、环境、时代三要素的分析方法对其的影响。而在刘大杰和林庚，则更加强调时代投射在诗人和作家精神与心灵上的所产生的回响。

本章之所以将刘大杰和林庚的中国文学史观归于心灵或精神进化史观，是缘于他们以下的立场，即认为，文学是人类心灵活动的表现，“文学发展史便是人类情感与思想发展的历史”[2]，或者认为“那能产生优秀文艺的时代，才是真正伟大的”时代。[3]

[1] 朱自清：“朱佩弦先生序”，林庚：《中国文学史》，清华大学出版社，2009年，第1页。

[2] 刘大杰：“自序”，《中国文学发展史》，百花文艺出版社，2007年，第1页。

[3] 林庚：“自序”，《中国文学史》，清华大学出版社，2009年，第5页。

刘大杰将一个时代的作家与作品看成“每一个时代的文学精神的象征”[1]，与此相同，林庚说“我以为时代的特征，应该是那思想的形式与人生的情绪”[2]。

1. 文学与民族心灵

刘大杰在其《中国文学发展史》中展现的文学观，比早年主张纯文学观的游国恩等人要宽广一些，如果说游国恩等将文学史看成是情感史、修辞史的话（翰藻），刘大杰将文学史当作人类的心灵史或精神生活史。因为在他看来“文学便是人类的灵魂”，“文学发展史便是人类情感与思想发展的历史”。[3] 刘大杰推崇的是法国批评家朗松的文学史观，即“一个民族的文学，便是那个民族生活的一种现象，在这种民族久长富裕的发展之中，他的文学便是叙述记载种种在政治的社会的事实或制度之中，所延长所寄托的情感与思想的活动，尤其以未曾实现于行动的想望或痛苦的神秘的内心生活为最多”[4]。

这里不妨将朗松的相关见解摘录在此，以加深我们的印象：

> 文学史是文化史的一部分。法国文学是法兰西民族生活的一个方面，它把思想和情感丰富多彩的漫长的发展过程全部记载下来——这个过程或延伸到社会政治事件之中，或者沉淀于社会典章制度之内；此外，它还把未能在行为世界中实现的苦痛或梦想的秘密的内心生活全部记录下来。

[1] 刘大杰：“自序”，《中国文学发展史》，百花文艺出版社，2007年，第1页。

[2] 林庚：“自序”，《中国文学史》，清华大学出版社，2009年，第5页。

[3] 见刘大杰：“自序”，《中国文学发展史》，百花文艺出版社，2007年，第1页。

[4] 同上。

> 我们最高的任务就是要引导读者，通过蒙田的一页作品，高乃依的一部戏剧，伏尔泰的一首十四行诗，认识人类、欧洲或法国文明史上的某些时刻。[1]

或可说朗松的文学史即文化史的看法，比唯美主义的文学观更有吸引力，因此刘大杰和林庚等学者更愿意从更加宽广的文化层面来阐释文学的进程。

刘大杰认为："人类心灵的活动，虽近于神秘，然总脱不了外物的反映，在社会物质生活日在进化的途中，精神文化自然也是跟着同一的步调，生在二十世纪科学世界的人群，他脑中绝没有卜辞时代的宗教观念，在这种状态下，文学的发展，必然是进化的，而不是退化的了。"因此"文学史者的任务，就在叙述他这种进化的过程与状态，在形式上，技巧上，以及那作品中所表现的思想与情感"[2]。

除了关注作品本身的内容，刘大杰还认为，"特别要注意到每一个时代文学思潮的特色，和造成这种思潮的政治状态、社会生活、学术思潮以及其它种种环境与当代文学所发生的联系与影响"[3]。

由此，刘大杰的文学史观中包含有那个时代最流行的和最时髦的思潮和观念，如进化论和反映论，如由丹纳、勃兰兑斯而朗松的艺术社会学，还有历史主义和实证主义精神等。

说到进化论文学观，那时为许多文化人所接受，如谭正璧的《中国文学进化史》或可说是这方面的代表著述，由此，陈伯海在其著述中称："'五四'以来的新文学史观，就其主流而言，就是进化论的历史

---

[1]　[法]朗松著，徐继增译：《朗松文论选》，百花文艺出版社，2009年，第3—4页。

[2]　刘大杰："自序"，《中国文学发展史》，百花文艺出版社，2007年，第1页。

[3]　同上。

观念，它萌生于晚清文学改良运动之中，却要到‘五四’文学革命期间才形成其鲜明的个性，并取得振聋发聩的效果。”[1]并以“五四”新文化运动代表人物胡适的《文学改良刍议》和陈独秀的《文学革命论》为此观念的代表。然而，科技进步可以落实到具体的科技发展历史中，文学进化论观念落实到具体的作品阐释中，就颇有难度。刘大杰的《中国文学发展史》，从书名上讲，就是受文学进化论思想影响，但是在具体的撰述中，似并无贯彻“发展”意图。

既然许多学者认为“歌谣文理，与世推移”[2]，“一时代有一时代之文学”[3]，那么，文学的进化或退化是很难判断的。文学进化论是受进化史观影响，进化史观不仅来自达尔文，似乎还有科技进步作佐证，但是文学毕竟是文学，如何来描述其演化，是很难比照社会经济和政治活动进程的（倒是龚鹏程2009年出版的《中国文学史》，更像是进化论文学史，因为他在“自序”中说：“故是一本独立的文学之史，说明文学这门艺术在历史上如何出现、如何完善、如何发展，其内部形成了哪些典范，又都存在哪些问题与争论，包括历代人的文学史观念和谱系如何建构等等。”）。[4]因此，可以说进化论文学观在“五四”时期虽然有大影响，却没有落实到那个年代的文学史撰写过程中。

这里，关于刘大杰的文学进化论与笔者前文所论述的谱系论文学史观正相反。在中国古代，谱系论文学观是强调来自文化源头的巨大活力的。如《文心雕龙》中的开首诸篇“原道”“征圣”“宗经”等，均强调作为典范的远古文化对于后来者的深远影响：从伏羲到孔子（“庖牺画

[1] 陈伯海：《文学史与文学史学》，北京大学出版社，2012年，第217页。

[2] （南朝）刘勰：《文心雕龙·时序》。

[3] 胡适：《文学改良刍议》，载《新青年》第2卷第5号，1917年1月1日。

[4] 龚鹏程：《中国文学史》（上册），世界图书出版公司，2009年，第2页。

其始，仲尼翼其终”）[1]，或从三代到夫子（“先王圣化，布在方册；夫子风采，溢于格言”）[2]，一脉相承。至于作为经典的五经，更是后世揣摩学习的规范（“《易》张十翼，《书》标七观，《诗》列四始，《礼》正五经，《春秋》五例，义既埏乎性情，辞亦匠于文理，故能开学养正，昭明有融。然而道心惟微，圣谟卓绝，墙宇重峻，而吐纳自深。譬万钧之洪钟，无铮铮之细响矣。”）[3]

因此钟嵘在其《诗品》中，体现出同样的逻辑和思路，即诗歌品位的高低，依据也是如此，由离文化源头的远近而定。如上品诗，一定是“其源出于国风”“其源出于小雅”或“其源出于楚辞”“其源出于古诗”，等等。

从刘勰的《原道》到韩愈的《原道》，从唐宋古文运动到明代的前后七子，基本上都是将远古代时代的圣贤立为标杆，将那个时代的文化和文学作为理想的摹本。如韩愈的《原道》在将佛老排除出去之后，推崇的仍然是尧舜禹汤文武周公和孔子之道。古文运动则跨越六朝的骈文，直追上古的散文。明代的前后七子倡言，“文必秦汉，诗必盛唐”[4]。总之，在进化论思想进入华夏之前，尽管人们早已认识到：“歌谣文理，与世推移”，“文变染乎世情，兴废系乎时序”，却没有什么人会以“进化”这个概念来描述文学潮流的演变。

2. 戏剧与时代精神

从人类心灵发展史、精神进化史的立场出发，刘大杰等对文学作品和文学现象的阐释，和前所说的持纯文学观的文学史编撰者又有区别。

---

[1] 《文心雕龙・原道》。

[2] 《文心雕龙・征圣》。

[3] 《文心雕龙・宗经》。

[4] 《明史・文苑传》。

这里以戏曲为例，比较能够说明问题。因为在中国正统的文学观念中，没有戏曲的地位。自王国维的《宋元戏曲史》于1915年出版，胡适等大力提倡白话文学观以来，戏曲和杂剧在中国文学史中的地位明显上升，但是由于资料或认识上的原因，在郑振铎之前，文学史在提到元曲时，均没有太多的展开。至于胡适、游国恩、刘大白等文学史都只写到上古和中古，唐以后的均未涉及。在郑振铎的文学史出版前后，商务印书馆于1934年出版吴梅的《辽金元文学史》，以文家、诗家、词家、曲家的名目介绍了辽、金、元的诸多文学人物，在曲家一节中，所提及的金元戏曲，只介绍其曲，而不谈论其剧情和戏曲人物故事，可能在吴梅的观念中，曲子和曲辞归于文学，剧情和故事不在纯文学范围之中。如关于王实甫的几百字介绍，只谈论曲而不涉及剧情或戏剧故事：

> 所作杂剧十三种，今存二种：一，《西厢记》，二，《丽春堂》。《西厢记》之艳丽，臻于绝顶。金人瑞列之才子书中，以与左、庄、骚、迁、杜律相并，其名贵可知，无待赘述（金多窜改，余别有论著）。而《丽春堂》亦甚佳妙。其第一折首数支，极冠冕堂皇，录之如下……[1]

然而，从心灵史和精神发展史的立场出发，必然要关注各类戏剧和民间曲艺的内容，所谓世道人心就是在这些剧情之中得到相应的展示的。当然，在刘大杰之前，郑振铎已经秉持同样的观念，故其在《插图本中国文学史》中，用了较大的篇幅介绍了元代的杂剧和散曲的发展状

[1] 见吴梅、柳存仁、柯敦伯等：《中国大文学史》（下），上海书店出版社，2010年，第657页。

况。秉承纯文学史观和白话文学观，郑振铎在介绍杂剧时，将杂剧的谱系追溯到宋代大曲和宋、金诸宫调。[1]而在介绍散曲时，则强调其民间性。在将元散曲称为诗坛的“忽然现出”的“一株奇葩”，是“有若经过严冬之后，第一阵的东风”催生的新芽，作者说道：“这里所谓‘忽然现出’，并不是说，散曲乃像摩西《十诫》版似的，是从天上掉下来的。她的生命，在暗地里已是滋生得很久了。她便是蔓生于‘词’的领域之中的；她便是偷偷地在宋、金的大曲、赚词里伸出头角来的。”[2]自然，同是生长于民间，北曲和南曲的成长环境还是不相同：

> 南曲和北曲，其最初的萌芽是同一的，即都是从“词”里蜕化出来。金人南侵，占领了中国的中原和北部，于是中原的可唱的词，流落于北方和“胡夷之曲”及北方的民歌结合者，便成为北曲，而其随了南渡的文人、艺人而流传于南方，和南方的“里巷之曲”相结合者便成为南曲。[3]

一个时代的戏曲反映一个时代的心声，同样，一个地域的民间戏曲对该地域的社会风俗人心的影响也是毋庸置疑的，故要了解一个民族的心灵史和精神史，不能不关注歌舞戏曲的具体流传路径。

如果说早年民间的诗歌（如《诗经》）走入文学殿堂后，成为文化人、士大夫和知识阶级表达思想情感、相互联络、相互认同的工具，那么，后起的歌舞戏曲成为社会底层大众的娱乐和情感寄托的媒介。对此，刘大杰在其文学史中有较大篇幅的阐述。

[1] 参见郑振铎：《插图本中国文学史》（下），作家出版社，1957 年，第 631—636 页。

[2] 同上书，第 727—728 页。

[3] 同上书，第 729 页。

在“宋代的戏曲”一节中，刘大杰还就中国戏曲的起源和发展作了回顾，通过对史书和各种文献资料的爬罗剔抉，梳理了戏曲的历史：从汉代宫廷的俳优和倡人，到西域传入的角抵，再到南北朝的参军戏、《代面》《踏摇娘》《拔头》等，均有所涉猎。尽管在作者看来，宋代以前的中国戏曲发展的大略情形，“严格的说来，那一些都不好算是真正的戏曲。但在戏曲发展的过程上，却又是不能忽视的材料”[1]。正是这些零碎的，从各类典籍中一点一滴挖掘出来的材料中，人们窥见了中国戏曲发展的进程。当然，王国维的《宋元戏曲史》居功厥伟，开启了这一研究领域的先河。而刘大杰将其整合进自己的《中国文学发展史》，也是颇费心思，因为中国早期有关戏曲的材料远没有诗词文赋那般丰富，但是从人类精神和文化的演进，从文学和艺术的发展的观念出发，又必须将这一进程大致勾勒出来。所以处理那些琐细的文献资料，将它们贯穿一体，无论是从戏曲流传的内部传统，还是从戏曲形成的外部条件看，对我们不无启发。如在元代“散曲的产生与形体”一节中，作者就“外乐的影响”，作了钩稽和描述，虽属粗线条的描绘，但脉络清晰：

> 我们都知道词曲的产生，与音乐发生最密切的关系。当音乐界发生大变动的时候，那些播于管弦出于歌喉的歌词，必须适应外来的环境而发生变质的事是无可疑的。北宋末年，金人入中原，接着又是蒙古民族的南下。在这一长期中，外族的音乐得以大量输入的机会。所谓胡乐番曲，腔调歌辞固然不同，所用的乐器也是两样。曾敏行《独醒杂志》卷五云：“先君尝言，宣和末客京师，街巷鄙人，多歌番曲，名曰《异国朝》《六国朝》《蛮牌·序》《蓬蓬花》等，其

[1] 刘大杰：《中国文学发展史》，百花文艺出版社，2007年，第411页。

> 言至俚，一时士大夫亦皆可歌之。”这里虽说是北宋末年的事，然而我们也由此可以看出外乐在中原流行的状态。因为其言至俚，所以开始是流行于街巷鄙人，后来是入于士大夫之口了。在这种地方，正可以看出因了外乐的影响，歌词渐渐地趋于转变的趋势。到了元代，大批的新乐器与新歌曲的输入，在当日的音乐界，自然会发生更大的变动。王骥德《曲律》卷四云：“元时北虏达达所用乐器，如筝、纂、琵琶、胡琴、浑不似之类。其所弹之曲，亦与汉人不同。”[1]

以上这些都表明一个时代的精神面貌及其表现方式，是在多种因素的影响下达成的，必须将各种看来不怎么起眼的材料，加以整理和归纳。对史料的琐细把握，有时会让人感到繁复沉闷，但是，综合地呈现一个时代和民族的文化风貌与精神世界又不得不将这些材料贯穿到整体的叙述之中。

3. 小说的价值

出于关注戏曲同样的理路，刘大杰的《中国文学发展史》对小说，特别是清代小说的交代，也是此前的文学史所未逮。

20 世纪上半叶的中国文学史，在写作上往往是重上古，轻近古，除了观念上的原因，还因为上古文学经历代文人学者的整理，面目清晰疏朗，易于把握，而近古以来，特别是宋以后，文献资料丰富驳杂，意见各异，反而难以取舍。

据说黄侃讽刺胡适为“著作监”，即胡适的《中国哲学史大纲》和《白话文学史》均只有上卷，没有下卷。其实除了胡适，1930 年代前后出版的多种文学史，像傅斯年、刘大白等著述，也是同样的情状，有的

[1]　刘大杰：《中国文学发展史》，百花文艺出版社，2007 年，第 425—426 页。

断于南朝（游国恩），有的终于唐（刘大白）。郑振铎的《插图本中国文学史》尽管篇幅繁多，卷帙宏大，也只写到明代。清代的小说尽管为当年学界所重视，如对《红楼梦》是索隐还是自叙的研究，就争论得十分激烈。另外有关小说史和晚清小说史的专著也先后面世，但是在中国文学史的写作上却无反映，而商务印书馆张宗祥的《清代文学》(1930年）只涉及清代的诗文，且将清代的戏曲附录在清词的概述中，且总共只有两页，仿佛小说之流尚没有进入中国文学史的资格。而后，胡云翼《新著中国文学史》在清代文学编中有“清代的小说”一节，虽然只有短短六页，但毕竟是一个突破。

刘大杰的《中国文学发展史》有关于清代小说整整一章，涉及包括《儒林外史》《红楼梦》和《镜花缘》等小说几十部，当然，这可以看成是上承鲁迅的《中国小说史略》和阿英的《晚清小说史》而来。作者将小说整合到中国文学的历史长河中，只是为了将文学史作为“人类情感与思想发展的历史”体现得更加完整。故在其“清代的小说”一节中，开头便说道：

> 在清朝，如诗文词曲一类的旧体文学都步入了总结束的阶段，唯有小说正保有壮健的生命，显示着光辉的前途。虽在那一个朴学全盛重经典考据而不宜于小说发展的环境里，小说仍能表现着优良的成绩。由蒲松龄、吴敬梓、曹雪芹三大作家的作品，替清代的整个文坛，增加了不少的光彩。到了晚清，小说受了时代环境的影响，更趋于繁荣，展开了前所未有的热闹的场面。[1]

[1] 刘大杰：《中国文学发展史》，百花文艺出版社，2007年，第595页。

也许正是为了强调清代小说的"壮健的生命",在这一节中,刘大杰不同于自己前文关于明代小说的写法,突出了清代小说的"文学上的价值"。如论及《儒林外史》时,有对"《儒林外史》所表现的思想及其文学上的价值"的揭示,说到曹雪芹时,又有对"《红楼梦》的文学价值"的阐发。这里作者不是说明代的小说没有文学价值,而是要在更广泛的层面上,展示文学精神与人类思想情感的历史之间的联系。例如,在阐述《儒林外史》的文学价值时,刘大杰写道:"书中无淫秽之言,无神鬼之论,故品质极高。他所用的文字,全是普通的官话,不杂各地的野语方言。修辞造句,简洁有力,可称为白话文学的范本",又引用钱玄同的说法"《水浒》是方言的文学,《儒林外史》却是国语的文学,可以列为现在中等学校的模范国语读本之一"[1]。

至于说到《红楼梦》,刘大杰认为,其文学价值之一,就是提倡了这样的文学观念,即"一部好的小说,应当与作者的生活社会打成一片,不要专门做那种伦理名教的宣传工具,或是千篇一律的恋爱的娱乐文学"[2]。其依据就是《红楼梦》第一回,空空道人与石头的一番问答。

基于同样的观念,作者推崇晚清的小说,并认为清末的小说"在中国小说史上,是一个极其繁荣的时代",进而引用阿英《晚清小说史》中的表述,认为晚清小说在短短的时期中能有如此空前繁荣的局面,主要原因是:"第一,因为印刷事业的发达,没有从前那种刻书的困难,由于新闻事业的发达,在应用上需要多量的生产。第二,是当时的知识阶级受了西洋文化的影响,从社会的意义上,认识了小说的重要性。第三,是清朝屡挫于外敌,政治又极窳败,大家知道国事不足有为,写作

[1] 刘大杰:《中国文学发展史》,百花文艺出版社,2007年,第602页。

[2] 同上书,第606页。

小说，以事抨击，并提倡维新与爱国。”[1]

尽管晚清的许多小说从“技术上讲，那些作品幼稚的居多”，但是作者认为，“那种暴露现实谴责世俗的精神，却是非常可贵的”，由此作者从中选出李伯元、吴趼人、刘鹗、曾朴等四位作家来，分别加以介绍。

自然，说到清代的小说，“平话小说”和“倡优小说”也是必然要涉及的，就是因为这类“文体通俗的平话式的民众文学”和“为有产阶级与知识阶级的人士所欢迎”的倡优小说，同样折射出一个时代民众的情感和心灵。所以作者将它们一总囊括在其中，并且对《儿女英雄传》《三侠五义》《品花宝鉴》《海上花列传》等作品有所剖析。

4. 诗歌与文学主潮

与刘大杰稍有不同，林庚的文学史观或许多少受生命哲学的影响，将人类精神成长作为有机整体来看待，而文学的进程则是自由精神的象征。因此，作者分别以启蒙时代、黄金时代、白银时代和黑夜时代来命名不同时期的文学，描述了文学从发生、成长到衰落的历史，正如朱自清在该书1947年出版时的序所言：林庚“将文学的发展看作是有生机的，由童年而少年而中年而老（年）；然而文学不止一生，中国文学史可以再生的，他所以用‘文艺曙光’这一章结束了全书”[2]。

如果说刘大杰是从宏大的理念出发，从精神自由的历史进程出发来描述和梳理文学潮流的话，林庚则是由文学史上许多具体的问题和困惑出发，来描述“文学史上主潮的起伏”，在其《中国文学史》的“自序”中，作者给自己定下的任务便是要解决文学史上许多没有解决的问题，

[1] 刘大杰：《中国文学发展史》，百花文艺出版社，2007年，第613页。

[2] 朱自清：“朱佩弦先生序”，林庚：《中国文学史》，清华大学出版社，2009年，第1页。

“例如中国何以没有史诗？中国的戏剧何以晚出？中国历来何以缺少悲剧？诗经之后二百年文学上何以竟无诗篇产生？天问与九歌同为楚辞，何以前者与诗经反更为相似？词的长短句如果像历来所认为的，是解放的形式，则何以词的范围反较诗更狭小？李白有诗的复古，韩愈有文的复古，何以后者成功而前者无结果？本同于诗经的四言诗在魏晋间何以又竟能复活？……”[1]

现在看来，当年林庚的一部分困惑是以西方文化为主要参照系的一代知识分子和文化人的困惑，即当人们接受进化论思想时，同时将西方文化的演进过程、西方文学的发展看成是人类文化或文学的正道，以此来比照中国文化和中国文学。其实，以上类似的问题也可以调转来考虑或发问：古希腊早期为何有史诗而没有《诗经》这类讽喻诗？西方文化的源头上为何出现悲剧，是整个社会的精神和心理上出现了什么重大的问题吗？

其实不仅东西方文化和文学的演进是不同步的，人类的精神和心灵演进的路径与社会经济生活和政治形态的发展也是不同步的，所以林庚认为，“伟大的文艺时代，常产生在我们失去保证的时候；东周失去了西周从容的凭藉，于是有了大量国风的歌唱与楚辞；建安以来失去了汉代平静的生活，于是有了从五七言诗到宋词这一段时期”[2]，这里，显然有“国家不幸诗家幸，赋到沧桑句便工”的意思在[3]。自然，具体到每一个时代中，作者还有更加细致入微和充满活力的表述。例如在《启蒙时代》的“苦闷的醒觉”一章中，作者以诗化的描述来开篇：

---

[1] 林庚：“自序”，《中国文学史》，清华大学出版社，2009年，第5页。

[2] 同上书，第6页。

[3] （清）赵翼：《题元遗山集》。

> 王莽政变之后，汉室东迁，人们才渐渐从昏沉的睡意里惊醒起来。人生的忧患，既已启示了更永恒的情操；而文艺的路径，既经开始也便难于长此停留。楚辞的表现，本有它自身的意义，它打破了女性的歌唱，便欲领导着文坛的主潮，这样在经过长期的休养后，于是历史上便又继续着那未完成的精神，揭开了另外的一幕。[1]

显然，作者极力以充满灵性的文体来描述文学史，以昭示文学自身的精神特质。

又例如在《黄金时代》中，作者以“不平衡的节奏”来描述五言诗的兴盛和衰落；以“人物的追求”来叙说魏晋风流人物的韵致和骈体文的兴起；以“原野的认识”来概述南朝乐府和谢朓、鲍照等人的咏大自然的诗歌；以“旅人之思的北来”来介绍北朝的乐府和散文；以“主潮的形式”来讲述七言诗的逐步兴起；以“诗国高潮”来称颂盛唐的诗风；以“古典的先河”来形容唐代律诗的历史地位；以“修士的重现”来阐释超然物外、挣脱俗世的中晚唐诗歌；以“文艺派别”来描绘晚唐文坛的绚丽多彩；最后以“散文的再起”来论述中唐时韩愈柳宗元发起的古文运动，终结了关于文学的“黄金时代”的书写。

在诸多的中国文学史中，文学发展的阶段均是以王朝的更替为分期的，独有林庚的《中国文学史》打破朝代的分野，将文脉的流播作为书写的主要线索，所以有“启蒙时代”“黄金时代”“白银时代”“黑夜时代”的这一体例安排，真正是一本以描述文学主潮流变为使命的文学史。

当文学史强调文学主潮，就会屏蔽掉那些被认为不够主流的文学作

[1] 林庚：《中国文学史》，清华大学出版社，2009 年，第 86 页。

品和文学现象，人们会发现，林庚的中国文学史认定的主潮，主要关注的是诗文，因此给以强烈的关注和热情的描绘。而将历史上相对晚近的戏曲与小说的时代看作是在“黄金时代”“白银时代”之后的“黑夜时代”，其理由如下：“元明以来中国本土文化已完全告一结束，而新的文化还没有起来，这便是一段黑暗时期。这一时期中最主要的戏剧，又莫不都以梦想为故事的典型，正好作为漫漫长夜中，一点东方趣味的归宿。”[1]

在“黑夜时代”的最后两章，作者特意以“诗文的回溯”和“文艺曙光”来结尾，也是想表明中国本土文化和文学的重生及其凤凰涅槃。

这里还是要提及郑振铎的《插图本中国文学史》，这本1930年代出版的著作，在强调纯文学观和白话文学观的同时，也强调了文学史作为民族精神的历史记载的功能，以他的说法，“读了某一国的文学史，较之读了某一国的百十部的一般历史书，当更容易明了他们”[2]。因此在《插图本中国文学史》中，作者尽可能将民间的各种俗文学囊括进来。这里最为独出心裁的是，他将“中世文学”和“近代文学”的分界划在明世宗嘉靖元年，其理由如下：

> 近代文学开始于明世宗嘉靖元年（公元1522年），而终止于五四运动之前（民国七年，公元1918年）。共历时三百八十余年。为什么要把这将近四世纪的时代，称之为近代文学呢？近代文学的意义，便是指活的文学，到现在还没有死灭的文学而言。在她之后，便是紧接着五四运动以来的新文学。近代文学的时代虽因新文学运动的出现而成为过去，但其中有一部分的文体，还不曾消灭了去。他们有的还活泼泼的在现代社会里发生着各种影响，有的虽成

[1]　林庚：《中国文学史》，清华大学出版社，2009年，第314页。

[2]　郑振铎：《插图本中国文学史》，作家出版社，1957年，第5页。

> 了残蝉的尾声，却仍然有人在苦心孤诣的维护着。中世纪文学究竟离开我们是太辽远一点了；真实的在现社会里还活动着的便是这近代文学。她们的呼声，我们现在还能听见；她们的歌唱，我们现在还能欣赏得到；她们的描写的社会生活，到现在还活泼泼的如在。所以这一个时代的文学，对于我们是格外的显得亲切，显得休戚有关，声气相通的。[1]

应该说，郑振铎的文学观，是最兼容并包的文学观，无论是纯文学的观念，还是“人类的最崇高的精神与情绪的表现”的文学观念，最后都要和“活的历史”相应的“活的文学”共同构成恢宏的历史长卷，流传下来。所以，作者以最激情澎湃的文字，对以上四百年的文学作了概括的感性描述：

> 在这四世纪的长久时间里，我们看见一个本土的最伟大的作曲家魏良辅，创作了昆腔；我们看见许多伟大的小说家们在写作者许多不朽的长篇名著；我们看见各种地方戏在迅速的发展着；我们看见许多弹词、宝卷、鼓词的产生。在这四个世纪里，我们的文学，又都是本土的伟大的创作，而很少受有外来影响的了。虽然在初期的时候，基督教徒的艺术家们曾在中国美术上发生过一点影响；——但中国文学却丝毫不曾被其影响所熏染到。虽然在最后的半个世纪，欧洲的文化，也曾影响到我们的封建社会里，连文学上也确曾被其晚霞的残红渲染过一番；——然究还只是浮面的影响，并不曾产生过什么重要的反应。她们激动了千年沉睡的古国的人

[1] 郑振铎：《插图本中国文学史》，作家出版社，1957年，第828—829页。

> 们。这些人们似乎都已醒过来了；但还正是睡眼朦胧，余梦未醒，茫茫无措的站在那里，双手在擦着眼，还不曾决定要走哪一条路，要怎么办才好。认清楚了，已经完全清醒了的时代，当从五四运动开始。所以近代文学，我们可以说，还纯然是本土的文学，这四百年的文学，实在是了不得的空前的绚烂。[1]

今人或许对郑振铎的以上描述有所疑惑，即为何要特别强调这四百年未受外来文学影响？难道文学、文化和人类精神的发展，不是在碰撞和交互影响下，才有所开拓，有所前行的吗？否则为何说，自五四运动开始，就进入了完全清醒的时代？这一逻辑上的矛盾，或许只有身处那个时代才能体会，民族自豪感和外来文化大规模的侵袭，使有中国文化底蕴的士人和知识分子难以保持文化心理的平衡。当然我们还可以进一步追问，“五四”运动难道真是“完全清醒了的时代”？……

另外，同样是这个时期，同样是关注中华民族的心灵和情感历程，林庚在其文学史著作中，将其作为“黑夜时代”看待。一个重视民间文化和白话文学，一个重视正统的诗文，这种迥异的立场似正反映了人类历史的多义性和精神现象的复杂性。

第三节　反映论文学观的演进

20 世纪中国，影响最大的，历时最久的本质主义文学观是反映论文学观，即文学是生活的反映，是社会现实的反映，是阶级斗争的反映等。

[1]　郑振铎：《插图本中国文学史》，作家出版社，1957 年，第 829 页。

1. 为人生的文学

在中国的传统文学观念中，有关文学反映生活，文学与生活之间密切关系的见解和观点并不少见，如：《汉书·艺文志》提及乐府采诗，有“代赵之讴，秦楚之风，皆感于哀乐，缘事而发，亦可以观风俗，知薄厚云”[1]之言；白居易亦有“文章合为时而著，歌诗合为事而作”[2]之说；王夫之则有“身之所历，目之所见，是铁门限”的见解。

但是以上种种见解均缺少系统的阐释，亦即文学反映论作为一种观念，并没有在传统的文论中得到持续的贯彻，倒是“诗言志”“诗缘情”的文学观、“文以载道”的文学观有比较多的认同，亦即文学功能观是中国传统文论中的内核，包括白居易的“文章合为时而著，歌诗合为事而作”也是从文学社会功能入手来理解文学的。

反映论是西方文学观的基石，按车尔尼雪夫斯基的说法，亚里士多德的“模仿论”雄霸两千年。文学反映论既是文学功能观，也是文学本质观，或可说更重要的是文学本质观。当然在西方，反映论文学观并不是一蹴而就的，是在相关的哲学观念、文学运动和社会思潮等诸种合力，特别是现实主义文学运动和左拉等倡导的“自然主义”文学的崛起，使得反映论文学观流播天下，因此雷纳·韦勒克在其《近代文学批评史》特别强调：“现实主义和自然主义是产生于法国十九世纪后期文学上的两大口号，并由此流传到其他国家。”[3]

按照韦勒克的说法，现实主义“确定为一个口号则应归之于居斯塔

---

[1] （汉）班固：《汉书·艺文志》，见《二十五史》，上海古籍出版社、上海书店，1986年影印本，第167页。

[2] （唐）白居易：《与元九书》。

[3] ［美］韦勒克著，杨自伍译：《近代文学批评史》（第4卷），上海译文出版社，1997年，第1页。

夫·库尔贝的画作所引起的轩然大波”。但是这一术语据说早在1826年就出现了，“有位作家在《法兰西信使报》上宣称，‘这种文学学说可以十分恰当地称为现实主义：它日益盛行而且将导致人们忠实模仿的不是艺术杰作而是自然所提供的原型。它将成为十九世纪的文学，即反映真情实况的文学’”。[1]这像是一个预言，不仅道出了日后西方现实主义文学的盛况，也预测了20世纪中国文学的一个重要走向。

文学研究会作为一个文学组织，是最早将现实主义文学和文学反映论思想介绍到中国的，该组织的宗旨就是“研究介绍世界文学，整理中国旧文学，创造新文学”[2]。

所谓介绍世界文学，文学研究会的同人偏重的是反映社会现实的文学，是“为人生”的文学，因此，如《父与子》《死魂灵》《青年同盟》《三姐妹》等现实主义的文学或戏剧作品被翻译进来，如俄国作家屠格涅夫、托尔斯泰、果戈理、契诃夫、高尔基等，法国作家福楼拜、左拉、莫泊桑、法朗士等，美国的惠特曼，英国的狄更斯、哈代、萧伯纳等，挪威的易卜生，波兰的显克微支等一干被认为是现实主义的作家被先后介绍进来，[3]当然，相应地有关现实主义理论的译著如车尔尼雪夫斯基的批评文章、普列汉诺夫的《论艺术》也得到译介。

文学研究会最早的发起人有周作人、朱希祖、耿济之、郑振铎、瞿世英、王统照、沈雁冰、蒋百里、叶绍钧、郭绍虞、孙伏园、许地山等。他们强调文学的严肃的社会功能，认为“将文艺当作高兴时的游戏或失意时的消遣的时候，现在已经过去了。我们相信文学是一种工作，

[1] [美]韦勒克著，杨自伍译：《近代文学批评史》(第4卷)，上海译文出版社，1997年，第1—2页。

[2] 贾植芳等编：《文学研究会资料》(上)，知识产权出版社，2010年，第5页。

[3] 参见同上书，第463页。

而且又是于人生很切要的一种工作"[1]。茅盾等认为文学是严肃的事业，"反对把文学作为个人发泄牢骚的工具"[2]。

这里不能不提到周作人，按一些研究者的说法，周作人等是"五四"新文化运动的开拓者、作家和学人，比较系统地阐释了现实主义文学思想，如温儒敏在《新文学现实主义的流变》一书中认为，"周作人的《人的文学》等文最为系统地介绍了欧洲 19 世纪'用这人道主义为本'的现实主义文学思潮，而且最早提出了'为人生'的现实主义创作思想"[3]。又说"周作人对新文学现实主义的贡献在于他第一次比较系统地介绍了 19 世纪欧洲现实主义文学潮流中人道主义的文学观念"[4]。

即在一些"五四"新文化学人那里，所谓现实主义是从"为人生"的角度切入，而不是直接从哲学反映论的角度得到阐发的。所谓"人的文学"，就是指人道的文学，周作人认为，以往的许多文学是"非人的文学"，"却不知世上生了人，便同时生了人道"，因此人的文学，就是"用这人道主义为本，对于人生诸问题，加以记录研究的文字"。当然，即便是强调人的文学，在周作人看来，也内含着对真理的探寻和如实地表达。所以他说："人的文学"，说不上是新发明，只是新发见而已，因为"真理永远存在，并无时间的限制，只因我们自己愚昧，闻道太迟"。这里，"人的文学"上升到对于真理的认知高度。其实"人的文学"和现实主义文学在思想根基上还是有区分的，虽然周作人有关"人的文学"强调的是"写人的平常生活"，与现实主义文学的基调相同，但是他是从欧洲的宗教改革和文艺复兴有关"人"的发现为其出发点的，认为自

[1] 周作人：《文学研究会宣言》，《新青年》第 8 卷第 5 期，1921 年 1 月。

[2] 沈雁冰：《关于文学研究会》，《文艺报》，1959 年第 8 期。

[3] 温儒敏：《新文学现实主义的流变》，北京大学出版社，2007 年，第 5 页。

[4] 同上书，第 15 页。

古以来的文学可以分成两大类，即“希望人的生活”和“安于非人的生活”。并且认为，在“中国文学中，人的文学本来极少。从儒教道教出来的文章，几乎都不合格”。[1]

2. 从自然主义到写实主义

应该说比较系统地从反映论角度来讨论文学的，当属茅盾，他在文学研究会成立之后所发表的《文学与人生》《自然主义与中国现代小说》《文学与政治社会》《论无产阶级艺术》《文学者的新使命》等一系列文章中，以及在有关文学的讨论和通讯中，反复阐释和强调了他的现实主义文学观。其实，在文学研究会成立之前的1920年，茅盾就在其主导的《小说月报》上就开辟了小说新潮栏目，介绍西方现实主义文学作品，并有《小说新潮栏宣言》阐明自己的观点，“西洋的小说已经由浪漫主义进而为写实主义，表象主义，新浪漫主义，我国却还是停留在写实以前，这个又显然是步人后尘。所以新派小说的介绍，于今实在是很急切的了”[2]。这里所谓新派小说，主要是指现实主义和自然主义文学作品，而不是指表象主义和新浪漫主义等相对后起的潮流，因为茅盾的想法是，大家“都应该尽量把写实派自然派的文艺先行介绍”[3]。如果大家都“只拣新的译，却未免忽略了文学进化的痕迹”[4]。茅盾的意思是中国文学先要补上现实主义文学这一课，不能在翻译外国文学时一哄而起，什么新就翻译什么，这样会乱了方寸。他认为：“西洋古典主义的文学到卢骚方才打破，浪漫主义到易卜生告终，自然主义从佐拉起，

---

[1]　以上均来自周作人《人的文学》一文，见黄乔生选：《苦雨斋文丛·周作人卷》，辽宁人民出版社，2009年，第1—7页。

[2]　贾植芳等编：《文学研究会资料》（上），知识产权出版社，2010年，第461页。

[3]　同上书，第463页。

[4]　同上书，第462页。

表象主义是梅德林开起头来，一直到现在的新浪漫派；先是局促于前人的范围内，后来解放（卢骚是文学解放时代），注重主观的描写；从主观变到客观，又从客观变回主观，却已不是从前的主观：这其间进化的次序不是一步可以上天的。我们中国现在的文学只好说尚徘徊于‘古典’‘浪漫’的中间，《儒林外史》和《官场现形记》之类虽然也曾描写到社会的腐败，却决不能算是中国的写实小说。”[1]

除了从文学进化立场看，我们先要淌过浪漫阶段，才能进入写实文学。还有些什么理由认为中国的上述小说不能归于写实小说？茅盾没有特别的说明，但是按当时的理解，大约如鲁迅所言，像《官场现形记》《二十年目睹之怪现状》等一类作品以讽刺为主旨，没有达到现实主义文学应有的水准。“其在小说，则揭发伏藏，显其弊恶，而于时政，严加纠弹，或更扩充，并及风俗。虽命意在于匡世，似与讽刺小说同伦，而辞气浮露，笔无藏锋，甚且过甚其辞，以合时人嗜好，则其度量技术之相去亦远矣，故别为之谴责小说。”[2]

茅盾认为中国的文学传统里，几乎不怎么讨论“文学是什么东西”“文学讲的是什么问题”等形而上的大议题，所以自己“只能先讲些西洋人对于文学的议论”[3]，把他们的一些观点介绍给国人和文学青年。当然他首先介绍的就是反映论的文学观。在《文学与人生》中，他一语中的地写道：“西洋研究文学者有一句最普通的标语：是‘文学是人生的反映（Reflection）’，人们怎样生活，社会怎样情形，文学就把那种种反映出来，比如人生是个杯子，文学就是杯子在镜子里的影子，

[1] 贾植芳等编：《文学研究会资料》（上），知识产权出版社，2010年，第462页。

[2] 鲁迅：《中国小说史略》，江苏文艺出版社，2007年，第225页。

[3] 沈雁冰：《文学与人生》，载贾植芳等编：《文学研究会资料》（上），知识产权出版社，2010年，第91页。

所以可以说‘文学的背景是社会的’。”[1]

接着茅盾从人种、环境、时代，还有作家的人格等几个方面来展开，人种、环境、时代等是从法国学者、批评家丹纳那里挪用来的，人格说是从法朗士或相关人文主义批评家处化来，但是这一切在茅盾的演讲里，融合得严丝合缝，表明茅盾对来自西方的反映论文学观已经有较深刻的认识。

尽管，所谓现实主义和自然主义在法国是有着某些区别的，但在茅盾那里，“写实小说”或许可以涵盖这两者，即仅仅从反映论角度讲，现实主义文学和自然主义文学未见得有多大差别，所以在另一篇《自然主义与中国现代小说》的文章中，可以见出他的思路和基本观点。首先，茅盾认为必须用自然主义的创作原则和创作方法来改造中国的小说，他批判地说道：“不论新派旧派小说，就描写方法而言，他们缺了客观的态度，就采取题材而言，他们缺了目的。这两句话光景可以包括尽了有弱点的现代小说的弱点。我觉得自然主义恰巧可以补救这两个弱点。”[2]

为什么自然主义能恰巧补救中国现代小说的缺点呢？因为“自然主义者最大的目标是‘真’”。茅盾阐释道：“在他们（按，指自然主义者）看来，不真的就不会美，不算善。他们以为文学的作用，一方要表现全体人生的真的普遍性，一方也要表现各个人生的真的特殊性……”[3] 这里，显然是受科学主义的影响，作者强调求“真”，真是认识一切事物的基础，只有“真”了，才能有所谓的美和善。而要做到“真”，就必须要

[1]　沈雁冰：《文学与人生》，载贾植芳等编：《文学研究会资料》（上），知识产权出版社，2010 年，第 91 页。

[2]　沈雁冰：《自然主义与中国现代小说》，载贾植芳等编：《文学研究会资料》（上），知识产权出版社，2010 年，第 102 页。

[3]　同上。

有科学的实地观察态度，认认真真，踏踏实实地面对所描写的对象。

茅盾进一步阐释道："若求严格的'真'，必须事事实地观察。这事事必先实地观察便是自然主义者共同信仰的主张。实地观察后以怎样的态度去描写呢？曹拉（按，即左拉）等人主张把所观察的照实描写出来，龚古尔兄弟等人主张把经过主观再反射出的印象描写出来；前者是纯客观的态度，后者是加入些主观的。我们现在说自然主义是指前者。曹拉这种描写法，最大的好处是真实与细致。一个动作，可以分析的描写出来，细腻严密，没有丝毫不合情理之处。这恰巧和上面说过的中国现代小说的描写法正相反对。专记连续的许多动作的'记账式'的作法，和不合情理的描写法，只有用这种严格的客观描写法方能慢慢校正。"[1]

即在茅盾看来，真正的写实小说，应该是左拉式的纯客观描写，不应该带入丝毫主观见解。也许以后可以学龚古尔兄弟的写法，但是现阶段不行，因为中国的小说家还没有经过严格的求真精神的训练。所以自然主义的创作方式可以改变中国的创作现状，使之走上正途。

1920年代，西方的各种文艺思想和社会思潮蜂拥而入，各种思潮都有自己的认同者和拥戴者，这其中现实主义思想显得分外强劲。它以哲学的反映论为基础，有科学主义思潮的推波助澜，所以许多作家和学人纷纷接受文学反映论思想，特别是文学研究会的同人如郑振铎、耿济之、李之常、朱自清、叶圣陶等，均是以文学的真实性为话题，讨论文学与人生、文学与社会、文学与政治等一系列问题的，故茅盾在回应旁人对于自然主义的种种质疑时，一方面承认这种种质疑均有其合理性，另一方面坚持强调提倡自然主义的必要性，因为"自然主义带了这两件

[1] 沈雁冰：《自然主义与中国现代小说》，载贾植芳等编：《文学研究会资料》（上），知识产权出版社，2010年，102—103页。

法宝——客观描写与实地观察”[1]，这既是追求真理的不二法门，也似乎是自然主义立于不败之地的根本原因。

当然，后来的文学论争表明，自然主义的这两件法宝即“客观描写和实地观察”并没有使其立于不败之地，这里最关键的是作家作为个体，作为活生生的创作者，有没有可能成为客观世界的忠实的记录者？答案应该是否定的。郁达夫就认为，根本不存在自然主义式的纯客观描写，“若真的纯客观的态度，纯客观的描写是可能的话，那艺术家的才气可以不要，艺术家存在的理由也就消灭了”[2]。这里，不必说创造社一干人如郭沫若、郁达夫、成仿吾等对自然主义作了严厉的驳诘。就是文学研究会的同人，如周作人、郑振铎等也对此“持保留态度”[3]，例如，郑振铎在与周作人的通信中认为，所谓的纯自然主义的写作，导致上海现在黑幕书愈出愈多，“这种趋向似乎不可不变改一下”，应该“提倡修改的自然主义”，否则中国的“创作是平凡的，做作的，不是写实的，能动人的”，是“从外边涂上去”的。[4]

这“修改的自然主义”在若干年后便被“新写实主义”所取代，又在新写实主义的基础上发展出“社会主义现实主义”。从此，反映论加阶级论的文学观进入了中国的文学界和思想界，成为最流行的文学思潮。

3. 现实主义作为一种意识形态

用现实主义来取代自然主义，不仅仅是名词或概念的替换，背后还

[1] 沈雁冰：《自然主义与中国现代小说》，载贾植芳等编：《文学研究会资料》（上），知识产权出版社，2010 年，第 107 页。

[2] 以上参见温儒敏：《新文学现实主义的流变》，北京大学出版社，2007 年，第 42—43 页。

[3] 参见同上书，第 41 页。

[4] 以上见贾植芳等编：《文学研究会资料》（上），知识产权出版社，2010 年，第 661 页。

有强大的意识形态原因。首先关于“现实主义”正名的问题，有学者认为：“20世纪初，从写实派、写实主义到自然主义、新写实主义，几经周折，直到30年代初才真正定名为**现实主义**，并为文坛所普遍接受。”[1]据说这是因为冯雪峰1932年在《关于新的小说的诞生——评丁玲的〈水〉》一文中率先确定的。[2]其实并不然，实际情形要复杂一些。在该文中，冯雪峰在评论丁玲的小说时，只是提及了这一概念，他认为丁玲的这篇小说还不能算是“我们所应当有的新的小说”，不如称之为“新的小说的一点萌芽”更加确切，因为“在现在，新的小说家，是一个能够正确地理解阶级斗争，站在工农大众的利益上，特别是看到工农劳苦大众的力量及其出路，具有唯物辩证法的方法的作家！这样的作家所写的小说，才算是新的小说”。由此新的小说家应该是“从观念论走到**唯物辩证法**，从阶级观点的朦胧走到阶级斗争的正确理解，特别是从蔑视大众的，个人英雄主义的捏造走到大众的伟大的力量的把握，从浪漫蒂克走到**现实主义**，从旧的写实主义走到新的写实主义，从静死的心理的解剖走到全体中的活的个性描写……”[3]这里，冯雪峰只是将文学中的现实主义和浪漫蒂克对举而已，他首先强调的还是苏联“拉普”的唯物辩证法的创作方法。

其时作为中国共产党人，冯雪峰任左联党团书记，同时任中共中央宣传部文化工作委员会书记，他在瞿秋白的领导下为左联起草了《中国无产阶级革命文学的新任务——一九三一年十一月中国左翼作家联盟执行委员会的决议》，在该文第五节“创作问题——题材，方法，及形式”

---

[1] 刘增杰、关爱和主编：《中国近现代文学思潮史》，上海文艺出版社，2008年，第344页。

[2] 见同上书，页下注。

[3] 以上见朱立元编：《海上文学百家文库·68·冯雪峰 潘汉年卷》，上海文艺出版社，2010年，第45—47页。

中，他强调的是“作家必须成为一个唯物的辩证论者”。且全文并无提及现实主义或写实主义。[1]不过，他显然受到瞿秋白的影响，据说，瞿秋白在许多文章中，“都把‘Realism’译成‘现实主义’，以表示与旧译‘写实主义’的区别”[2]（其实，瞿秋白在1922年撰写的《俄国文学史》已经使用了“现实主义”这个概念，即认为别林斯基正是从现实主义立场来肯定果戈理派的文学价值的）。[3]

1930年代的左翼作家用“现实主义”文学的概念来取代“自然主义”和“写实主义”，不仅是一个创作方法，即相对于浪漫主义或象征主义的具体创作手法，还有一个重大原因，那就是来自苏联的影响，这一翻译和概念的替换，可以看成是中国共产党试图以马克思主义理论来领导中国文艺界的某种标识。正如周扬在五十年之后（1980年）的一次讲话所言：“左联成立大会通过的决议，就明确规定要‘确立马克思主义的艺术理论和批评理论’，左联还成立了马克思主义文艺理论研究会，把建设马克思主义文艺理论的任务正式提到我们的议程上。”[4]这里，马克思主义的文艺理论或批评理论主要由当时苏联的文艺界来定夺的。

因为就是在1932年10月，在莫斯科举行的全苏联作家同盟组织委员会的第一次大会上，提出了“社会主义的现实主义”这个新口号，而周扬于1933年11月发表的《关于“社会主义的现实主义与革命的浪漫主义”——“唯物辩证法的创作方法”之否定》一文，就这个对于无产

[1] 朱立元编：《海上文学百家文库·68·冯雪峰 潘汉年卷》，上海文艺出版社，2008年，第41页。

[2] 温儒敏：《新文学现实主义的流变》，北京大学出版社，2007年，第111页。

[3] 瞿秋白：《瞿秋白文集》（第2卷），人民文学出版社，1998年，第231页。

[4] 以上均见周扬《继承和发扬左翼文化运动的革命传统——在纪念“左联”成立五十周年大会上的讲话》，《左联回忆录》，知识产权出版社，2010年，第13页。

阶级文学的发展有着“划期的意义”的创作方法，“作了一个简单的介绍”，并认为这个新口号的提出“无疑地是文学理论向更高的阶段的发展，我们应该从这里面学习许多新东西”。而在此之前，由“拉普”提出的“唯物辩证法的创作方法”这个口号则在这个大会上受到了批判。据说，“这个口号便是‘拉普’组织上的宗派性之在批评活动上的反映。‘拉普’的批评家们常常用‘唯物辩证法的创作方法’这个抽象的烦琐的哲学公式去绳一切作家的作品。他们对于一个作品的评价并不根据于那个作品的客观的真实性，现实主义和感动力量之多寡，而只根据于作者的主观态度如何，即：作家的世界观（方法）是否和他们的相合。他们所提出的艺术的方法简直就是关于创作的指令，宪法。结果，为唯物辩证法的创作方法的斗争就变成了唯物辩证法的歪曲，和创作实践的脱离，对于作家的创造性和幻想的拘束，压迫。从这里，就发生了‘拉普’和许多作家之间的隔阂乃至不和”。[1]

这里显然可见，用“社会主义现实主义”来取代“唯物辩证法的创作方法”的背后，是苏联文艺界内部的一场政治斗争，而中国共产党赞成“社会主义现实主义”这个口号，就是站在斗争的胜利者一方，这是由当时中共和苏共的关系所决定的。自然，周扬也看到，社会主义现实主义“这个口号是有现在苏联的种种条件做基础，以苏联的政治—文化的任务为内容的，假使把这个口号生吞活剥地应用到中国来，那是有极大的危险性的。”[2]

所谓对苏联“社会主义现实主义”口号的非“生吞活剥”的具体应用，就是只提“现实主义”，而将冠在前面的“社会主义”移去，因为

---

[1] 以上均见朱立元编：《海上文学百家文库·91·周扬 成仿吾 李初梨 彭康 朱静我卷》，上海文艺出版社，2010年，第41—52页。

[2] 同上。

其时中国还没有进入社会主义。其实，周扬在撰文介绍苏联的“社会主义现实主义”之前五个月，即在全苏联作家同盟组织委员会的大会的半年后，就已经开始系统地阐释“现实主义”的概念了。他在《现代》杂志上发表了与苏汶论争的《文学的真实性》一文，在该文中，他写道：“对于社会的现实取着客观的、唯物主义的态度，大胆地，赤裸裸地暴露社会发展的内在矛盾，揭穿所有的假面，这就是到文学的真实之路。从文学的方法上讲，这是现实主义的方法。”接着周扬断言：“一切伟大的思想家都是这种现实主义文学的爱好者。”[1] 他以马克思、恩格斯和列宁是如何赞赏和评述莎士比亚、巴尔扎克、托尔斯泰为例，来证明现实主义文学的普遍适用性。

自然，周扬同苏汶论争的焦点，不在文学反映生活上，而是在如何反映上，即批判苏汶所说的“如镜子”一般地反映生活，因为“这是与赞助某一阶级的斗争毫无关系的”的反映论观点。

周扬认为：“苏汶先生的这种镜子反映论，完全否定了认识的主体(作家)是社会的，阶级的人这个自明的事实，因而把认识的内容(作品)看成一种‘与赞助某一阶级的斗争毫无关系’的东西，一种超阶级的镜子的反映。实际上，作为认识的主体的人，不但不是象镜子一样地不变的，固定的东西，而且也不单是生物学的存在，而是社会的，阶级的存在。他不是离社会关系而独立的个人，相反地，他是在特定的社会关系之内活动着的社会的，阶级的一员，阶级斗争的参加者。正如马克思所说，‘人的本质是社会关系的总和。’所以，人不单是一个与认识的客体(现实)立于相对地位的认识的主体：而他同时也是一个随现实而变化，发展，而且为现实所决定的客体。现实和认识，客体和主体，是在社会

[1]　以上见周扬：《文学的真实性》，朱立元编：《海上文学百家文库·91·周扬 成仿吾 李初梨 彭康 朱静我卷》，上海文艺出版社，2010 年，第 28 页。

的实践的发展过程中找出它的辩证法的统一的。”[1]

文章到这里，我们所说的反映论文学观，还是一般意义上的，辩证的反映论文学观。然而，周扬所强调的现实主义，确实与以往的自然主义、写实主义有重大区别，那就是现实主义的倾向性，即倾向无产阶级立场。因为就是在同一篇文章中，他写道：“作为无产阶级文化之一部分的无产阶级文学，并不是以隐蔽自己的阶级性，而是相反地，以彻底地贯彻自己的阶级性，党派性，去过渡到全人类的（无产阶级的）文学去的。这样，则愈是贯彻着无产阶级的阶级性，党派性的文学，就愈是有客观的真实性的文学。因为，如前面所说，无产阶级的主观是和历史的客观行程相一致的。这虽是一些由我们说得烂熟了的话，然而这是真理。”[2]

这样，在周扬的阐释下，现实主义的反映论、现实主义文学的“真实性”就与阶级性和党派性紧密相联了，现实主义文学同时成为无产阶级在文学上的斗争工具。

除了和阶级性、党性相联系，现实主义理论还需要有所丰富，所以周扬在前文提及的那篇《关于“社会主义的现实主义与革命的浪漫主义”》一文中，将典型问题纳入了其间，强调了文艺作品中典型的力量。在这篇文章中，他首次引用了恩格斯的话，“我以为现实主义是要在细目的真实性之外正确地传达典型环境中的典型性格”，并认为典型问题的提出，对于社会主义的现实主义，有着极其重大的意义，因为“作为社会主义的现实主义的创始者的高尔基，就是在他的作品里面创造了典型的

[1] 周扬：《文学的真实性》，见朱立元编：《海上文学百家文库・91・周扬 成仿吾 李初梨 彭康 朱静我卷》，上海文艺出版社，2010年，第28—29页。

[2] 同上书，第33页。

人物和典型的环境”。[1]

自然，典型问题的提出，不仅是因为有恩格斯给哈克奈斯的那封信，[2]还因为这也是全苏联作家同盟组织委员会大会所提出的“社会主义的现实主义”口号的一个重要内容和组成部分。因此，周扬同时引用了拉金在《社会主义的现实主义》一文中的说法，即“社会主义的真实——不是事实的总和，而是许多事实的综合，从那里面选择了典型的东西和性格”来进一步阐释典型的命题。而后，周扬在1936年发表的《现实主义试论》中，又再一次引用恩格斯的那段言论并说道：“这句古典的名言不但说明了现实主义的本质，而且指出了过去一切伟大作品的力量的根源。艺术作品不是事实的盲目的罗列，而是在杂多的人生事实之中选出共同的、特征的、典型的东西来，由这些东西使人可以明确地窥见人生的全体。这种概括化典型化的能力就正是艺术的力量。”[3]

或可说，日后关于现实主义（或社会主义现实主义）的三个最重要特征，即真实性、倾向性、典型性在1930年代中期以前已经成型，并影响到1950年代以后所写的几乎全部的中国文学史。这里所说的反映论文学观，在相当长的一个时段内，也是与现实主义文学的这些品格紧密相联的。

尽管反映论文学观在1950年代后为现实主义文学所涵盖，但是在

[1] 周扬：《文学的真实性》，见朱立元编：《海上文学百家文库·91·周扬 成仿吾 李初梨 彭康 朱静我卷》，上海文艺出版社，2010年，第50页。

[2] 一种说法是，恩格斯的这封信于“1931底至1932年初，首次在苏联《文学遗产》杂志上译载，引起了苏联文学界对现实主义典型问题的重视，典型问题就成为社会主义现实主义的重大理论课题。”参见温儒敏：《新文学现实主义的流变》，北京大学出版社，2007年，第124页。

[3] 周扬：《现实主义试论》，朱立元编：《海上文学百家文库·91·周扬 成仿吾 李初梨 彭康 朱静我卷》，上海文艺出版社，2010年，第66页。

20世纪初到1940年代，情形并非如此。写实主义、自然主义或现实主义，作为文学思潮，无论是从法国流入，还是从俄国传来，都无定于一尊的地位。因为在苏联“社会主义的现实主义”提出，并在中国产生重大影响以前（这里指1953年之前），[1] 人们都将其作为文学创作的流派来看待。例如，在李何林1939年初版、1945年再版的《近二十年中国文艺思潮论》序中写道：“在这短短的二十年期间，一方面受了世界各国近二三百年文艺思潮的影响，一方面因为国内外的政治经济社会文化的变迁，使中国的文艺思想，或多或少的反映了欧洲各国从十八世纪以来所有的各文艺思想流派的内容，即浪漫主义、自然主义，写实主义（现实主义），颓废派，唯美派，象征派，表现派……以及新写实主义（亦称社会主义的现实主义，动的现实主义，或新现实主义）。”[2]

这里，李何林是将现实主义加括弧，归并在写实主义名下，“社会主义的现实主义”则归并在新写实主义的名目下，也就是说，他将这些文艺思潮作等量齐观，对写实主义或现实主义并无特别优待。另外，在整部著作中，作者还先后就“自然主义”“写实主义与浪漫主义”“革命文学”“无产阶级文学”“大众文艺”“国防文学”“民族革命战争的大众文学”等问题和相关论争情形作了介绍和归纳，似并无特别提出“现实主义”。为此，作者还作了一个说明，“自然主义写实主义（现在统称现实主义，我们为与当时文章用词相合，故仍用旧名。至于‘新写实主义’，现在则称‘社会主义的现实主义’）”[3]。可见，在1940年代之前，反映论文学观并未风靡整个文学界，自然更没有在文学史研究者和撰写者的笔端留下深刻的痕迹。

[1] 1953年9月，中国文学艺术工作者第二次代表大会召开，会议将社会主义现实主义确定为中国文艺创作和文艺批评的指导方针。

[2] 李何林：“序”，《近二十年中国文艺思潮论》，三联书店，2012年，第3页。

[3] 同上书，第112页。

以上对现实主义思潮在中国的产生和发展，作了最简略的回顾，应该说，就写实主义、自然主义到现实主义在中国的流变，国内的许多学者进行了十分有价值的研究，如温儒敏的《新文学现实主义的流变》、崔志远的《现实主义的当代中国命运》、刘增杰、关爱和主编的《中国近现代文学思潮史》等诸多著述，均对此问题有专门的研究和关注。本章的简单梳理，不是为了将这一进程和演变，再作概括性的描述，而是想从反映论文学观的角度，勾勒出一个简明的线索，即反映论观念是怎样进入中国的，以及后来又怎样在文学界成为创作和批评的最高指导方针的。所以本章只提及茅盾、周扬等人的核心观点，而本章所讨论的反映论文学观在这一时期就是以“现实主义”或“社会主义现实主义”的面目呈现于世人的。由此相当长的一段时期中，人们头脑中的反映论文学观不仅强调文学的真实性，同时这一真实性又如何必须与倾向性（阶级性）和典型性结合在一起，甚至要和革命的浪漫主义结缘。[1]

就“写实”或“写实主义”概念在中国的出现，刘增杰、关爱和主编的《中国近现代文学思潮史》作了很好的追踪：从梁启超的写实派小说称谓的提出，到王国维在《人间词话》中“有造境，有写境，此理想与写实二派之所由分”之说，再到陈独秀高擎“写实文学”的大旗（及他最早将欧洲文艺思想介绍到中国，认为“欧洲文艺思想之变迁，由古典主义一变为理想主义，再变为写实主义，更进而为自然主义”），[2]这些都为文学研究会同人“为人生的文学”宗旨的确立作了铺垫。而温儒敏的《新文学现实主义的流变》则将新文学三十年中的现实主义思潮

[1]　周扬1933年在介绍苏联作家同盟组织委员会第一次大会内容的文章题目就是《社会主义的现实主义与革命的浪漫主义》。

[2]　刘增杰、关爱和主编：《中国近现代文学思潮史》，上海文艺出版社，2008年，第345页。

的产生、发展和演变作了清晰的分期梳理和描述。崔志远的《现实主义的当代中国命运》对我国1950年代初有关社会主义现实主义的大讨论有较简练的归纳和论述（这当然是在规定范围内的争鸣），特别是将冯雪峰对古典现实主义的阐发纳入其中（冯雪峰把我国的古典现实主义发展分为三个时期：一、以《诗经》、屈原为代表的现实主义；二、以杜甫诗歌为代表的现实主义；三、宋以后以"市民文学"或"平民文学"为代表的现实主义）。[1]

以上著述都提及了恩格斯致哈克奈斯的信和斯大林对"社会主义现实主义"的口号的提出所产生的根本性影响，揭示了现实主义文学背后强大的意识形态原因。

或可说，无论来自中国传统中的现实主义因素，还是法国作家巴尔扎克或画家库尔贝的现实主义，或者是俄国作家果戈理及批评家别林斯基、车尔尼雪夫斯基、杜勃罗留波夫的现实主义，都没有来自苏联的"社会主义现实主义"有威力。因为有哲学的反映论作基础，有无产阶级政治的需要，又有革命领袖的最后决策，反映论文学观遂成为1950年代以后中国文学史研究和文学史撰写的根本依据和核心观念。不过，在这反映论前面还应该有一个限定词，那就是"阶级"或"无产阶级"，所以应该说，阶级论的反映论遂成为1950年代后期中国文学史写作的理论纲要。

4. 反映论文学观的哲学基础

这里须说明，当本章用现实主义理论的进展来涵盖反映论文学观在中国文学界生发的历程，还是有欠缺的。因为反映论强调的是存在决定意识，物质决定精神，社会生活的物质部分决定社会生活的精神部分。

[1] 参见崔志远：《现实主义的当代中国命运》，人民文学出版社，2005年，第180页。

中国早期的写实主义或自然主义并没有刻意将社会生活分成物质生产和精神生活两个部分，并将后者看成是对前者的反映，对后者的认识必须从前者中去找原因。茅盾等人倡导的自然主义，虽然强调“文学是人生的反映”，认为只有通过“客观描写”和“实地观察”来达到文学描写的真实性，但是茅盾等人还没有将社会的物质生产力和意识形态作为两个不同的层面来看待。其时，马克思的《政治经济学批判·序言》中那段现在耳熟能详的话语在1920年代的中国并不普及：

> 人们在自己生活的社会生产中发生一定的、必然的、不以他们的意志为转移的关系，即同他们的物质生产力的一定发展阶段相适合生产关系。这些生产关系的总和构成社会的经济结构，即有法律的和政治的上层建筑竖立其上并有一定的社会意识形式与之适应的现实基础，物质生活的生产方式制约着整个社会生活、政治生活和精神生活的过程。不是人们的意识决定人们的存在，相反，是人们的存在决定人们的意识。社会的物质生产力发展到一定阶段，便同它们一直在其中运动的现存生产关系或财产关系（这只是生产关系的法律用语）发生矛盾。于是这些关系便有生产力的发展形式变成生产的桎梏。那时社会革命的时代就到来了。随着经济基础的变革，全部庞大的上层建筑也或慢或快地发生变革。在考察这些变革时，必须时刻把下面两者区别开来：一种是生产的经济条件方面所发生的物质的、可以用自然科学的精确性指明的变革，一种是人们借以意识到这个冲突并力求把它克服的那些法律的、政治的、宗教的、艺术的或哲学的，简言之，意识形态的形式。我们判断一个人不能以他对自己的看法为根据，同样，我们判断这样一个变革时代也不能以它的意识为根据；相反，这个意识必须从物质生活的矛盾

中，从社会生产力和生产关系之间的现存冲突中去解释。[1]

一批年轻的激进的作家和知识分子受“拉普”的影响，倡导“唯物辩证法”的创作方法，其实正是受马克思主义的反映论的影响，尽管由于政治斗争的原因，“拉普”在苏联受到批判，但是执着于坚固的观念，中国的左翼青年仍以此来批判初期普罗文学创作中的浪漫蒂克倾向。当然，后来也是政治的原因而非理论自洽的原因，中国的左翼文化人又统一到现实主义的理论旗帜之下。

1950 年代的反映论文学观体现在文学史的撰写上，最为彻底最为突出的是北京大学中文系 1955 级学生编撰的《中国文学史》，这本由人民文学出版社 1958 年出版后，于 1959 年再次修订出版（修订本的字数由 70 多万增加到 120 多万，内容上大大扩充，并删除一些过于剑拔弩张的批判言辞，如对林庚、陈子展粗暴的、激烈的批判）。[2]

尽管这是年轻学子的集体著述，却基本奠定了日后一大批中国文学史的基调。无论是中国科学院文学研究所由余冠英等主持编撰的《中国文学史》（1962 年），还是游国恩等主持编撰的作为“高等学校文科教材”的《中国文学史》（1963 年），或者是其他高校陆续主编的中国文学史，均站在文学反映论的立场，将现实主义作为文学史撰述和文学作品阐释的指导性纲领。例如上述两部著作，在编写说明中都强调“力图遵循马克思列宁主义”的原则和观点来探究我国文学历史发展的过程及其

---

[1] 马克思、恩格斯：《马克思恩格斯选集》（第 2 卷），人民出版社，1995 年，第 32 页。

[2] 在 1958 年版的《中国文学史 · 前言》中，对林庚有 300 来字的较严厉批判，认为林庚在“文学史的标期上，什么‘黄金时代’‘白银时代’等奇怪的名堂也被搬弄出来了。丢开了历史唯物主义，形而上学地研究文学现象，结果也就丢掉了文学史的科学性，不能正确地解释文学现象，深刻地阐明文学发展的规律，资产阶级学者的文学史就不能不仍是一笔糊涂账。”（见《中国文学史》，人民文学出版社，1958 年，第 5 页。）

规律，而马克思列宁主义的原则在这里就是以反映论和阶级论方法来阐释文学发展过程和林林总总的文学作品。游国恩还在编写说明中称，按照北大 1955 级集体编撰的《中国文学史》，将中国文学的发展分为九个时期，并在第一编的概论中写道：

> 文学艺术是现实生活通过人们头脑的反映，在阶级社会中又是阶级意识形态的形象的表现，它不可能超阶级而存在。但上古时代的社会还未分裂为两个对抗阶级，所以那时的文学艺术没有阶级性。（着重点为引者加）到了阶级社会形成以后，一切文学艺术就不可能不打下阶级的烙印，同时也揭开了两种文化斗争的序幕。[1]

这里，与其说是在强调阶级论的反映论，不如说是为第一章“上古文学”中没有用阶级观点来分析中国古代神话作一个说明。按正常的逻辑和学理讲，这是无须申明的，但是游国恩等的谨慎，表明了阶级论的反映论是必须时时得到贯彻的最高原则。

中国科学院文学研究所编撰的《中国文学史》中虽然没有类似的申明，但是在第一章“中国原始社会的文化和文学艺术的起源”中既强调了原始社会文学和艺术起源于劳动，又引用了马克思《政治经济学批判·导言》中有关神话是“在人民幻想中经过不自觉的艺术方式所加工的自然界和社会形态”[2] 的说法以保证政治正确。

“艺术起源于劳动”有如反映论中的阶级论，这不仅仅是因为马克思主义的劳动创造了人的相关理论，也不仅仅是因为恩格斯的被人们反复引用的那篇《劳动在从猿到人转变过程中的作用》中的各段论据，

[1] 游国恩等主编：《中国文学史》（第 1 卷），人民文学出版社，1963 年，第 5 页。

[2] 参见中国科学院文学研究所编撰：《中国文学史》第 1 章，人民文学出版社，1962 年。

还有普列汉诺夫的《论艺术（没有地址的信）》和苏联的相关教科书的种种论述，也因为原始社会的劳动和日后阶级社会的劳动阶级相联系。如果说艺术起源于巫术，艺术起源于游戏，艺术起源于娱乐，起源于模仿或者起源于其他，都有一定的合理性的话，那么艺术起源于劳动就更加神圣，更加崇高（必须说明，一度“艺术起源于游戏”或起源于其他活动的理论和假说，曾受到严厉批判，被认为是资产阶级学者对艺术起源的歪曲，“他们的目的是在为其‘艺术无目的’论、‘为艺术而艺术’论寻找客观根据，以便麻痹人民，使艺术更好地为剥削阶级统治服务”）。[1]

马克思主义的劳动价值论认为，社会财富的创造是建立在活的劳动时间上的，不是建立在沉淀于资本的、过去的死劳动上的，只有活劳动才创造新的价值和剩余价值。因此劳动作为一种社会实践，比起其他的社会实践更有活力，更有推动社会发展的进步意义。因此，相同的观点在游国恩主编的文学史中表达的更加直接，在游国恩本文学史第一章“上古文学”中，开篇第一句就是“文学艺术起源于生产劳动”[2]。

既然文学艺术起源于劳动，那么将原始的文学艺术看成原始人生产和劳动生活的反映，也就顺理成章，因此，无论是《吕氏春秋·古乐》中的“葛天氏之乐”，还是《吴越春秋》中的“弹歌”均可以看成是农耕生活或渔猎生活的某种写照，故游国恩本文学史写道：“原始人的文学艺术活动，本是一种生产行为的重演，或者说是劳动过程的回忆，也可以说是生产意识的延续和生活欲望的扩大。”[3] 这里连续用了“生产行为”“劳动过程”“生产意识”等概念，最后才勉强加上“生活欲望”，

[1] 北大中文系文学专门化1955级：《中国文学史》，人民文学出版社，1958年，第9页。

[2] 游国恩等主编：《中国文学史》（第1卷），人民文学出版社，1963年，第15页。

[3] 同上书，第16页。

确立了先生产劳动，后生活的次序，可见，没有生产劳动的生活和“生活欲望”是十分可疑的。可以说“艺术起源于劳动”不单单是本质论艺术观的一种表达，也是阶级论反映论的上推和逻辑延伸。因此关于“文学艺术起源于生产劳动”的阐述，似乎成为反映论文学观的最初的出发点。

辨别一本中国文学史是出版什么年代，只要翻开第一章，看看其关于艺术起源的说法，就大致可判定其出版的年代。如著名词学家詹安泰主编的《中国文学史》，其“中国文学的起源”的第一节的标题就是“劳动创造文学”，作者写道：“人类历史和文化的整部过程，都是劳动创造的过程。没有劳动的作用，直立人类的形成就是一个大谜。……文学，不但最低级的雏形是来自生产劳动，它最高度的思想性和艺术性，原则上也和生产劳动部门具有某些一致性。”[1] 并引用了普列汉诺夫和卢那察尔斯基的相关论述来加以阐释。我们在这本2011年新版的文学史中，不难找到作者最初的撰写年代（1953—1956年）和出版年份（1957年）。

再往前，就没有这类斩钉截铁的劳动起源说的说法。如在谢无量的《中国大文学史》中有“名与字之起原”“诗之起原”“散文之起原”，这里的“起原”是最初的出现的意思。陆侃如、冯沅君的《中国文学史简编》第一讲“中国文学的起源”，也是指文学最初的出现。郑振铎的《插图本中国文学史》中有“文字的起源”，文学的起源就略过了。柳存仁1948年出版的《上古秦汉文学史》有“中国文学之起源”，不过也是由文字的起源说起，从甲骨文到钟鼎文，到《尚书》，并不探求文学发生的背后的动因。

刘经庵的《中国纯文学史》要特殊一些，观点明确，即文学起源于

[1] 詹安泰：《中国文学史》，上海古籍出版社，2011年，第13页。

情感："因为人生不能无情感，有感于中，即发泄于外。"他的例证是班固和朱熹。班固说"哀乐之心感，而歌咏之声发。"朱熹说"有欲则不能无思，有思则不能无言，言所不能尽，而发于咨嗟咏叹之余者，必有自然之影响节奏，而不能已。"[1]这涉及文学起源的心理学动因。

这里，又要以刘大杰为例，他的《中国文学发展史》的修订情形比较微妙，也或许更能说明问题。其1943年版的《中国文学发展史》中，在谈及文学的起源时，先说道："文学的创始，无论谁都知道是歌谣，但歌谣最初的形式，是同音乐、跳舞混合在一起，不容易分开。虫鸣鸟语，可以说是音乐，也可以说是歌谣，渐渐的进化，较为完备的乐器与文字出以后，于是音乐与诗歌才分为独立的艺术，由于跳舞而演化为戏曲。"然后才谈及艺术起源于劳动，口气似不够坚定，他认为："艺术的起源，前人多主张起源于游戏，近来许多新兴学者的研究，则主张起源于劳动。蒲列汗诺夫在《原始民族的艺术》内，费了很长的篇幅，说明劳动先于游戏，实用的生产先于艺术。"[2]1957年版《中国文学发展史》，第一章也谈到同样的意思，但是次序已经发生了变化，在行文中首先谈艺术的起源和普列汉诺夫的观点，然后才进入到文学的创始及与歌谣的关系。[3]到1962年版的《中国文学发展史》，干脆将原先的章节改换扩充，作重新安排，将"文学的起源"单列为第一节，亦即整部文学史开宗明义的第一句话就是："艺术起源于劳动；它最初的内容和形式，都决定于劳动生产的实践。"[4]至于普列汉诺夫的主张或其他的相关观点，如"艺术起源于游戏"什么的，一概删去，以表示在这个问题上无须论

[1] 刘经庵：《中国纯文学史》，江苏文艺出版社，2008年，第3页。

[2] 刘大杰：《中国文学发展史》，百花文艺出版社，2007年，第6页。

[3] 刘大杰：《中国文学发展史》（上卷），古典文学出版社，1957年，第7页。

[4] 刘大杰：《中国文学发展史》（上），复旦大学出版社，2011年，第1页。

证，也不必介绍有关的各种争议。

5. 概论和概说的由来

在中国文学史的写法上，能够体现反映论文学观的最显明的特征，莫过于每一个时段前都有“概说”或“概论”的文字，这不仅是某种写法或文体特征，也是将反映论文学观贯彻到文学史中的一个必要步骤。

起先，笔者并未注意这“概论”或“概说”一小节文字的特殊功能，只是将它看作是进入具体的文学史叙述的一个入口，一种铺垫。即在论述具体文学作品和文学现象前，总要谈谈大的社会背景和相关缘由。然而，当翻开 1949 年之前的诸多文学史，发现情形并非如此，无论是林传甲、黄人的还是谢无量的文学史，无论是胡适的还是郑振铎的文学史，或者是傅斯年、游国恩早年的古代文学史讲义，刘大白的或刘经庵的文学史，陆侃如冯沅君的文学史，或者是由柳存仁、陈中凡、陈子展、杨荫深、吴梅、柯敦伯、宋云彬、张宗祥等八位学者撰写的《中国大文学史》[1]，再或者被朱自清所称道的刘大杰的或林庚的文学史，均没有这种概说或概论的文字。

以郑振铎的《插图本中国文学史》为例，分上中下三卷，有总的绪论，另外在每一时段前均有鸟瞰式论述，即“古代文学鸟瞰”“中世文学鸟瞰”“近代文学鸟瞰”，为总体描述。上述由八位学者分别完成的《中国大文学史》在每一时段前也均有绪论，就该时段的文学概况作背景交代。但是这些文学史没有日后的中国文学史这一类“概说”式文字，因为由北京大学文学系 1955 级学生集体编撰的中国文学史所开创，由游国恩等学者定型的这一类概说或概论，最最关键之处是要强

[1]　此《中国大文学史》是 20 世纪三四十年代由八位学者各自独立撰写并分别出版的中国文学断代史的合集，由上海书店出版社 2010 年 7 月出版。

调精神生活对物质生活的依赖和反映，社会意识形态是建立在经济基础之上的，所以有没有这类概说或概论，是反映论文学观能否得到运用和贯彻的一个表征。

以北京大学中文系1955级的《中国文学史》（修订本）为例：四册共九编，每一编的第一章是概论，而所有九编的概论均整齐划一分为两个部分，一为社会概况，二为文学概况。而所有的"社会概况"均须对该时期的社会政治、经济状况、社会生产力的发展，以及阶级斗争的形势，作出概括的交代。只有在这一交代的基础之上，才能够深入下去，谈论文学的概况。如在先秦文学的"社会概况"和"文学概况"中，以下这样的文字就比较典型，有代表性。先看先秦文学之"社会概况"：

> 由于大量奴隶劳动力的使用，由于生产工具的进步特别是春秋初年铁器广泛的运用于农业生产，使得奴隶主不仅可以经营天子诸侯所赐予的公田，而且还可以开发大量无主的荒地。这就成了他们的私田，这些私田不属于国家，因此也没有贡纳的义务。这样，由于"私田"的大量发展，就必然导致国家所有制的崩溃。我们再从奴隶生产来看，也由于生产工具和生产技术的改进，使农业的个体经营成为可能，并且逐渐地形成了一家一户为单位的个体小农经济，这样就为封建社会奠定了基础。[1]

接着是对先秦文学之"文学概况"的描述：

> 西周之后，随着生产力的发展，人民的力量有了巨大的增长，

[1] 北大中文系文学专门化1955级：《中国文学史》，人民文学出版社，1959年，第17页。

> 周厉王行苛政，人民还因此发动了我国历史上第一次大暴动。统治阶级慑于人民的力量，为了“观风俗，知得失”，收集了一些当时的民间的“里巷歌谣之作”，这就是《诗经》的精华——《国风》和《小雅》中的一些作品。[1]

这里，“社会概况”就是交代社会的经济基础和政治状况，阶级之间的对立程度。而“文学概况”则是描述在社会经济基础之上，文学的总体状态和风貌，并指出后者是怎样来反映前者的。而在这中间，能够反映人民的疾苦文学，则是最有价值的文学。

这种“社会概况”和“文学概况”两分的写法，是中国文学史中反映论文学观的典型表述方法，足足影响了文学史撰写近半个世纪。

尽管，在而后游国恩等主编的《中国文学史》和其他的一些文学史中，虽然有关“概说”或“概论”不再机械地划分为社会的和文学的两部分，但是其基本精神却保留了下来，即无论研究哪个时代的文学，必得先了解该时代的经济、政治、阶级和生产力的总体状况，最后才能够谈及文学。以游本《中国文学史》为例，他在各编的第一章之前，均有近万字的概说，将该时期内的有关经济、政治和阶级冲突，以及思想和文学状况作符合马克思主义的描述。以第三编“魏晋南北朝文学”的概说为例，有如下表述：

> 东汉后期，封建大土地所有制迅速发展，土地兼并剧烈，宦官、外戚两个集团的交相干政和互相倾轧，更造成了政治的极端黑暗和腐败，再加上对羌族的连年用兵和自然灾害的不断袭击，阶级

[1] 北大中文系文学专门化 1955 级：《中国文学史》，人民文学出版社，1959 年，第 20 页。

> 矛盾日趋尖锐，终于激起了黄巾大起义，给东汉反动统治以沉重的打击。起义虽被地主阶级的联合力量镇压下去，东汉帝国也已名存实亡。从献帝初平元年（190）开始，在镇压农民起义中扩张了军事力量的豪强军阀，纷纷拥兵割据，在长期混战中严重破坏了社会经济，给人民带来了深重的灾难。繁盛的中原地区竟出现了“白骨蔽平原”“千里无鸡鸣”的凄惨景象。[1]

以上可以看作该时期的社会总体概况，接下来的一大段，就相当于“文学概况”：

> 建安时期是我国文学发展的一个重要时期，在上述历史背景下出现的建安文学有了崭新的面貌。建安文学以魏国为主。吴、蜀很少作家与创作。魏国统治者曹氏父子都爱好和奖励文学，招徕文士，围绕着他们聚集了“七子”、蔡琰等众多的作家。这些作家大都倾向于曹操的缓和阶级矛盾以迅速恢复封建秩序的政策，思想上有进步的一面。他们又都曾卷入汉末动乱的漩涡，接触了较广泛的社会现实，因此能够直接继承汉乐府的现实主义传统，掀起一个诗歌高潮。他们的创作一方面反映了社会的动乱和民生的疾苦，一方面表现了统一天下的理想和壮志，悲凉慷慨，有着鲜明的时代特色。[2]

应该说，以上段落的表述内容和句式，曾是中国文学史中一种最有代表性的表达文字。笔者年轻时，读这类文学史教材，几乎总是匆匆跳过前面的“概说”或“概论”，直接进入文学史的具体阐述之中，但是

---

[1] 游国恩等主编：《中国文学史》（第1卷），人民文学出版社，1963年，第195页。

[2] 同上书，196页。

即便如此，看到上述文字仍感相当熟悉，因为这种由经济而政治而阶级斗争，最后才进入文学的阐释路径，基本是一种思维模式，出现在不同的教材、著述和文章中，亦即无论在文学史，或者在有关具体作品或文学现象的解析中，都是这一套路，这几乎浸淫到一代人的脑髓之中。在1950年代之后出版的几乎所有的文学史教材中，在每一个时期的文学之前，基本都有这么一个概说或概论，而所有的概说或概论是同一话语体系的不同表述。而所谓的不同表述，只是言辞表述方面的差别，没有大的思想观点方面的不同，仅笔者手头的材料来看，就有姜书阁主编的《中国文学史纲要》(1961年)，[1] 褚斌杰、袁行霈等编著的《中国文学史纲要》(北京大学出版社，1998年)，郭预衡主编的《中国古代文学史》(上海古籍出版社，1998年)，郭兴良、周建忠等主编的《中国古代文学》(高等教育出版社，2000年)，马积高、黄均主编的《中国古代文学史》(人民文学出版社，2009年)等一大批文学史著作，均采用了此种"概说"或"概论"，足见这一文学史话语方式的影响横跨了半个多世纪。

当然，就体例而言，也有例外，如中国科学院文学研究所编撰的《中国文学史》没有这类"概说"或"概论"，但是，编撰者们会把相同的内容移到相关篇章的第一节，如在魏晋南北朝文学篇内，各个时期的第一节有如下名目："汉魏之际的社会、政治、思想及其对文学的影响""魏末和晋代的社会、政治、思想对文学的影响""南朝的社会、政治及其对文学的影响""北朝的社会、政治与文学"等。在明代文学篇内，介绍每一个时期的第一节分别是"明初经济、政治、文化政策对文学的影响"；成化至隆庆时期，"社会经济、政治对文学的影响"；万历时期"社会经济、政治和哲学思想对文学的影响"；明末"社会动乱对

[1]　见姜书阁：《中国文学史纲要》，浙江大学出版社，2006年。

文学发生的影响”等，有关清代文学的各章，也基本作如此安排，这里能看到每一位编撰者在相同的话语逻辑中，大同小异的文字表述。

比较有意思的现象是1990年代后，一些文学史编撰者已经突破反映论文学观，以审美本质或情感本质文学观来统率文学史写作，但是在写法仍然沿用概说和概论这一体制，来给每一个时期的文学作一个大的概括，因而在内容上也往往沿袭旧例，从社会经济到社会政治，再到思想文化状况，然后才轮得到文学。如复旦大学出版社1996年版的章培恒、骆玉明主编的《中国文学史》，虽然在其总的“导论”中，一方面对反映论文学史观提出商榷，并有明确的质疑；另一方面，确立了该文学史的编写立场，即要从“人性的发展”、从“审美意识的变化”、从“个性”和“情感”方面来揭示中国文学的总体发展过程。但是具体到每一编开首的“概说”中，仍然不能脱当年的窠臼，总是要从该时期的社会经济、政治和文化面貌入手，最后才谈谈文学的形式或新文体的产生，而不能直接从“人性的发展”“审美意识的变化”和文学本身的演进规律着手来进入主题。当然，比起以前诸多的概说和概论来，这本1996版的文学史可以说面貌一新，在文字的表述上，也一扫以前古板的写法。但是内在逻辑上，这种由社会经济、政治或社会生产力的发展来给出文学的总体面貌的写法，却是反映论文学观的思路体现。因此，在这本当初看来富有创新意识的文学史中，出现了这样的悖谬情形，即每一编的概说和总体指导思想（即导论）之间是脱节的。这种情形的出现，或者可以归结为每一个编写者对总体指导思想的把握还有所欠缺，但另一方面，也可以说这种概说的写法，将编撰者的思路控制住了，使得反映论文学观成为一种表述习惯。

将古代中国的社会形态简单划分为原始社会、奴隶社会、封建社会，是颇有争议的事情。例如，钱穆在《国史新论》中提出了自己的看法，认为“若说春秋社会有一些像西洋中古时期的封建社会，到战国，可说完全变样了”[1]，因此“我们不妨称战国为游士社会，西汉为郎吏社会”[2]，又说“若为唐以下的中国社会，安立一个它自己应有的名称，则不妨称之为科举的社会”，“这一种社会，从唐代开始，到宋代始定型。这一种社会的中心力量，完全寄托在科举制度上。科举制度之用意，是在选拔社会优秀知识分子参加政府。而这一政府，照理除却皇帝一人外，应该完全由科举中所选拔的人才来组织”。[3]

钱穆关于战国以来中国的社会形态可命名为“游士社会”“郎吏社会”“科举社会”的概括，虽然可以商榷，但是这种从中国的具体社会历史形态出发来描述国史的情形，比照搬西方的历史分期来套用中国社会进程更值得尊敬。当我们从反映论角度来替中国各个历史阶段的社会和文学状况作概述时，理应结合本国的实际情形，不能简单套用现成的说法。

这里无须统计自 1950 年代中期以来，或者说北京大学中文系 1955 级集体编撰的“红皮本”《中国文学史》面世之后到 1990 年代，有多少种文学史是以反映论文学观作为其论述基础的，反映论文学观既然作为统治意识形态的组成部分，它必然要体现在文学史的撰写过程中。只要翻翻 1949 年以前的文学史，几乎没有一种是从反映论立场出发，来统率整部文学史的，就能明白这一观念的转变曾经对中国文学史的撰写（乃至思想史的撰写）发生了多么大的影响。

反映论文学观并不只体现在每部文学史的概说，在对文学作品的选取和阐释上，也要有这一思想的贯彻。

---

[1] 钱穆：《国史新论》，三联书店，2001 年，第 8 页。

[2] 同上书，第 16 页。

[3] 同上书，第 27—28 页。

在反映论文学观统率中国文学史的撰写之前，不同的撰写者在文学观念和对文学的理解上虽然大有不同，秉承不同的观念，但是在作品的选取标准上依靠的是经验主义或传统的惯例，如谢无量的《中国大文学史》，在观念上似是倾向于阮元一路的，但是在具体的作家和作品上，是兼收并包，所以有学者认为谢的“大文学史”之大，是取广义的文学之意，与来自西方的狭义的文学相对。[1]

其时，中国文学史在草创阶段，对于什么作品应该选入文学史内，并未形成套路，往往是经史子集均收录在册，还有佛学著作等。特别是历史文献，在谢无量的大文学史中占了一定的篇幅，即除了《春秋》和《史记》，还有“二班与史学派”“晋之历史家与小说家”“范晔与史学”“诸史之纂集”“刘知几”等章节。大概是因为唐及唐之后的史书大都是集体编纂，所以不再被谢无量收入文学史中。也许谢无量多少受章太炎的影响，如前文所说，章太炎曾放论：“余以为持诵《文选》，不如取《三国志》、《晋书》、《宋书》、《弘明集》、《通典》观之，纵不能上窥九流，犹胜于滑泽者。”[2]《昭明文选》或许就可以归入“滑泽者”之列的。

当然，日后的文学史编写，没有按章太炎和谢无量方向走，特别是在对历史著作的处理上，有明显的变化，即除《左氏春秋》和《史记》(有时也包括《汉书》）进入了文学史外，其他各个时代的历史文献都不再被当作文学，这一情形或许可以从以下两个方面来理解：一、汉以前中国的各类文献资料都留存较少，如果将历史文类划将出去，那么在早期文学史中就只有《诗经》《楚辞》等诗歌，而没有叙事类作品；二、也可以理解为早期中国，自觉的文类意识还没有形成，文史不分，因此在文学史的编撰过程中，不能分得太清楚。

[1] 参见陈伯海：《文学史与文学史学》，北京大学出版社，2012年，第67页。

[2] 章太炎撰：《国故论衡》，上海古籍出版社，2011年，第83页。

走过文学史的草创阶段，我们看到 20 世纪二三十年代的文学史，在作品的选取上，虽然各有偏好，但是大的方面有所趋同，即在先秦时期，除了《诗经》和《楚辞》，就是诸子散文，此时，"五经"不再以整体面目出现于文学史中。至于从林传甲到谢无量等所谓的 "群经文学""五帝文学""夏商文学"等则一律被摒除，这显然是受胡适的《中国哲学史大纲》的影响和学术界疑古学派的冲击，对于先秦各种典籍的可靠性有诸多怀疑，《诗经》几乎成了所有中国文学史写作的起点。因此在对《诗经》的介绍和阐释中可以看出各种文学观的不同的价值取向，也可从具体的作品批评过程中，看到中国文学史写作观念演变的轨迹。

6. 反映论文学观视野下的《诗经》

作为文学作品，《诗经》是中国文学史上关注度最高、研究最多，研究历史最长的文本。以今人眼光看，传统的《诗经》研究基本是考据学和阐释学的研究，因此当诗经在 20 世纪上半叶进入中国文学史时，大致上也是从这两个方面得到展开的。即各种版本的文学史在介绍《诗经》时，都要对它的由来、体制体例、功能或题材做一番介绍和考辨，而在具体诗句和辞章的读解上，往往依据一家之说或综合诸家见解，务求对诗歌意义有准确理解，当然是就诗论诗，几乎不从社会和时代的大背景来解诗，更不从阶级的经济地位出发来分析作品。

1950 年代，反映论文学观进入文学史研究领域，对《诗经》的解读就不同了。这是文学史写作的一个转折，对《诗经》研究来说也是一个大转折。不同的文学观，使读者在文学史中见识了不一样的《诗经》。

先说说《诗经》的第一种面貌。

20 世纪上半叶，在诸多的文学史中，对《诗经》介绍篇幅较多的，有郑振铎的《插图本中国文学史》、柳存仁的《上古秦汉文学史》、游国恩的《中国文学史讲义》。这些著述基本延续《诗经》的研究传统，将对《诗经》的考辨放在首位，即对《诗经》的形成年代和产生的地域，以及风、雅、颂、比、赋、兴六义的理解，然后在考辨的基础上，对《诗经》的功能有所解说，并对某些诗歌作具体的释义。

例如，在《插图本中国文学史》中，郑振铎认为以往流行的对于风雅、颂的划分方法并不靠谱，即“诗经中所最引人迷误的是风、雅、颂的三个大分别”，他先后列举了毛诗序、朱熹、郑樵和梁任公的说法，认为他们关于从题材、功能和相关性质来区分风、雅、颂的见解，于理不合。

> 《诗大叙》之说，完全是不可通的，汉人说经，往往以若可解若不可解之文句，阐说模糊影响之意思，诗大序这几句话便是一个例。我们勉强的用明白的话替他疏释一下，便是：风是属于个人的，雅是有关王政的，颂是“以其成功告于神明”的。朱熹之意亦不出于此，而较为明白。他只将风、雅、颂分为两类；以风为一类，说他们是“里巷歌谣之作”，以雅颂为一类，说他们是“朝廷郊庙乐歌之词”。其实这些见解都是不对的。当初的分别风、雅、颂三大部的原意，已不为后人所知，而今本的《诗经》的次列又为后人所窜乱，更不能与原来之意旨相契合。盖以今本的诗经而论，则风、雅、颂三者之分，任用任何的巧说，皆不能将其抵牾不合之处，弥缝起来。假定我们依了朱熹之说，将“风”，作为里巷歌谣，将“雅颂”作为“朝廷郊庙乐歌”，则小雅中的《白华》“白华菅兮，白茅束兮，之子之远，俾我独兮。”与卫风中的《伯兮》：“伯兮朅兮，邦之桀兮。伯也执殳，为王前驱。自伯之东，首如飞蓬，岂无膏沐，谁适为容？”同是挚切之至的怀人之作，何以后一首便是“里

巷歌谣”，前一首便是“朝堂郊祠乐歌”？又“风”“雅”之中，更有许多同类之诗，足以证明“风”与“雅”原非截然相异的二类。至于“颂”，则其性质也不十分明白。“商颂”的五篇，完全是祭祀乐歌；“周颂”的内容便已十分复杂，其中有一大部分，是祭祀乐歌，一小部分却与“雅”中的多数诗篇，未必有多大区别（如小毖）。“鲁颂”则只有《閟宫》可算是祭祀乐歌，其他泮水诸篇皆非是。又“大雅”中也有祭祀乐歌，如《云汉》之类是。[1]

在否定了《诗大序》和朱熹的见解后，郑振铎又质疑了郑樵和梁启超有关风、雅、颂是按音乐来分类的说法：

郑樵说：“乐以诗为本，诗以声为用，八音六律为之羽翼耳。仲尼编诗，为燕享祀之时用以歌，而非用以说义也。（《通志乐略》）”又说：“仲尼……列十五国风以明风土之音不同，分大小二雅以明朝廷之音有间，陈周、鲁、商三颂所以侑祭也。……”梁任公便依此说，主张《诗经》应分为四体……这也是颇为牵强附会的。[2]

在检讨了各种旧说之后，郑振铎对《诗经》的解说建立在不同的创作群体的划分上，即将诗三百分为诗人的创作、民间歌谣、贵族乐歌三个部分，每个部分之下又分为若干类别。亦即，他认为不必顾及风、雅、颂的体例，而是从诗人群体的区分入手，对一些诗歌作了介绍和阐释。一部文学史本来就是由具体的个别的诗人、作家组成，因此将诗三百按照诗人群体，可考的诗人——无名诗人——民歌——贵族乐歌，

[1]　郑振铎：《插图本中国文学史》，作家出版社，1957 年，第 38—39 页。

[2]　同上。

先后道来，似乎也合乎整体的逻辑。然而，具体到《诗经》，情形就不同，由于人们对周公、尹吉甫、卫武公、卫壮姜等是否某些诗篇的具体作者均有疑问，郑振铎自己也认为，"《诗序》所说的三十几篇有作家主名的诗篇，大多数是靠不住的。其确可信的作家，不过尹吉甫，前凡伯、后凡伯、家父及寺人孟子等寥寥几个诗人而已"[1]。因此对多数读者而言，《诗经》的作者几乎都是无名氏，如按诗人群体来划分：可考的诗人，无名诗人或民间歌谣，对于《诗经》的阐释上，并无特别的意义。故柳存仁在《上古秦汉文学史》中认为郑振铎的这一划分"亦未尽详惬"[2]。

相比郑振铎，柳存仁在文学史中对《诗经》的介绍用了更大的篇幅。除了对采诗、献诗、孔子删诗等说法进行了比较分析外，还对《商颂》的成诗年代作了考辨。

柳本文学史并不对《诗经》中的个别作品有具体的释义，而是主要介绍了《诗经》的各种社会功能，即"三百篇之于周代，实非后世仅以文学作品视之而已者"。认为"吾人苟以后世社会生活之眼光观察之，其言殆不可解。不知同时贵族士大夫间之典礼、讽谏、赋答、言语，往往假《三百篇》之言辞为应用"。[3] 并就诗三百用于典礼，用来讽谏朝政，用于言语交谈的三种情形有所阐释。

关于诗之用于典礼者，有点像章太炎的看法。章认为孔子的"'言之无文，行而不远'，盖谓不能举典礼，非苟欲润色也"。柳存仁则认为，风、雅、颂各部分中，均有诗与典礼相关。

---

[1] 郑振铎：《插图本中国文学史》，作家出版社，1957 年，第 46 页。

[2] 柳存仁：《上古秦汉文学史》，岳麓书社，2011 年，第 48 页。

[3] 同上书，第 43 页。

> 《诗》之应用于典礼者甚多，如祭祀则有《小雅·楚茨》，宾宴则用《小雅·鹿鸣》《白驹》《周颂·有客》，庆贺则用《大雅·崧高》《小雅·出车》，颂辞则用《周南·螽斯》《桃夭》。《仪礼·乡饮酒礼》《燕礼》《乡射礼》《大射仪》各篇，均有乐工歌诗之记载。[1]

当然，诗的讽谏功能最为人们津津乐道，这一社会功能，无论如何都不可忽视：

> 至于三百篇之用于讽谏朝政者，其事实亦甚众。《国语·周语》述邵公之谏厉王曰："故天子听政，使公卿至于列士献诗，瞽献曲，史献书，师箴，瞍赋，矇诵，百工谏，庶人传语，近臣尽规，亲戚补察，瞽史教诲，耆艾修之，而后王斟酌焉，是以事行而不悖。"……又《国语·晋语》，范文子戒赵文子曰："吾闻古之王者，政德既成，又听于民，于是乎使工诵谏于朝，在列者献诗，使勿兜；风听胪言于市，辨祆祥于谣，考百事于朝，问谤誉于路，有邪而正之，尽戒之术也，先王疾是骄也！"凡此皆可认为周代讽谏诗产生之环境。至于讽谏之作品，则如《魏风·葛屦》《小雅·节南山》《小雅·何人斯》《小雅·正月》《小雅·雨无正》，或意在规劝，或警戒暴虐，均为不可多得之讽谏诗歌也。[2]

诗在人们交谈和言辞往还中，有着十分重要的修辞功能，即孔子的"不学诗，无以言"就表达了这一层意思。

---

[1] 柳存仁：《上古秦汉文学史》，岳麓书社，2011年，第43—44页。

[2] 同上书，第44—45页。

> 赋诗之用，多为主宾间相互之称美及祝颂。孔子谓“诵《诗三百》，授之以政，不达；使于四方，不能专对……”云云，足证赋《诗》常为列国间外交上一种至为庄重优美之辞令。[1]

> ……至于《诗》之用应对言语者，则更有实质上之作用可见。《三百篇》代替言语之用，如宣公二年《传》：赵穿攻灵公于桃园，宣子未出山而复。《太史书》曰“赵盾弑其君”，以示于朝。宣子曰：“不然！”对曰：“子为正卿，亡不越境，反不讨贼，非子而谁！”宣子曰：“呜呼，‘我之怀矣，自贻伊戚’，其我之谓矣。”襄二十五年《传》：卫献公自夷仪使与宁喜言，宁喜许之。大叔文子闻之曰：“呜乎！《诗》所谓‘我躬不说，皇恤我后’者，宁子可谓不恤其后矣！……《诗》曰‘夙夜匪懈，以事一人’，今宁子视君不如弈棋，其何以免乎！”[2]

以上所举的郑本、柳本文学史，对于《诗经》的介绍和阐释尽管各有侧重，但是其内容集中在如何理解《诗经》，人们见到的《诗经》还是传统眼光下的诗三百，是有关恋歌、悼歌、农歌，宴会歌、田猎歌、战事歌、宗庙乐歌、颂神歌等的合集，而反映论文学观作为文学史的指导思想，诗三百就呈现出另外一副面目。

这里，应该首先提到詹安泰主编的《中国文学史》，这本撰写于1953—1956年的文学史，就已经运用反映论文学观来解析古代文学，如在《诗经》一章中，一上来就谈“《诗经》产生的社会基础”，而所谓社会基础，首先就是人类的经济活动：

---

[1] 柳存仁：《先秦上古文学史》，岳麓书社，2011年，第45页。

[2] 同上书，46—47页。

> 农业经济在殷商时代已经开始发生了，到了周代，农业生产就占着社会生产最重要的地位。我们看《大雅》中的《生民》(叙述后稷诞生和艺种的历史),《公刘》(叙述后稷的曾孙公刘开辟疆土、组织国家和经营耕稼的历史),《緜》(叙述公刘九世孙古公亶父避戎狄迁至岐山，从事耕种、建筑域邑和设立官司的历史)等诗篇，可以见出周人很早就是重视农业的。《史记·周本纪》说文王“遵后稷、公刘之业，则古公、王季之法，而教化大行”，这又说明了周代累世都以农业生产为主，因之农业生产才能占着社会生产中最重要的地位。[1]

以上这种开篇介绍社会生产形态以作《诗经》的缘起，在以前的文学史中似无缘得见，但这正是反映论文学观在文学史写作中的一种表达模式。即从理论上说，文学史虽然要和一般的历史著述相区分，但是却要求进入文学史的文学作品反映历史，反映社会，反映现实生活。

自然，在后来的文学史写作中，将这一部分的内容挪到前文提及的各种“概说”或“概论”中，并有了规范化的表述。

詹本文学史认为，既然《诗经》的风、雅、颂到底是以什么原则来加以划分的，已很难厘清，“因此，我们需要从新的立场观点来给它们一个比较恰当的说明”。这一立场，就是以是否反映人民大众的生活为其价值尺度。由此该文学史将《诗经》的价值分为三个等级。毫无疑义，《国风》最有价值，因为其所收录的绝大多数是当时的民歌、民谣，“可以说是当时人民大众——主要是农民大众的生活、思想、感情的总汇。毫无疑义，它在《诗经》里面的价值是最高的。”[2]

---

[1] 詹安泰主编:《中国文学史》，上海古籍出版社，2011年，第50页。

[2] 同上书，第54页。

第二等级是《小雅》，因为“《小雅》里也有一些反映了人民大众的生活和具有相对的正义感的作品，如描写被迫给统治阶级服役的苦况的《何草不黄》，揭露统治政权的腐朽本质的《正月》之类都是。像这类的作品，其价值仅次于风诗，我们应该把它们和《小雅》中其他的部分分别看待”。

第三等级是被第二等级摈除的一部分《小雅》，还有《大雅》和“三颂”，“其中虽然许多是服务于统治阶级的作品，可是，它们里面也包孕着不少反映社会现实的东西……所以我们对《雅》《颂》里面关于劳动生产以及其它能反映社会现实的诗篇，还是可以有选择地来进行批判地吸收的”。[1]

正是从这样一种价值尺度出发，詹安泰对《诗经》的内容作了不同于郑振铎、柳存仁等的分类，即既不是按诗人、无名氏、民间创作、庙堂诗人等群体来划分，也不是按诗歌的社会功能如典礼、讽谏、交谈中的修辞来划分。而是按诗歌在经济生活、政治和日常生活中所起的作用来划分。由此我们看到了以下内容组合的诗三百：

1.“关于农业生产”的诗（如《周颂·良耜》）；2.“关于畜牧生产”的诗（如《小雅·无羊》）；3.“关于反映人民反对统治阶级斗争”的诗（如《魏风·伐檀》《魏风·硕鼠》）；4.“不正面表现强烈的斗争，只是反映劳动人民被压迫剥削的悲惨生活，从而显示着统治阶级和被统治阶级之间存在着不可调和的矛盾的作品”（如《豳风·七月》《豳风·东山》《王风·君子于役》）；5.“关于男女恋爱的歌辞”（如《郑风·箨兮》《郑风·褰裳》《唐风·绸缪》）；6.“表现当时统治阶级内部矛盾”的诗（如《小雅·巷伯》《秦风·权舆》《小雅·巧言》等）。[2]

---

[1] 詹安泰主编：《中国文学史》，上海古籍出版社，2011年，第54—55页。

[2] 参见同上书，第57—78页。

同样是“诗三百”，在詹本文学史中，读者领略到了不同于以往的阐述立场和读解视角。可见一种新的文学观，会给同一部经典带来不同的面孔。

或许，对《诗经》最有颠覆性的表述，就数北大1955级学生的那本《中国文学史》了。在该文学史中，我们看到作为整体的《诗经》，被“周代民歌”和“周代文人诗及庙堂乐歌”这两个概念取代并分解了。即在以往的各种文学史著述中，“诗三百”总是作为中国古代最早的诗歌总集，以其整体而被予以关注并得到阐释的。但是在北大1955级版的文学史中，读者则要从“周代民歌”这一名目来进入主题，即先是从周代民歌这个大概念中来认识大部分《诗经》作品（主要是指《国风》），然后再另起一章，从“周代文人诗和庙堂乐歌”认识其中的另一小部分诗歌（如《雅》《颂》等）。

换言之，《诗经》之所以有价值，主要是保存了周代民歌。因为“周代民歌是现存最早的一批劳动人民集体创作的诗歌，是我国古代诗歌的精华”[1]，而介绍周代民歌，主要是介绍“《诗经》中的《国风》的大部分作品和《小雅》的小部分作品”，而其他的民歌虽然在“先秦典籍中也保存了一些断章的歌谣，可惜全貌已不可见了”。[2]

接下来，我们看到，从民歌的角度，该文学史认为最值得写入文学史的是两类作品：“第一，反映阶级压迫，阶级觉醒，统治者荒淫无耻，人民苦痛生活的诗歌。”如“《豳风》的《七月》，《魏风》的《伐檀》《硕鼠》等正是这类作品”。[3]之所以选这些作品还有一层意思在：

[1] 北大中文系文学专门化1955级：《中国文学史》（上册），人民文学出版社，1958年版，1959年4月第1次印刷，第19页。

[2] 同上。

[3] 同上书，第20页。

因为这些诗歌既反映了“在阶级社会中，劳动人民在统治者残酷剥削和压榨下，几乎喘不过气来”的生活，也表现了他们“用歌声鼓舞自己的斗争，倾泻自己的满腔愤恨和不平，表达自己对美好生活的向往”。[1]

第二类作品，主要是“反映劳动人民乐观主义精神、坚贞不渝的爱情诗歌。”如《魏风》的《十亩之间》，《卫风》的《木瓜》，《郑风》的《箨兮》，《鄘风》的《柏舟》等。[2]

在对这些爱情诗篇作阐释时，该文学史顺带批判了某些传统的学说，认为是传统的封建礼教歪曲了这些爱情诗歌的主旨。正是这些诗歌“对爱情的忠贞，对爱情阻碍的反抗，有力地冲破封建礼教的阵脚，这就不能不使统治者感到严重的威胁，于是从汉代经学家开始，历代封建文人无一不对这些诗大加歪曲。《关雎》本来是首平常的恋歌，可是《毛传》却说什么文王后妃之德”，《鄘风·柏舟》“是一个极有反抗性的恋歌，但《毛传》却硬说是一个贵族寡妇共姜作的，说什么共姜丈夫早死，守寡，而‘父母欲夺而嫁之，誓而弗许，故作是诗以绝之’”。[3]

由于该文学史将《诗经》分成“周代民歌”和“周代文人诗和庙堂乐歌”两个部分来讲解，所以有关以往《诗经》研究必然涉及的如年代、体制、复杂的社会功能等话题和与之相关的考辨就统统略过了。比较有意思的是，该北大本文学史仅在一年之后的修订本中，就恢复了《诗经》的整体面目，并增加了“诗经介绍”“周民族史诗”“贵族讽喻诗”“歌功颂德的贵族诗歌”等内容。[4]

---

[1] 北大中文系文学专门化1955级：《中国文学史》（上册），人民文学出版社，1959年，第20页。

[2] 同上书，第23页。

[3] 同上书，第25页。

[4] 笔者认为，这一修订本是吸收了一些专家学者的指导意见后完成的，因此与日后游国恩本的《中国文学史》更加接近。

这里，必须提及游国恩等主编的《中国文学史》。这部文学史是反映论文学观指导下，比较成熟的文学史著述。在吸收以往的《诗经》研究成果同时，该文学史将唯物史观运用其间。考虑到《诗经》是“自西周初年到春秋中叶大约五百多年”之间形成的，因此从更加开阔的视野来认识《诗经》的价值。正是基于这一立场，游本文学史不是先强调《国风》，而是率先介绍《雅》《颂》，该文学史认为：“雅诗和颂诗都是统治阶级在特定场合所运用的乐歌。由于它们或多或少地反映了社会生活的一些方面，直到今天还有其社会意义和认识价值。”[1] 正是从民族史诗和反映社会生活的意义上，游本文学史肯定了《诗经》的整体价值，而不是从民粹主义立场出发，只首肯《国风》作为周代民歌的价值。

所以，该文学史认为，应该看到“大雅的大部分和小雅少数篇章，和周颂一样，都是在周初社会景象比较繁荣的时期，适应统治阶级歌颂太平的需要而产生的”。特别是“大雅”，“更能体现雅诗重视社会生活描写这一特点”，这是因为大雅中的《生民》《公刘》《緜》《皇矣》《大明》等诗，“与后世的叙事诗相当接近。这些诗叙述了自周始祖后稷建国至武王灭商的全部历史”。[2]

至于《小雅》，意义就更加丰富了。

> 小雅绝大部分和大雅的少数篇章是在周室衰微到平王东迁的历史背景下产生的，深刻地反映了奴隶制向封建制变革的社会现实。这些雅诗的作者大都是统治阶级内部的人物，由于他们在这一巨大社会变革中社会地位的变化，使他们对现实有比较清醒的认识，并对本阶级的当权者的昏庸腐朽持有批判的态度，不同程度地表现了

---

[1] 游国恩等主编：《中国文学史》（第1卷），人民文学出版社，1963年，第28页。

[2] 同上书，第30页。

诗人对国家前途和人民命运的关心，因而使他们的创作具有较深刻的社会内容。[1]

当然，即便如此，在游本文学史中，“国风”还是《诗经》中的翘楚，“它们是《诗经》中的精华，是我国古代文艺宝库中晶莹的珠宝”。因为“‘国风’中的周代民歌以鲜明的画面，反映了劳动人民的生活处境，表达了他们对剥削、压迫的不平和争取美好生活的信念，是我国最早的现实主义诗篇”。[2] 也就是说，坚持反映论文学观，就必然强调文学的现实主义特征，就必然要有倾向性和阶级性。

以上，从对中国文学史源头的《诗经》的阐释中，我们看到了20世纪中国文学史研究观念的变化是如何渗透到具体的作品批评中的，并且又是怎样从传统的阐释转换到反映论的立场，并确立其在文学史上无可撼动的地位的。

第四节　情感论文学史观

1990年代，由章培恒、骆玉明主编的《中国文学史》，在其“导论”中提出了情感论的文学史观念。这是对1950年代以来的反映论文学史观的一个反拨。

从1950年代中期到1980年代，反映论文学史观不仅是文学史写作的基本立场，而且是唯一的立场，这与马克思主义的意识形态紧密相

[1] 游国恩等主编：《中国文学史》（第1卷），人民文学出版社，1963年，第31页。

[2] 同上书，第39页。

关，也是当时中国的政治大环境的某种表现。就文学史写作本身而言，反映论文学史观给文学史的写作开辟了新的阐释空间，使得许多文学作品有了新的意义和价值。特别是反映社会生活的戏曲与小说得到了重视，另一方面，它又关闭了原先已打开的许多空间，使得本来立体的多侧面的文学史表述空间趋于单一化和同质化。特别是文学的最主要功能之一，即情感功能受到了忽视。

所谓情感论文学史观，强调的是这样一种文学观念，即“文学乃是以语言为工具的，以感情来打动人的、社会生活的形象反映”[1]。当然，其着重点是落在“情感”二字上，而非社会生活的反映上。

文学有情感交流和人际的情感培育功能，自不待言，中国古代的文人学者早就认识到文学的这一社会和人际功能，所以有“诗缘情”一说。

然而，由于反映论文学观一度作为唯一“政治正确”的文学观的巨大影响，所以提出情感论的文学观就成为一个需要严密论证的过程。

“导论”认为，以往对文学的定义值得商榷，即“文学是以语言为工具的、对社会生活的形象反映”[2]，这一提法会衍生这样一种看法，这就是“在反映社会生活的广度与深度上有所欠缺的作品绝不是第一流的作品”[3]。

作为反驳，作者引了中国古代那些脍炙人口的诗篇，如《诗经·秦风·蒹葭》、陈子昂《登幽州台歌》、李白《静夜思》、崔颢《黄鹤楼》等，并说道：“但若就其反映社会生活的广度和深度加以考察，实算不上有突出成就”[4]。然而，就是这些篇幅短小的诗歌成为千古传诵的名

---

[1] 见章培恒、骆玉明：《中国文学史》，复旦大学出版社，1996 年，第 59 页。

[2] 同上书，第 1 页。

[3] 同上书，第 2 页。

[4] 同上。

篇，其影响超过了另外一些作品（如李白的《艳歌行》《悲歌》），作者认为相对而言，那些作品可能在反映社会生活上比之前者更具体、丰富，但是影响却小多了，以证明“反映社会生活的广度与深度并不是决定一篇作品高下的主要尺度。甚至在像小说这样的文学体裁中，也并不例外”[1]。

以上，在质疑了仅仅强调对社会生活的反映，不能决定文学作品的品质之后，该“导论”又对社会生活的“形象”反映，提出了自己的看法：认为许多文学作品，特别是像《登幽州台歌》这类小诗，人物形象并不“完整、鲜明、生动”，但是却以其“体现出极其巨大的情感上的反差，从而强烈地撼动了读者的心”。[2]

经过两番质疑和论证，作者得出了以下结论：

> 由此看来，文学作品是一种以情动人的东西，它通过打动读者的感情，而使读者获得某种精神上的愉悦。一般说来，这就要求作者首先在情感上被打动，否则便无以感动别人。[3]

其实，文学作品的情感功能是无须多方论证的，古今中外，凡论及文学者，无论持什么立场，都不会否认文学作品的情感力量，只是由于文学本质论和反映论观念在将近半个世纪中对文学和文学史研究的强烈影响，以至于该“导论”为了使文学情感论升华为一种文学本质论而大加论证。

为了使论证更加严密，“导论”将文学的情感功能和“人性发展的过程”

[1] 章培恒、骆玉明：“导论”，《中国文学史》，复旦大学出版社，1996年，第5页。
[2] 同上书，第6页。
[3] 同上书，第7页。

联系起来，并提出以下观点，即文学作品“越是能在漫长的时代、广袤的地域，给予众多读者以巨大感动的，其成就也越高”。“因为越是这样的作品，其体现人类本性的成分也就越多、越浓烈，从而也才能够与后代的人们、与生活在不同制度下的读者产生强烈的共鸣”。[1]

这里，作者主要借助了马克思主义的相关理论，对人性问题作了马克思主义的阐释，即所谓“人类本性”就是每个人以求自身的“全面而自由发展”，而在这种“全面而自由的发展为基本原则的社会形式”尚未出现之前，即当社会的生产力远没有达到高度发展的“最无愧于和最适合于他的人类本性的条件”共产主义社会之时，人类只能以“自我克制”来管束自己，压抑自身，而此时，只有文学作品能打破这一“自我克制”，从而表现出强烈的人性欲求。

由此，作者认为优秀的文学作品之所以得到流传和世代认同，是缘于其与“人的一般本性”的契合。这就是“为什么有一些看来似乎没有多大社会意义的作品却能在许多世代中引起广大读者的强烈共鸣”的原因。[2]

“导论”还以李白的《将进酒》等诗歌为例，说明 “作品越是能体现出人类本性，也就越能与读者的感情相通”，来突出其文学情感本质论，否定文学反映社会生活的本质论。紧接着，还进一步得出了人性“长期的发展”“带动了文学的发展”的结论。[3]

以上论证，可谓是对束缚了人们头脑近半个世纪的文学反映论的重大突破。按理说，以文学情感本质论来挑战反映论，“导论”所提出和讨论的问题，是文学史写作中最为根本的问题。然而，此后的文学史写

---

[1] 章培恒、骆玉明：“导论”，《中国文学史》，复旦大学出版社，1996 年，第 19 页。

[2] 同上书，第 21 页。

[3] 同上书，第 26—27 页。

作似并没有对这一重大挑战作出正面的回应。当进入21世纪，有关文学史的著述越来越多，篇幅也越来越庞大，但是有关“文学本质”是什么，这个在将近一个世纪中深刻影响着文学史写作的重大观念性问题，反而不怎么引起文学史写作者的论争，原因可能是人们已经自觉和不自觉地走出了“文学本质论”的窠臼。文学既反映社会生活，也诉诸情感，也与人性的发展相通，决定文学作品质量的高低和流传的广泛与否的因素很多，无法用“文学本质”这样一个单一的观念来通约。

另一个原因，前文已经提及，即从古至今，没有人否认文学的情感功能，“诗缘情”之说，即便从陆机的《文赋》算起，也有近两千年的历史。期间并无站得住脚的反对文学表达情感的理论，无论是“文以贯道”的韩愈，还是“文章合为时而著，歌诗合为事而作”、反映社会现实的白居易，在他们的作品中，均元气充沛，情感淋漓。白居易同时也提出“根情、苗言、华声、实义”的观点，强调情感的重要性。

另外，从20世纪的文学史写作历程看，从谢无量、游国恩、刘大白、刘大杰到林庚等诸多文学史撰写者，虽然各自的文学观并不相同，但是无论是受传统的功能文学观影响，或者是讲究意境、格调、神韵的文学观的熏陶，还是受来自西方的审美本质文学观的影响，再或者是受朗松文化文学观的影响，都使他们比较倾向于从文学内部，从文学自身发展的传统及它与文化环境的关系来把握文学的走向和所谓规律，因此从大的方面讲，他们的文学观是相近的，即文学作为一个独立的领域，应该和其他精神领域有所区别，文学在其自身的发展过程中所获得的丰厚的积累也使其具备了可以获得独立研究的特质。文学的形式，文学所运用的修辞和种种技巧，文学的情感性特征以及在想象力运用方面所开拓的空间，包括文学和生活之间所呈现的特殊关系等，都使得文学的风貌独特而精彩，气象深邃而博大。这些均给文学的审美本质或者说情感本质的探寻提供了大量的文本依据。

刘大杰在其早年的《中国文学发展史》的“自序”中，就提出了“文学发展史便是人类情感与思想发展的历史”的观点，即便是在反映论盛行的 20 世纪五六十年代，文学史写作也会区别作品是反映劳动人民的情感，还是反映没落的、腐朽的统治阶级情感，而不否认文学的情感力量。如“导言”在一开篇中所反驳文学是“对社会生活的形象反映”，认为“‘形象’如是指感性形象，系与‘抽象’相对而言，这样的‘形象’自为文学所必具，但那只是区别文学与非文学的标准。不符合这标准的作品，即使挂着文学的招牌，我们也可说它不是真的文学作品，至少可以说它是失败的作品”。[1] 这里，同样的道理，我们也能说，文学表达情感，是区别文学与非文学的重要准则，文学界对此并无大的异议。

[1] 章培恒、骆玉明：“导论”，《中国文学史》，复旦大学出版社，1996 年，第 6 页。

第三章　文学的建构与建构的文学史

20世纪的中国文学史写作，基本可以看成是本质主义文学观统辖下的写作，这既表现在胡适的《白话文学史》上，也体现在1950年代以后，以反映论文学史观为指导的一大批文学史著作上。1980年代以来的思想解放运动改变了学术界思想界，也对文学史写作产生了巨大影响，主要表现在对作家和文学作品的评价与阐释上不再是以一种标准，如阶级的标准或进步和反动的标准来衡量和评定作家作品，也摆脱了机械反映论的写作模式，这使得1980年代以来的文学史写作呈现出比较丰富的面目。然而，在各种单卷本和多卷本文学史涌现的同时，对文学观念的演进和文学史写作观念的研究，则关注寥寥。其原因是许多文学史研究者和编撰者将文学史的已有形态看成是既定的、现成的框架，文学历来如此，文学史历来如此，后来者只需在材料上加以补充，在对文学作品的阐释上提出新的见解即可，他们并不将文学史看成是历史建构的，是在文学史的写作过程中逐渐演化的。

一

这种情况到20世纪末有了改观，一些学者开始系统关注中国文学史作为学科的整体研究状况。其中代表性的著述有董乃斌、陈伯海、刘扬忠等主编的三卷本《中国文学史学史》。该著述在“导言”中称，该研究是“对文学史研究的历史进程所做的系统清理和总结”[1]，“它要对中国文学史学科的起源与发展、历史与现状、分期与分派、动因与动向等问题作出自己的考察、梳理、排比、阐说……”[2]

该著述既研究中国文学史的早期形态，并对其相应的文学观念作了梳理和阐述，也对20世纪以来的中国文学史（文学通史）写作的演变及其历史背景作了描述。因此可以说，在《中国文学史学史》中，已经开始把文学观念演变和建构的历史呈示了出来。在该著述的“导言”中，陈伯海就将“建构”的概念写进了文学史的“发展脉络”中。

作者认为文学史的建构和文学史料的拓展有着密切的联系，提出了文学史料拓展的几种形态：

> 其一是由当代文学资料转化为文学史料。任何时代的现实的文学活动其实都是历史的延伸，它和文学史的进程是一脉相承的。但处在现时代环境下的人们并不把它当作历史，即使留存各种资料，也很少从“史”的角度来观照、整理，往往要等资料积聚到相当程度，时间上也形成一定的跨度，当下这一页已然填满和即将翻过，这些资料才会被人从眼前的记忆中撤除下来，整理并串合到历史进程中去加以有系统的阐释。……
>
> 其次是文学史新分支的成立，也会带来史料范围的扩大。比如说，在我国传统的文学观念中，小说、戏曲、说唱、谣谚等俗文学或民间文学长时期以来“不登大雅之堂”，即不被认可为文学创作，

[1] 见董乃斌等主编：“导言”，《中国文学史学史》（第1卷），河北人民出版社，2003年，第2页。

[2] 同上。

> 有关资料也往往不作为文学史料来收集和珍藏，只是在这些文学样式发展到一定的高度，它们的生命力的焕发受到一部分文人雅士的关注和赏爱，文学史家开始将它们纳入自己的视野时，新的史料学分支才有可能建立起来。……
>
> 第三种形态是非文学史料向文学史料转变，可以举“红学”的演进作为典型例子。在“旧红学”阶段，索隐派风行一时，《红楼梦》的作者曹雪芹则鲜为人知，他的生平和家世也得不到文学史家的垂顾。“五四”以后“新红学”起来，考定曹氏为《红楼梦》的撰人，断言小说所写的故事里有作者自身经历的影子，于是其生平事迹、亲朋交游、家世渊源乃至旧居遗物，一一被勤心发掘钩稽，都进入了文学史料的行列，《红楼梦》的研究便也出现了崭新的局面。在这过程之中，原来被视为小说底本的材料，如顺治帝与董鄂妃的情事、纳兰的家世等，则被剔出“红学”研究的范围，说明文学史料的拓展与清除确实是并存的。[1]

上述有关文学史料的拓展和变化的三种形态，其实就是文学史观念演变的具体表现，当然从建构的角度出发，或许应该再补充一条，放在最前面，那就是文学史料最初的产生，即在上古的文献资料中，人们开始是怎样将文学的和非文学的史料区分开来的，是如钱穆所说，“中国文学的确立，应自三国时代的曹氏父子起”，曹丕的《典论·论文》“在中国的文学史上是一个划时代的重要关键，因文学独立的观念，至此始确立”[2]。还是应该从《昭明文选》算起？

---

[1] 以上均见董乃斌等主编：《中国文学史学史》(第1卷)，河北人民出版社，2003年，第9—10页。

[2] 钱穆：《中国文学论丛》，九州出版社，2011年，第69页。

当然，不管从哪儿算起，文学史研究的进展体现在文学史的写作上会有一个滞后的现象，因此在1990年代以来出版的许多种文学史虽然越写越厚，材料的吸纳也越来越多，但是在具体的写法上，依然没有太大的改变，只是在作家作品的介绍和阐释上有所变化或加大了分量，而在体例和框架上没有大的变动。编撰者的一些新的想法和创见往往只体现在著作开端的绪论和导言中，并没有进入每一章的编写内容中。故有的学者认为，“近三十年来，新的中国文学史著虽出版不少，但均只是局部、枝节之变动或添补，对它作为民族国家文学之性质缺乏反省”[1]。这里所说的对“民族国家文学之性质缺乏反省”是指文学史在写作上只关注文学与阶级、文学与社会发展、文学与民族进步以及文学的社会思想内容，而缺少对文学本身发展变化的研究。

二

这里或许要解释一下，什么是文学本身发展变化的历史。这其实是一个颇令人困惑的问题，如果从建构的角度讲，文学原初是没有所谓“本身”与不“本身”的问题，因为文学是在人类文明历史的进程中逐步形成自己的领域的。文学意识的出现、凝聚和不断地拓展也是在社会历史和文化的活动中逐渐形成的，并且是一个相当复杂的互相碰撞和补充的过程。即是说所谓文学意识和文学观念不是一个概念界定清晰，为社会各个阶层各个文化群体共同认同的对象，只能说文学意识存在于各个时代的文化人相互交流和对话的语境中，是在一个长时段中慢慢凸显

[1] 龚鹏程：“自序”，《中国文学史》，世界图书出版公司，2012年，第3页。

出来的。它不像是我们今天的教科书，有一个相对权威的定义。不必说不同的时代不同的人，会产生不同的文学观念，就是同一个人，在不同的语境中也会有不同的阐释。例如孔子，一方面说“言之无文，行而不远”，另一个方面，强调“辞达而已”，在第三种场合下，他又说：“文胜质则史，质胜文则野，文质彬彬，然后君子。”固然，此处的“文”和“辞”可以各有解释，但是在模糊的概念中，一定有着现代意义上的“文学”的含义。

另外，文学意识或者说文学观念也不是一经萌发，便就此成型，不再更动和变化，而是一直在演变。现在人们最通常的说法是将萧统在《文选序》中的说法“事出于沉思，义归乎翰藻”看成是独立的文学意识出现的标志，这固然有其依据。然而读者可能会忽略《文选序》的另一精彩之处，这就是将自远古到南北朝期间文学的建构过程简略地勾勒了出来。《文选序》认为在原始时期“世质民淳，斯文未作，逮乎伏羲氏之王天下也，始画八卦，造书契，以代结绳之政，由是文籍生焉”。接下来，从天文到人文，文的含义在各个时代是不相同的，即“观乎天文，以察时变，观乎人文，以化成天下，文之时义远矣哉”。并且文的含义也越来越丰富复杂，不是一两句话能说清楚的，所谓“盖踵其事而增华，变其本而加厉，物既有之，文亦宜然，随时变改，难可详悉。”[1]

《文选序》还举了“赋”产生的例子来说明“文”的变迁状况，认为“赋”原本作为诗的六义之一，后来慢慢变成了一种独立的文体并且势头越来越繁荣昌盛，于是“古诗之体，今则全取赋名。荀宋表之于前，贾马继之于末。自兹以降，源流寔繁”[2]。

应该说，通过“赋”体的历史变迁这样一个例子，《文选序》已经

---

[1] 见《昭明文选·序》，京华出版社，2000年，第3页。

[2] 同上书，第3页。

生动简约地说明了文学的建构和逐渐演进的过程，以及“文”的概念在语用方面的变化。由此，再说到《文选》自身所选文章的标准，如“姬公之籍”“孔父之书”“老庄之作”“管孟之流”，还有那些“盖见坟籍，旁出子史”的文章，均略诸不取。其实是想表明，该选本在诸多的“文”的含义中，独取“事出于沉思，义归乎翰藻”之一种，并不是说其他的文章，不属于文的范围，而是说自家喜欢的是那些有华丽辞章的文章，可以单独拿出来成为一种类别。当然《文选序》的这一“宣言”意义重大，在这之前，无论是挚虞《文章流别集》，还是刘勰《文心雕龙》，或者别的著述中，均是先将文体分类，再有所论述。即如钟嵘的《诗品》，也只是在五言诗中，分出个上、中、下品来，体现出自己的价值判断。还从未有这样一种编选方式，以某种文体以外标准的来选编文集。尽管收录在《文选》中的篇章，也是以赋、诗、骚……铭、诔、哀、碑文、墓志、行状、吊文、祭文等来分类，但是《文选序》从另外一个角度，或者说从另外一种观念上，将一部分诗赋文章与另一部分诗赋文章区分开来，而区分的依据就是有无“翰藻”，在这个意义上，我们可以说这是独立的文学意识，或者说审美意识的出现。

翻翻《昭明文选》，我们可能会有些许失望，入选的文章并不都是那么精彩，或者说后世的人们对于赋和骈体的接受远不如对唐宋八大家散文的接受，因为赋体过于铺排夸饰，文胜于质，走上了“畸形发展”道路[1]，所以难以为继。然而问题的关键不在这里，关键是《文选》在所有的文类之上，有了一个新的评判标准，那就是文采和辞章的华丽。之所以《文选》将赋体放在诗和骚的前面，或许就是因为赋在这方面做

[1]　见游国恩等：《中国文学史》（第1卷），人民文学出版社，1963年，第334页。

到了极致。今天人们来写中国文学史，关于赋的创作，占了很小的一部分，并且基本只介绍两汉的赋，对魏晋以后的赋，略过不表。在两千多年的文学长河中，赋自有其应有的地位。但是在编《文选》的年代里，赋体和骈文在萧统等看来，就是第一等的文学，是文学的精华所在，所以《文选序》才有“古诗之体，今则全取赋名。荀宋表之于前，贾马继之于末。自兹以降，源流寔繁”的说法。

曾经在一些文学史中，给人留下这样的印象，似乎到初唐，陈子昂的“文章道弊五百年矣”一声吼，至中唐韩愈“横空盘硬语”的文章一出，齐梁以来的奢靡文风就一扫而空了。甚至还有研究者认为古文运动“由于在思想领域内，代表了当时稳定和巩固中央政权的历史要求，因而得到了广大士大夫和知识分子的支持，古文运动也随之获得了有利的发展条件”[1]。当然，相比较齐梁以来的骈体文，古文运动确实倡导和“提供了一种比较切合实际的文体，便于明畅地表达思想，便于形象地描写人物和事件，也便于自由地抒情或抒情气氛的渲染”[2]。

然而，文体的解放是一回事，实际的情形是另一回事，因为一直到宋初，朝廷命李昉等人编撰《文苑英华》集时，还是将赋体放在第一位。《文苑英华》所录文章上接萧梁，下到五代，仅赋体就达一百五十卷之多。最好地体现了文学“踵其事而增华，变其本而加厉”的发展过程。《文苑英华》对各种赋的划分体例也很特别，是以“天象”“岁时”“地类”“水”“帝德”等来分类，体现的是传统的伦理秩序，换今天的说法，则是政治正确的反映。《文苑英华》中收录了大量唐、五代的赋，由此可见，尽管苏轼称颂韩愈的文章“文起八代之衰”，但是起码到宋代前

[1] 见中国社会科学院文学研究所：《中国文学史》（第2册），人民文学出版社，1962年，第386页。

[2] 同上。

期，齐梁以来的文风仍然有强盛和深远的影响，在文学上占有重要的地位。所以才有陆游的“国初尚《文选》”的说法。陆游在《老学庵笔记》中不仅道出了《文选》及赋体文章在当时的普及程度，而且还将文风转变的具体时期也指了出来：“当时文人专意此书，故草必称‘王孙’，梅必称‘驿使’，月必称‘望舒’，山水必称‘清晖’。至庆历后，恶其陈腐，诸作者始一洗之。方其盛时，士之至为之语曰：‘《文选》烂，秀才半。’建炎以来，尚苏氏文章，学者翕然从之，而蜀士尤盛，亦有语曰：‘苏文熟，吃羊肉；苏文生，吃菜羹。’”[1]

“建炎”是赵构的第一个年号，可见这种情形到了南宋才有大的改观，故有说“六代、隋、唐骈丽奇靡之作，知文章者，盖摈弃焉。南宋以后，吕伯恭、真希元稍取正大，而所集殊隘”[2]。南宋文风的转变，应该跟整个宋代理学的兴盛有关，理学既有探究义理，开拓学术思想领域的一面，也有“为万世开太平”经世致用的一面，对于内容空洞，无节制的修辞表达和过于奇靡的文体，自然难以接纳，所以在摈弃之列。

不过，摈弃归摈弃，若以唐宋八大家之类的古文来替换骈体文，此风习要到明代才彻底扭转。据说“唐宋八大家”的称谓，也是明人提出来的，因为“迄于有明，唐应德、茅顺甫文字之见，实胜前人”[3]，所以，这一新的文学见解和文学观遂为文化人所接纳，同时也渐渐成为时代的风尚。郭英德将唐宋八大家的经典化过程，作了文献上的细密梳理，颇为详尽，兹录于下文：

---

[1]　见（南宋）陆游：《老学庵笔记·卷八》，载《宋元笔记小说大观》（第 4 册），上海古籍出版社，2001 年，第 3522 页。

[2]　见（清）姚鼐纂集，胡士明、李祚唐标校：《古文辞类纂·吴刻古文辞类纂序》，上海古籍出版社，1998 年，第 1 页。

[3]　同上。

南宋吕祖谦（1137—1181）编选《古文关键》，收录韩愈、柳宗元、欧阳修、三苏、曾巩、张耒等八家六十多篇文章，并加以圈抹评点，指示作文的门径与关键。“八大家”中，有七家入选，仅缺王安石一家。

元代陈绎曾（生卒年未详）撰著《文荃》一书（又名《文章欧冶》），自序于至顺三年（1332），其中有《古文谱》八卷，在卷四“制”下的“家法”一节中，明确列出“别集”九种，即“韩文、柳文、宣公文、欧文、荆公文、三苏文、曾文”。其中“宣公”指唐人陆贽（754—805），“荆公”即王安石。在陈绎曾所例举的古文“家法”中，唐宋文入选者九家，“八大家”均已在列。

元末明初浙江临海人朱右（1314—1376），首次专门选录韩、柳、欧、曾巩、王安石和三苏之文，编成《六先生文集》。所谓“六先生”实为八家，因为他将三苏合成一家，所以《四库全书总目》卷一六九《白云稿》提要说：“八家之目，实权舆于此。”朱右另有《唐宋六家文衡》一编，据贝琼（1314—1379）《唐宋六家文衡序》（《清江文集》卷二八《中都稿》），此书内容与《六先生文集》相仿。而且“其定《六家文衡》，因损益东莱吕氏之选”，可见《六家文衡》是以吕祖谦《古文关键》为蓝本的。朱右的这两部散文总集早已失传，但却明确标示出，最晚在元末明初，文坛上已逐渐认可韩、柳等人为散文写作的“八大家”，并且认为：“盖韩之奇，柳之峻，欧阳之粹，曾之严，王之洁，苏之博，各有其体，以成一家之言，固有不可至者，亦不可不求其至也。”（贝琼《唐宋六家文衡序》）

明中期唐顺之（1507—1650）编纂《文编》，自序于嘉靖三十五年丙辰（1556）。该书除了收录《左传》《国语》《史记》等先秦两汉文章以外，秉承朱右的传统，唐宋时期仅收录八大家之文，目的在于

> 以八大家散文作为“文之工匠，而法之至也”(唐顺之《文编·自序》)。
>
> 其后，茅坤（1507—1601）在《文编》的基础上，编选《唐宋八大家文钞》一书，并加以圈抹评点，作为后世读书作文的楷模。该书初刊于万历七年(1579)，后来已在整理重刻，流传极为广泛，以至于四库馆臣感慨道：“一二百年来，家弦户诵，固亦有由矣。”(《四库全书总目》卷一八九《唐宋八大家文钞》提要）于是“唐宋八大家”之名最终得以确立，并在清代派生出各种“唐宋八大家文”选本，如吕留良（1629—1683）等《晚村先生八家古文精选》、储欣（1631—1706）《唐宋八大家类选》、张伯行（1652—1725）《唐宋八大家文钞》、汪份（1655—1721）《唐宋八大家文分体读本》、沈德潜（1673—1769）《唐宋八大家文读本》、孙琮（约1692年前后在世）等《山晓阁选唐宋八大家文》等。[1]

以上虽然是对吕祖谦到茅坤近四百年间的有关文献编选的梳理，但是却可以看成是唐宋八大家概念的漫长的形成史，也反映出文献背后的文学思潮的动向。特别是清代以来，一窝蜂地出版唐宋八大家的各种选本，既有文学方面的内因，也有印刷术发达的因素，当然更有读书人风气时尚方面的原因。

对于唐宋八大家的推崇，使得清代的姚鼐在编《古文辞类纂》时，将论辩类文章放在第一位，且由贾谊而下，居然直接韩愈等唐宋八大家，从汉初到中唐其间近千年光景，只录了司马迁的《太史公谈论六家要旨》一篇，真所谓“眼空千古”。也许在姚鼐看来，既然情感类的宣泄有唐诗宋词等来抒发，有诗词歌赋来承当，那么在散文中，说理论

[1] 见郭预衡、郭英德主编：“再版总序”，《唐宋八大家散文总集》，河北人民出版社，2013年，第1—3页。

道的文辞自然该有论辩类文章来阐发。因为“论辩类者，盖原于古之诸子，各以所学著书诏后世”[1]。至于选文的标准，可能考虑到孔子述而不作，没有洋洋洒洒的长篇大论，所以先秦的各家都不取，理由是“孔、孟之道与文，至矣。自老、庄以降，道有是非，文有工拙。今悉以子家不录，录自贾生始”。再则“盖退之著论，取于六经、《孟子》，子厚取于韩非、贾生，明允杂以苏、张之流，子瞻兼及于《庄子》”[2]，也等于是兼顾了诸子各流派。

《古文辞类纂》首推论辩类文章，可能与姚鼐的文学理想有关，因为论辩类文章自有其义理之美，只不过长期以来被掩盖罢了。经由宋明理学的熏染，文化人越益看重有思想内容的文章。诚如姚鼐在《述庵文钞序》中有言：“余尝论学问之事，有三端焉，曰：义理也，考证也，文章也。是三者，苟善用之，则皆足以相济；苟不善用之，则或至于相害。”[3]在《复秦小岘书》中又言：“鼐尝谓天下学问之事有义理、文章、考据之分，异趋而同为不可废。”[4]虽然是异趋而同为，三者相统一，但还是以义理为首，所以作为桐城传人的曾国藩说道：“姚先生独排众议，以为义理、考据、词章三者不可偏废，必以义理为质，而后文有所附，考据有所归。”[5]这里的“义理”不是宋儒的“义理之学”，而应该是指思想内容，学理思考；“考证”是指有扎实的材料支撑；“文章”则是指文采。之所以那么说，是因为从《古文辞类纂》所选的贾谊、韩愈、欧阳修、苏轼等文章出发来理解，而不是从单纯的概念出发来判定。

[1] （清）姚鼐纂集，胡士明、李祚唐标校：《古文辞类纂·古文辞类纂序目》，上海古籍出版社，1998年，第1页。

[2] 同上。

[3] 贾文昭编：《桐城派文论选》，中华书局，2008年，第91页。

[4] 同上书，第94页。

[5] 同上书，第100页。

三

前文说过《文选序》关于“文”的出现和“赋”的变迁，最简略地勾勒了文学最初的发生和发展的过程，而《古文辞类纂》似乎也将骈体到散文的历程，作了最简约的交代，因此它们在一定程度上都有了文学史的意味。文学史应该将这样一个过程具体地呈现出来，即文学史有责任将文学之所以为文学的社会和历史的建构情形大致描述出来，让人们明白文学曾经有过的走向和来龙去脉。

我们以往的一些文学史往往是将人们认定的文学作品连缀为文学史，并且按照历史年代的框架，将这些文学作品安置在各自的历史阶段中。还应该有一种文学史，将文学活动和文学观念的形成，以及这些观念如何影响到时代的文学风尚，作出合乎情理的描述（应该说龚鹏程的《中国文学史》在这方面达到了相当的水准，在下文中将有所论述，此处不赘述）。前一种文学史（即按朝代来写的文学史）的好处，在于将文学作品和文学现象与社会的政治和经济状况紧密联系在一起，见出文学的时代特征和时代意义。缺点是割断了文学自有的传统，因此从文学自身的承传和演进方面出发，还应该有一种建构的文学史。

曾经，许多文学史基本是将文学作品看成是既定的，即文学作品似乎从来就是文学作品，千古不变，那么在建构的文学史中还应该告诉人们，在大量的书面材料和文本中，为什么某些书面材料和文本成了文学作品，另外一些书籍和文本就不属于文学作品？为什么有些书籍文本原来不属于文学作品，后来就成为文学作品，还有些本来属于文学作品的，后来不属于文学作品？这些前后的变化和社会的风尚，文学思潮的走向有着怎样的关系？

这里还是以上述《昭明文选》等选本为例，看看哪些文章原本是在文学范围内，后来被逐出中国文学史的范围。例如《昭明文选》所收录的大量文体，如上书、启、弹事、笺、奏记、檄、符名、箴铭、诔、哀、碑文、吊文、祭文等，在现时都没有资格进入文学的门槛，这些文体无论怎样有“翰藻”，写得怎样地华丽斑斓，在今天看来均属于应用文体一类，应该和许多公文类写作、礼仪类应用文写作归为同属。但是在古代，人们一直将这些文类作为文学作品。并且《文选序》还给出了充分的理由，如“箴兴于补阙，戒出于弼匡，论则析理精微，铭则序事清润，美终则诔发，图像则赞兴。又诏诰教令之流，表奏笺记之列，书誓符檄之品，吊祭悲哀之作，答客指事之制，三言八事之文，篇辞引序，碑碣志状，众制蜂起，源流间出。譬陶匏异器，并为入耳之娱。黼黻不同，俱为悦目之玩”[1]。不必说在《昭明文选》之前，刘勰已经将各种文体收录在其《文心雕龙》之中，就是在《文选》之后，到宋初的《文苑英华》，这些今天看来是纯粹应用文体的制诰、制诏、状、启、谥议等统统在列。一直到姚鼐的《古文辞类纂》，尽管作了归并和缩减，还是将其中的一些文体如奏议类、诏令类、碑志类、箴铭类、哀祭类等囊括在其中，当然，文类的次序也有了明显的变化，这回不仅是论辩类著述放在第一位，而且还将最有“翰藻”气象的辞赋类文章大大靠后，放在了应用文体之后。即是说，一直到清代，人们还是没有所谓创作类文体和应用类文体之区分。这种区分要到现代白话文学观和纯文学观的产生，才会出现。

[1] 见《昭明文选·序》，京华出版社，2000年，第4页。

四

21 世纪的头十年，包括 20 世纪末，在文学史的写法上有了变化，许多编写者不再以某种单一的文学观念（如纯文学观或反映论文学观），来论述两千多年来的中国文学的发展过程，而是以建构的、演进的方法来描述中国文学的历程。如袁行霈主编的《中国文学史》，王齐洲主编的《中国文学史简明教程》，郭英德、过常宝著的《中国古代文学史》在观念和内容上都有新的突破。

例如，袁行霈主编的《中国文学史》，在总绪论中就“中国文学的演进”作了大致的论述，该绪论认为，中国文学的发展，除了经济、政治、文化、民族矛盾和地理环境的种种影响之外，关于中国文学演进的内部因素，也是极为复杂的。“由于中国历史悠久、幅员广阔，所以中国文学发展的不平衡性特别突出。”并表现在以下几个方面：

一、“文体发展的不平衡”；二、“朝代的不平衡”；三、“地域的不平衡”。所谓文体发展的不平衡，既是指“各种文体形成和成熟的时代不同，有先有后”。也是指“各种文体从萌生到形成再到成熟，其过程的长短也不同。例如小说，从远古神话到唐传奇，历经了极其漫长的时间；而赋的形成过程就短得多了”。

所谓朝代的不平衡，是指“各个朝代文学的总体成就是不一样的……其实在一个朝代之内文学的发展也是不平衡的，有些年代较长的朝代如汉、唐、宋、明，其初期的文学比较平庸，经过两代或三代人的努力，才达到高潮。有些小朝廷倒又可能在某种文体上异军突起，如梁、陈两代的诗，南唐和西蜀的词”。

地域的不平衡，主要是指各地文学的发展“呈现此盛彼衰、此衰彼盛的状况。例如：建安文学集中于邺都；梁陈文学集中于金陵……”另外，“不同的地域有不同的文体孕育生长……例如：《楚辞》带有明显的楚地特色，五代词带有鲜明的江南特色，杂剧带有强烈的北方特色，南戏带有突出的南方特色。中国文学发展中所表现出来的地域性，说明中国文学有不止一个发源地”。[1]

这里通过中国文学地域发展的不平衡，指出中国文学有不止一个发源地，可谓见地精细老到。如果说中国文学是一条宽大的河流的话，那么，它是由来自于各个山脉、森林或草原的支流所汇成的。

该总绪论还对中国文学演进过程中一些相反相成的因素，及它们的互动作用作了概括性的描述，如俗文学与雅文学之间的互动与影响：“《诗经》中的‘国风’本是民歌，经过孔子整理，到汉代被儒家奉为经典并加以解释之后，就变雅了。南朝民歌产生于长江中下游的市井之间，本是俗而又俗的文学，却引起梁陈宫廷文人的兴趣，从一个方面促成了梁陈宫体诗的产生。”[2]

再如各种文体之间的相互渗透与融合：“诗和赋的区别本来是很明显的：诗者缘情，赋者体物；诗不忌简，赋不厌繁；诗之妙在内敛，赋之妙在铺陈；诗之用于寄兴，赋之用在炫博。但魏晋以后赋吸取了诗的特点，抒情小赋兴盛起来，这是赋的诗化；而在初唐，诗又反过来吸取赋的特点，出现了诗的赋化现象，例如卢照邻的《长安古意》等。再如，词和诗不但体制不同，早期的词和诗的功能、风格也不相同。‘词之为体，要眇宜修。能言诗之所不能言，而不能尽言诗之所能言。诗之境阔，词之言长。’词本是配合音乐以演唱娱人的……诗和词的界限本是清楚的。可是从苏轼开始，以诗为词，赋予词以诗的功能，诗和词的

[1] 以上均见袁行霈等主编：“总绪论”，《中国文学史》，高等教育出版社，1999年，第7—8页。

[2] 同上书，第9页。

界限就在相当大的程度上模糊了。周邦彦吸取赋的写法，以赋为词，在词所限定的篇幅内极尽铺张之能事，诗和赋的疆域又在一定程度上突破了。而辛弃疾以文为词，词和文的距离也在一定程度上缩小了。又如，诗和文的界限本来也是清楚的，宋代以后却模糊了。宋人之所以能在唐诗之后另辟蹊径，打开一个新的局面，正是他们以文为诗，在一定程度上打破了这个界限的结果。又如，中国的小说吸取诗词的地方很多，唐人传奇中的佳作如《莺莺传》《李娃传》《长恨歌传》等，无不带有浓厚的诗意。宋元以后的白话小说，也和诗词有密切的关系。宋代说话一般都是有说有唱，那些唱词就是诗。所以有的小说索性就叫'诗话'、'词话'。在中国戏曲的各种因素中，唱词占了十分重要的地位，唱词也是一种诗，离开唱词就没有戏曲了。"[1]

这里大段地引用原文，是想说明，一些学者和文学史研究者已经从某种本质主义的桎梏中解脱出来，从历史演进和观念交替、更迭等方面来理解文学的形成过程。

说到中国文学发展的不平衡，郭英德、过常宝著的《中国古代文学史》有另一种表述，该文学史突破了以往的中国古代文学史的分期方法，按照文学发展中传统和新变的某些规律，将文学史的体例和章节作了新的安排，全书十三编，并不以朝代的更替、帝祚的移位为依据。

该文学史认为：以往"这种朝代分期法的确存在着一些致命的缺陷。例如，在历史上，文学的发展与政治的变迁并非总是同步的，更多的情况下二者具有历史发展的不平衡性，政治的盛世伴随着文学的萧条，而文学的繁荣却产生于政治的动荡，这种现象在中国古代历史上是

[1] 袁行霈等主编："总绪论"，《中国文学史》，高等教育出版社，1999 年，第 9—10 页。

屡见不鲜的。因此，朝代分期法并不能切实地展现文学风貌的历史演进状况”[1]。这主要体现在以下三个方面：

第一，改朝换代之际的大批作家和作品，其所映现的审美风貌往往具有历史的连贯性，在文学史叙述中难以拦腰斩断。举其大者，如汉魏之际的曹植（192—232），魏晋之际的阮籍（210—263）、嵇康（223—262），晋宋之际的陶渊明，金元之际的元好问（1190—1257），宋元之际的刘辰翁（1232—1297）、周密（1232—1298）、汪元量（1245？—1331）、张炎（1248—1331），元明之际的宋濂（1310—1381）、刘基（1311—1375）、杨基（1326—1373）、高启（1336—1374），明清之际的钱谦益、李玉（1602？—1676？）、吴伟业等等，莫不如此。改朝换代的确给他们的文学创作、文学风格造成了巨大的影响，但这种影响往往是一个渐变的过程，而不是朝代建立之年为标志“一刀两断”的突变过程。也就是说，他们的创作往往从整体上映现出易代之际风向转移的文学状貌。而如果按朝代兴替划分文学时期，便意味着“腰斩”了这些代表易代之际独特风貌的作家及其作品，人为地造成了一个时代审美风貌的断裂。

第二，在文学史叙述中，朝代分期法还往往伴随着传统的政治观念，从而使一些改朝换代之际的作家在时代归属上出现了不应有的紊乱。如汪元量在宋亡时（1279）约34岁，而入元后生活了53年，他的代表作《湖州歌》《越州歌》等均作于入元以后，可是以往的文学史却将他作为宋遗民作家置于“宋末爱国诗歌”中叙述；同样张炎在宋亡时不过32岁，而在统一以后的元朝则生活了整整53年，

[1] 郭英德、过常宝：“绪论”，《中国古代文学史》，中国人民大学出版社，2012年，第11页。

可是以往的文学史总是将他作为宋遗民作家置于“宋末词坛”中叙述。又如，刘基在元朝生活了 57 年，入明不过 7 年，宋濂在元朝生活了 58 年，入明也不过 13 年，但是因为他们入仕明朝，是明朝的“开国文臣”，所以以往的文学史总是将二人“削足适履”地置于明代文学史的“明初诗文”或“明代前期诗文中”加以叙述。……

第三，由于文学史写作采用朝代分期法，在不同的地域发生的文学现象往往被人为地割裂开来，置于不同的朝代中叙述，从而造成时间上的错位。这以历史上处于分裂状态的南北朝时期、宋金时期、宋元时期最为明显。例如，石君宝（1192？—1276？）、关汉卿、杨显之（与关汉卿同时）、白朴（1226—1306 以后）在北方的文学活动，在 13 世纪上半叶即已非常活跃。他们许多优秀的杂剧作品都创作于南北统一（1279）之前（由于史料阙如，无法确定其具体的创作年代）。到南北统一时，杂剧体制已趋成熟，杂剧创作也已呈现繁盛局面，而关汉卿等人已步入老年，剧坛上最为活跃的则是他们的后辈马致远（约 1250—1321 稍后）等剧作家。但是在以往的文学史中，却总是叙述完南宋遗民作家如周密、刘辰翁、汪元量、张炎等人之后，才接着叙述元代文学。而元朝的建元是在忽必烈至元八年（1271），在这之前更准确地说应是“蒙古时期”。因此文学史这样的叙述顺序，就容易给读者造成一种不应有的历史错觉，似乎关汉卿等剧作家都是在元朝建元以后才开始创作杂剧作品的。[1]

正是鉴于以上几个方面的考虑，因此《中国古代文学史》在体例上有其独特的编排方式，即“以文学自身的演变为轨迹，以文学自身审美

[1]　郭英德、过常宝：“绪论”，《中国古代文学史》，中国人民大学出版社，2012 年，第 11—12 页。

风貌的转移作为文学史分期的基本依据”[1]，将中国古代文学划分为四个阶段：

第一阶段是文学生成时期（上古至东汉中期，？—106 年）

第二阶段是文学自觉时期（东汉后期至盛唐，107—754 年）

第三阶段是文学多元时期（中唐至明中期，755—1530 年）

第四阶段是文学集成时期（明中期至清末，1531—1911 年）[2]

以上这种划分方式有点像郭绍虞的中国古代文论的划分方式，在《中国文学批评史》中，郭绍虞曾将中国的文学批评分为三个时期：文学观念的演进期、文学观念复古期与文学批评完成期。“从周秦到南北朝是文学观念演进期；从隋唐到北宋，是文学观念复古期；这两个时期造成文学批评分途发展的现象。前一时期的批评风气偏于文，重在从形式上去认识文学；后一时期的批评风气又偏于质，重在从内容上去认识文学。因此，这两个时期的批评理论，可以说是跟着它对于文学的认识而改变它的主张的。至于以后，从南宋一直到清代，才以文学批评本身的理论为中心，而文学观念只成为文学批评中的问题之一，我们假使就中国封建时代的文学批评来讲，那么在这个时期，可以说是这种文学批评的完成期。”[3]

这里所谓有点像，是指《中国古代文学史》在分期上，也如郭绍虞，不是以朝代更替为依据，而是从文学观念演进和文学思潮变化来着手的。当然具体到每一编，该文学史有自己的学理逻辑。即以第二个阶段“文学自觉时期”为例，“第四编 风骨遒上”，从汉安帝永初元年至晋惠

[1] 郭英德、过常宝：“绪论”，《中国古代文学史》，中国人民大学出版社，2012 年，第 12 页。

[2] 同上书，第 13 页。

[3] 郭绍虞：《中国文学批评史》，上海古籍出版社，1979 年，第 2 页。

帝光熙元年（107—306年）。作者认为“文学对于这一时代的精神生活，对于文人的自我体认和自我超越，有着特别重要的意义”。“文人用诗歌表达最为幽深的个体情感世界，也通过理论反省，揭示文学的价值和规律。中国文学史上的文学自觉时代终于来临。”[1]“第五编 清玄雅韵”，从晋怀帝永嘉元年至陈后主祯明三年（307—589年）。作者认为，该时期“是门阀士族鼎盛的时代，世家大族不但在政治中居于至高的地位，在文化上也领风气之先”，因此“将狭窄的情感表现得非常纤细，也将诗歌、辞赋等文学形式和表达技巧发展到一个新的高度，并在理论上走向自觉”。[2]“第六编 盛世气象”，从隋文帝开皇九年至唐玄宗天宝十三年（589—754年）。这一时期，“中国诗歌走向了自己辉煌的顶峰。诗歌格式完备，风格各异，而一以贯之的是昂扬的时代气息和独领风骚的个性精神……盛唐诗歌充满了灵性和激情，是民族精神文化鲜活的灵魂”[3]。作者之所以将这一时期的下限定在安史之乱的前一年，是因为之后，国运转，诗运也转。

《中国古代文学史》不仅在文学时段的划分上有自己的创见，在内容的写法上也突破了中国文学史的一贯套路。以往的文学史，在每一编的开首都会有所谓的“概述”或“绪论”，讲一讲该时代的经济和政治状况，似乎不先说说经济基础和政治上层建筑，就没法直接谈文学。《中国古代文学史》则是从一个时代的文化环境着手，来论述该时代的总体文学风貌。如该文学史的“第八编 光风霁月”，第一章就探讨了“宋型文化与宋型文学”之间的联系，并且从“文官政治与士人风范”“三教融通与理性精神”“文化普及与文学传播”“游冶享乐与文采风流”等几

[1] 郭英德、过常宝：《中国古代文学史》（上），中国人民大学出版社，2012年，第189页。

[2] 同上书，第247页。

[3] 同上书，第325页。

个方面着眼，来勾勒北宋年间的文学活动的大氛围。

这里并不意味经济基础和政治状况对一个时代文学的走向不产生重要影响，或者说由经济决定论走向文化决定论，就一定找对了方向。而是以往的三言两语的所谓“概说”“概述”“绪言”等往往过于简单化，将某种文学形态发生和演进的状况变成经济或政治的直接的同步的反映，这样一来就会出现读解和理解上的偏差，如把某些文学现象的产生仅仅理解为“代表了新兴地主阶级的要求”，或者反过来归结于 “士族阶级狭隘思想感情和艺术趣味”，以“掩盖内容的空虚”，再或者像前文提及的那样，将唐宋古文运动的兴起看成是“在思想领域内，代表了当时稳定和巩固中央政权的历史要求，因而得到了广大士大夫和知识分子的支持”等，使人难以接受。

应该说文学的演进及文学思潮的转向和帝祚的移位不一定有直接的关系。以上所引袁行霈、郭英德等著述中的一些见解和观点也表达了这一文学史立场。不过从整体看，文学的发展和演进与社会政治文化有着某种特殊的关系，这也是中国文学史写作中所不可忽视的现象。

钱穆曾经在《中国文学史概观》中说道：“中国文学，一线相传。绵恒三千年以上……故其体裁内容，复杂多变，举世莫匹。约而言之，当可分‘政治性的上层文学’与‘社会性的下层文学’两种，而在发展上则以前者为先，亦以前者占优势。”[1]

即以《诗经》为例，钱穆认为，“诗之有雅、颂，乃王室文人所为，歌唱于周天子之宗庙与朝廷，诸侯来朝，同所讽诵，成为政治上一大礼。二南为风之首，采自民间，带有社会性，然经周王室之改制与编

[1] 钱穆：《中国文学论丛》，九州出版社，2011 年，第 49 页。

配，谱以特定之乐调，施之特定之场合，便亦转为政治性。其次如豳诗，虽亦带社会色彩，而其为政治性者益显。故诗之有风雅颂，实皆出于西周王朝，周公制礼作乐一主要项目”[1]。再如说到汉代文学，虽然汉乐府多为社会下层文学，作者以为“其风终不畅”，并进一步解释道：“论汉代文学，终是以上层政治性为主。此因武帝后，士人政府正式形成，读书人皆仕于政府为政治服务，甚少留滞社会下层与政治绝缘者，则其社会性下层文学乃终难兴展。”[2]

钱穆的这一“政治性上层文学”与“社会性下层文学”的两分，能否将丰富复杂的中国古代文学讲通，有待商榷，但是从中国古代的士人政府出发来阐释中国文学的特征，不失为一种独特的描述视角。

五

当然，由于写进文学史的内容越来越多，文学史的写作成为集体项目，作为集体的文学史，由于作者的知识背景的差异和观念不统一，对史料的引用和阐释各有千秋，因此有不少大部头的文学史著作的面目就不那么疏朗，品质也参差不齐。不少集体撰述的文学史，在总绪论中有出色的想法，较难渗透到具体的章节中。

龚鹏程的《中国文学史》是诸多文学史中最为有个人色彩的文学史，和许多大部头的文学史比起来，这部90多万字著述的篇幅还算不上“辉煌”，但是从内容看，龚著写得从容而扎实，并且由于是一个人的文学史，因此前后体例相对统一，在内容的安排和衔接上也相当

[1] 钱穆：《中国文学论丛》，九州出版社，2011年，第49页。

[2] 同上书，第50页。

周密。

龚著从文学的建构着手，叙述文学的产生过程，因此不仅体例上不是按朝代的更替来分章节，而且在内容上也新见迭出。该文学史总共一百章，有些章节能从名目上看出是写某个朝代的，有时代感，另有不少章节，不翻开具体内容，可能难以想到是描述哪一个时代的文学。如“第五十一章，句图与格例”“第五十二章，文学的崇拜”“第五十五章，平淡的滋味”等。如果单拿出题目来看，读者无法判定作者到底是在谈哪段文学史。似乎为表明文学独立的演进过程，龚著文学史的这一做法有点矫枉过正。然而，读文学史毕竟不是挑选货架上的商品，读者总是在一定的语境中行进，尽管作者故意隐去时代的标识。

从建构的文学史立场出发，龚鹏程的文学史的第一章，“诗经的文籍化与诗篇的发展”，似乎是一种必然。口头文学虽然也是文学，但是文学史的写作只能从有书面文字开始：“古代的诗只是歌曲，活在礼乐文化的社会中。这些歌曲，后来不歌了，古乐沦亡，世人遂只好赏其文词，并从意义上去掌握。于是古代的歌曲集：《诗经》乃成为一部文籍式的总集。诗与乐分途，然后就走上了自己的道路，文学的历史，于焉展开。”[1]

因此这一章的内容不是介绍《诗经》中的那些优秀诗篇，如讽后妃之德的《周南・关雎》、诉说女性婚姻不幸的《卫风・氓》、反映底层愤怒的《魏风・伐檀》，还有情景交融的《小雅・采薇》等，而是着重于讲述上古诗存而“乐亡”的历史。当然，一般的文学史研究者对于《诗经》源自于歌曲，或者说是用来合乐歌唱的，没有争议，所谓“弦诗三百，

[1] 龚鹏程：《中国文学史》（上），世界图书出版公司，2009年，第19页。

歌诗三百”。自然，对于诗存而乐亡，也无怀疑，只是没有将这一段“理所当然”的历史勾勒出来，龚鹏程力图描述古代的歌曲因“失落的音符”而成为诗的过程，就颇具意义。另外，作者还就“歌谣起于民间”的说法提出质疑，认为将《诗经》中的《国风》视为民歌，或“硬性划分汉乐府为民间文学，诗为士大夫文学”等看法显然有误，因为“在古代以音乐为核心的教育体系中，贵族重乐，远甚于平民，《诗经》中雅、颂均为朝庙乐章，《国风》中因‘关关雎鸠’而云‘钟鼓乐之’也显然不是平民声口”。以此下推汉乐府，情形也是如此。并特别强调，“乐府之性质，重点不在于它是否具民间性或在不在民间，而是它的音乐性。汉代诗与乐府之不同，非文人士大夫所作与民间文学之分，乃文学性新形态诗篇与歌谣之分也!”[1]应该说，龚著的这一看法是持平之论，合乎文学和诗歌发展的情理，那种认为歌乐最初来自民间，凡生动活泼之歌谣也一定来自民间，是深受“五四”以来白话文学观和民粹主义思潮的影响所致。其实能够对文学艺术的发展有所作为的阶层，基本是掌握了相对优裕的生活资料的有闲阶级中的文化人，并且还要有某种环境和氛围，将这些人联络或聚集在一起，等等。

接下来，谈到“文的自觉”，龚著也有不同于以往的说法。所谓以往的说法是指在中国文学史上，基本是将“文学自觉”的年代定在魏晋南北朝，其标志性文献或者是曹丕的《典论·论文》，或者是《文选序》。自然“文学的自觉”最初是由鲁迅在《魏晋风度及文章与药及酒之关系》中提及的，倒不是因为看重曹丕的所谓“盖文章，经国之大业，不朽之盛事”的高调宣讲，而是其强调了其中的“诗赋欲丽”和“诗赋不必寓教训”[2]的观念，由此，鲁迅将之比为西方的“为艺术而艺术”一派。

[1] 龚鹏程：《中国文学史》（上），世界图书出版公司，2009年，第24—25页。

[2] 鲁迅：《而已集》，人民文学出版社，1980年，第100页。

也有学人认为，有关“文学的自觉”这一观点，是日本汉学家铃木虎雄在《中国诗论史》中最早提出的。[1] 不过这一说法的流行，显然是由于鲁迅的缘故。

正是以“诗赋欲丽”这一观念为依据，龚鹏程认为，“文学的自觉”可以上推到汉代，那些瑰丽的辞赋可以成为这方面的代表，因为其“文辞烂然，甚可观也”。并引司马相如的说法，“合纂组以成文，列锦绣而为质，一经一纬，一宫一商”[2] 来加以佐证。认为汉赋之所以极尽夸饰铺张之能事，其“道理就跟书法以草书为代表是一样的。草书不便于实用，人亦不尽认识，故只能从字本身去作审美把握。辞赋亦旨不在实用，与日常作为指事沟通之文书十分容易区分”。[3]

这里说的是将文章从实用的功能中解放出来，只为审美目的服务，就是“文学的自觉”。龚著的这种说法虽然有道理，但是还必须分清界限，如果只是从创作实践来划界，那么汉赋的出现是一标志，不过，这一趋向或许在汉赋之前就有了，譬如在《楚辞》中，譬如在某些古代歌谣中。因为从周到秦的漫长岁月中，应该会有“言辞的快乐”浮现，不至于到汉初才一齐出现。只能说到汉代，兵荒马乱的时代结束，歌舞升平的时代到来，文学弄臣才有集中施展才能的机会。但是创作实践，不等于有自觉而明确的文学观念。这是不能混淆的。如果从文学观念的明确提出，来划定“文学的自觉”，那么是应该从魏晋开始，到南朝完成。这里并不仅仅是有“诗赋欲丽”的诉求，有“事出于沉思，义归乎翰藻”的主张，更重要的是魏晋南北朝期间，有系统的文学批评思想的产生，除了曹丕等，还有陆机的《文赋》、刘勰的《文心雕龙》、钟嵘的《诗品》

[1] 参见张晨：《鲁迅“文学的自觉”说辨》，载《复旦学报》，2004年第2期。

[2] 龚鹏程：《中国文学史》（上），世界图书出版公司，2009年，第45页。

[3] 同上。

等，就这一点而言，该时期作为“文学自觉”的时期，似无不可。

当然，从龚鹏程的《中国文学史》看，将汉代作为“文学创作的自觉”的开端，还有其他更值得重视的理由，正如其在“文学势力的扩大”一章中所提及的三个方面，即：1. 经典的形成；2. 文字主导的势力；3. 乐府的诗化等，均是强调由文字积累而成的文本或文献，怎样成为文学的根基的。这里的主题是从远古发展而来的歌舞乐文化、口语文化和诗的吟唱怎样在社会的政治生活和文化生活中被改造为书面文化的。当然这种改造远不是从汉代才开始的，只不过到了汉代，似乎有了阶段性的明显成果，或者说，作者认为以下一些方面，能够说明汉代是如何完成了这一转换的，即周代以来的丰富的中国音乐文化是怎样让位于文字为中心的书面文化的：例如相传李斯所作的“《仓颉篇》、《急就篇》以及司马相如编的《凡将篇》，杨雄作的《训纂篇》等，都是为巩固此一文字系统而做的工程。到《说文解字》与《释名》出，语言文字的系统，于焉大定”[1]。

与此同时，乐府的诗化更是在文化和艺术的层面上有了一个大的转换，即乐府由歌唱的对象而转变为阅读的对象。即有了“依乐府题以制辞，而其声不被管弦者”的现象出现。作者认为：“汉代乐府即已存在着变换身份成为古诗的现象。不仅张衡《同声歌》、繁钦《定情诗》本来都是歌，就是著名的《古诗十九首》中也有不少原是乐曲的。如《驱车上东门》《乐府诗集》收入杂曲歌辞，称为《驱车上东门行》。《冉冉孤生竹》一首，亦是杂曲歌辞，但已有人云是傅毅所作之诗。《善哉行》‘来日大难’、《陇西行》‘天上何所有’等，《乐府诗集》收在瑟调，但均采自集中，未入乐志，可能已不可歌了。”[2]

[1]　龚鹏程：《中国文学史》（上），世界图书出版公司，2009 年，第 51 页。

[2]　同上书，第 55 页。

以上作者的具体推断，如《古诗十九首》中有不少原是乐曲，或许有可商榷之处，但是从文学的建构的立场出发，读者能够理解这一推断的逻辑是合理的，因为文化的发展是有偏向的，中国文化的文字偏向比较强大，必然要对口语文化以及和口语文化相应的歌唱和音声的文化有所压制。当然，所谓有偏向并不意味着有一个不偏不倚的正向，只是说每个民族的文化有其特定的走向。例如古希腊，按希罗多德的说法，是注重口头传统的，直到公元前7世纪才引入文字。而中国文化因其文字和书面文化的成熟较早，所以书面文化得到了发展的先机。龚著有“文字主导的势力”一节，正是将中国文化的文字和书面偏向揭示出来，认为汉代的那些“文字学家、经学家、文学家，乃至于史学家，这些现在看起来好像颇有区别的人们，其实内在是同构的”。这里所谓同构，可以看成是他们共同处于大的文化走向之中。

六

正是从文学的建构立场出发，可以说龚著中比较有意味的地方表现在以下几个方面。一是将魏晋玄学纳入中国文学史的范围之中，并称之“言辩为美的时代”。以往的中国文学史讨论魏晋的诗文、志怪小说和文学批评，从来不把该时期的名理之学和讨论形而上问题的论文包括在内，按照当下的学科分类原则，魏晋玄学归在哲学史和思想史的范畴之中。然而从这类论文往往也写得“逸句灿然，沉思泉涌，华藻云浮”[1]来看，它们本身就是文学。况且在那个时候，文史哲是无区分的，表达

[1] 龚鹏程：《中国文学史》（上），世界图书出版公司，2009年，第99页。

情感性文字的诗文和表达思想性文字的论、难之文，共同推动着中华思想文化的发展。即便以今天的观念来解，也是如此。即无论是创作诗文，还是论难立说，统统可以看成一种行为，即“写作”，而所完成的作品，都可以名之曰“文本”，再进一步的区分，如想象或非想象、虚构或非虚构、翰藻或非翰藻，都是很冒风险的事情。文学并无固定不变的疆界，文学一直是在成长之中，文学并不只是修辞学，并不只是情感的自然表达，没有思想和人类理性精神的发展，文学几无前进的方向。龚著从“新经子学”“名理优长的社会”“言辩的趣味”等三个方面来描述这个时代被称之为“玄学”的或其他的一些文本，并概括为“言辩为美”，应该说是切中肯綮，思想和思辨之美虽然不同于感性直觉之美，但是，这也是理性人的必然欲求。其实所谓“美学”，作为西方的一门大学科，恰恰就是思辨的产物。无独有偶，作家而兼学者的台静农，在台湾大学执教期间，也将魏晋的玄学写进了中国文学史讲稿中，在其“魏晋文学的时代思潮”一章中，他从四个方面：1.“由曹魏政治反映的新风格”；2.“由校练名理到老、庄玄学”；3.“嵇、阮放诞及其影响”；4.“玄风与清谈”[1]来概述这段历史，让读者少许领略了傅嘏、王粲、何宴、王弼、嵇康、阮籍等人的思想和文辞的风采。可见有见地的观点，不会孤掌难鸣。

龚著《中国文学史》的另一个可取之处就是将**句图与格例**作为文学史的重要问题，提了出来，实则就是在文学内部怎样为文学立法的问题，许多中国文学史似乎都无视这样一个有关创作的十分具体的问题。作者认为自王昌龄的《诗格》、皎然的《诗式》之后，“格法之学依然甚

[1]　台静农：《中国文学史》，上海古籍出版社，2012 年，第 125—134 页。

盛，但已渐由法生出了对意的关注。不过嗣后并没有只论意不论法，格法之学仍弥漫于晚唐五代宋初，因为立法的活动还没结束。前一段，摸索出了诗文的格律，创立了新体裁；现在，经过长期试验，亦将做些归纳，确立些新法则”[1]。

这些新法则，不是像诗歌的格律一般的规则，估计是具体的写作范例，可以为新学诗之人临摹或仿效，故作者说道：“所谓句图，《四库提要》说始于张为《诗人主客图》，因它‘排比联贯，事同谱牒，故以图名’。实则它的图是什么样，现在搞不清楚，只知当时流行这么命名，其内容均是摘选秀句以供鉴赏。如李洞集贾岛诗句五十联及其他人警句五十联、惠崇集自己作品一百联为诗句图，以及宋太宗《御选句图》《林和靖摘句图》、黄鉴《杨氏笔苑句图》《续句图》《孔中丞句图》《杂句图》等，大抵均辑入北宋末年蔡传编的《吟窗杂录》卷三十四至五十。”[2]

此处须说明，作者有资料上的讹误，所说《吟窗杂录》，有二十卷本、三十卷本和五十卷本三种版本，二十卷本和三十卷本均题蔡传编，而五十卷本则题陈应行编。[3]

这里，更重要的是对“句图”的理解。何谓“句图”？以作者的理解，句图就是“摘句吟赏”或挑选“秀句”重新排列的意思。另，张伯伟在其《论吟窗杂录》一文中写道：“‘句图’实际上是‘摘句’批评的集中体现。……从六朝的‘摘句褒贬’到晚唐的‘摘句为图’中经一个过渡阶段，即‘秀句集’的出现。由于这类‘秀句集’在唐代已传入日本，

[1] 龚鹏程：《中国文学史》（下），世界图书出版公司，2012年，第2页。

[2] 同上。

[3] 参见张伯伟：《论吟窗杂录》，转引自（宋）陈应行编：《吟窗杂录·附录》，中华书局，1997年。

所以在东瀛也有不少类似的著作，如《千载佳句》《本朝秀句》《近代丽句》等。从晚唐到五代开始，由于人们在创作上追求苦吟炼句之风，所以‘句图类’著作大量涌现。”[1]

可见龚鹏程和张伯伟均将“句图”看成“秀句”一类的辑录。笔者以为由于某种语境的消失，我们可能很难理解“句图”的含义了，是否有这样一种可能，即所谓“句图”，就是那些可以构成图画意境的诗句。因为从唐、五代到宋，正是中国文人画大发展的时期，文人画的特点之一，就是情景交融，诗画交融。宋人写诗讲究“状难写之景如在目前，含不尽之意见于言外”[2]。那么作画呢，也须托物言志，借景抒情，富有诗意。故苏轼有言“味摩诘之诗，诗中有画，观摩诘之画，画中有诗”。王维作为中国文人画的开拓者，不仅影响了一代诗风与画风，而且还拓宽了文学的另一表现空间。而所谓“句图”之风，可能就是在这种语境下催生的。

尽管有学者言“《吟窗杂录》中所收诸句图，因为编者的删削失真，已很难一一详考其所本了”[3]，但是只要翻看此书，能发现其中所收录的所谓“秀句”，几乎都是可以入画的，如《句图》：“新霜染枫叶，皓月借梨花”[4]，“犬吠竹篱沽酒客，鹤随苔岸洗衣僧”[5]，“寒声病叶落，晓色冻云开”[6]，“日暮长安道，秋深太白峰”[7]。如《续句图》：

[1] 张伯伟：《论吟窗杂录》，转引自（宋）陈应行编：《吟窗杂录·附录》，中华书局，1997年，第9—10页。

[2] 见（宋）欧阳修：《六一诗话》。

[3] 见张伯伟：《论吟窗杂录》，转引自（宋）陈应行编：《吟窗录·附录》，第10页。

[4] 见（宋）陈应行编：《吟窗杂录》（下），中华书局，1997年，第1001页。

[5] 同上。

[6] 同上书，第1016页。

[7] 同上书，第1017页。

“草静多翻燕，波澄乍露鱼”[1]，“掬水月在手，弄花香满衣”[2]，等等，都有很强的画面感。应该说，凡是对所谓“句图”感兴趣的文人，基本上持有“诗画同源”的观念，认为两者相通，同质而异体。这里我们还可以从画家那里得到证实，如宋人郭熙在其《林泉高致》中不仅引前人言称“诗是无形画，画是有形诗”[3]，而且还将“有发于佳思而可画者”的诗句辑录下来，发布在其著述中。[4]如：

女儿山头春雪消，路旁仙杏发柔条。心期欲去知何日，惆怅回车下夜桥。（唐羊士谔《望女儿山》）

独访山家歇还涉，茅屋斜连隔松叶。主人闻语未开门，绕篱野菜飞黄蝶。（长孙左辅《寻山家》）

南游兄弟几时还，知在三湖五岭间。独立衡门秋水阔，寒鸦飞去日沉山。（窦巩《寄南游》）

钓罢孤舟系苇梢，酒开新瓮鲊开包。自从江浙为渔父，二十余年手不交。（无名氏）

舍南舍北皆春水，但见群鸥日日来。（老杜）

渡水蹇驴双耳直，避风羸仆一肩高。（雪诗）

行到水穷处，坐看云起时。（王摩诘）

六月杖藜来石路，午阴多处听潺湲。（王介甫）

数声离岸橹，几点别州山。（魏野）[5]

[1] （宋）陈应行编：《吟窗杂录》（下），中华书局，1997年，第1017页。

[2] 同上书，第1018页。

[3] 郭思编：《林泉高致》，中华书局，2010年，第81页。

[4] 同上书，第86页。

[5] 同上书，第86—88页。

由此可见，将“句图”解释为“秀句”或“摘句吟赏”并不确切，而理解为“诗中有画”或“诗句中有画”，则更合乎逻辑和实际情形。

当然我们还可以设想，随着对诗画各自艺术规律的进一步探索，人们渐渐从创作实践中也认识到两者的不同，因此，到南宋，便无这类句图的辑录出现。当然，那时中国并无像18世纪的莱辛所写的《拉奥孔》一样，专门将诗和画的不同和界限作出观念和理论上的细密阐释，因此像“诗中有画，画中有诗”的观念，在文人画中一直有所流传。

尽管“句图”之学并未发展起来，但是龚著在这一章中强调“句意关系”却是与此紧密关联的，因为诗篇作为一个整体，开始被逐渐分解了，文化人的认知和解析能力楔入到诗歌文本之中，落实到具体的诗句之上，而宋代的诗话正是在此基础之上发展起来的。故龚著引清人吴乔《围炉诗话》的评价：“宋人眼光只见句法，其诗话于此有可观者，不可弃也。”[1]

七

在中国历史上，有两个时期是文学观念繁衍和变化最盛的时期，一个是魏晋南北朝，另一个是宋朝。前一个时期在文学观念上的演变为学者所公认，因此许多相关内容写进了中国文学史。而宋代的文学史，编写者较多关注诗人、词人和诗派，对于其诗学范畴的繁衍和重构，文学观念的嬗变，及其在文学建构中发挥的作用，往往有所忽略

龚著《中国文学史》在宋代文学的着墨上和许多文学史大相径庭的

[1] 龚鹏程：《中国文学史》（下），世界图书出版公司，2012年，第5页。

地方，正是其从文学演化的内在特质上来描述宋代文学的。

有宋一代是古代中国文化发展的高峰期，正如陈寅恪所言："华夏民族之文化，历数千载之演进，造极于赵宋之世。"[1] 除了朝廷重文轻武的国策，对文化人待遇优渥，以及皇帝也风雅等，更主要的是在相对安定的环境下，文化人的创造力得到了充分的施展，所谓文化创造力不是只对诗词赋而言，更主要还是理性的、思辨的文化和观念的文化有长足的发展空间。因此，有学者认为，"宋代在中国文化思想史上肯定值得大书特书的时代，这不仅仅是因为宋代无论在哲学、史学方面，还是文学艺术、科技方面都取得了震古烁今的成就，更主要的是表现在读书人那种昂扬奋进，人人欲有所建树、有所作为的积极精神上，表现在知识分子普遍的话语建构意识上。知识分子的这种表现在各个方面的进取精神形成了一种独特的时代精神……"[2]

宋代是观念的文化大发展的时期，儒学的复兴，诗话和词话的大量产生，甚至包括个人笔记创作的繁盛，都与此有密切关系。龚著《中国文学史》的有关宋代文学的各章，如上述的"句图与格例"，及其后的"志道的追求""诗交的精神""文雅的趋向""文体的规范""风格的建立""文道的分合""经文的分合"等诸章似乎都印证了这个时代的思潮和风气。即龚著文学史没有像别的文学史那样着眼于对作家的介绍和诗词文赋的阐释，而是揭示文学状况背后的各种规范的交替和建构过程。其在"典范的塑造"一章中简要论述了宋人是如何塑造文人典范的，即后世在人们眼中奉为诗圣的杜甫，还有行吟泽畔的高洁的屈原形象，就是打从宋人开始确立的。原本在宋初诗坛，"以学白、学贾岛、学李商隐为主"，

[1] 见陈寅恪：《邓广铭宋史职官志考证序》，载《金明馆丛稿二编》，三联书店，2015年，第277页。

[2] 李春青："引言"，《宋学与宋代文学观念》，北京师范大学出版社，2001年，第7页。

后经苏舜钦、王洙、刘敞、王安石等对杜甫诗歌的编选、注解和推广，又经欧阳修、苏轼、黄山谷、陈师道等人的评点，杜甫遂成为宋人眼中理想的士人，他是“不为自己的穷达担忧，却要身无半亩，心忧天下，具有广大仁爱的心量，希望世界治化”[1]的文人楷模。当然，宋人不仅敬仰杜甫的人格力量，也推崇其诗歌的技艺和叙事能力。

除杜甫而外，屈原、陶渊明、韩愈等也是在宋代被塑造为文人典范的。特别是对屈原形象转变的描述，龚著有点睛之笔。

在中国古代文学中，所谓《诗》《骚》传统的并立，也是从宋代以来逐步建构的。之所以达成此局面，按龚著的看法，宋人“一是把《诗》与《骚》关联起来，以《诗》统《骚》；二是改造屈原的形象”。所谓“以《诗》统《骚》”是“先解释《诗》，再将屈骚一一比附于《诗》之传统中，形成一种《诗经》化了的楚辞学”[2]。至于屈原形象的转变，龚著有如下描述：

> 由汉到唐，论屈原失志而怨诽为文者很多，却几乎没有人称扬屈原的忠爱。也就是说，屈原显示的是一种个人性的哀怨，以致成为士不遇的代表。可是宋以后，对士的要求乃是先天下之忧而忧、后天下之乐而乐的，个人穷通，非所萦怀，关心的是家国兴衰、天下治乱。故屈原就应该如杜甫般，每饭不忘君，不能再如颜延之《祭屈原文》“兰熏而摧，玉缜则折，物忌坚芳，人讳明洁。曰若先生，逢辰之缺”云云，这样只做为一个生不逢辰的象征。[3]

[1] 龚鹏程：《中国文学史》（下），世界图书出版公司，2012年，第56页。

[2] 同上书，第58页。

[3] 同上书，第59页。

这里或许涉及这样一个问题，文学史作为对文学作品和文学现象的历史性描述，有无必要讨论文学典范的确立，这样一个颇有理论意义的话题？亦即文学史除了关注文学作品，是否还应该同时关注文学作品的评价，以及这评价背后的社会风尚？显然，文学史不同于文学作品集或文学史料汇总的地方就在于文学史是逐渐建构的。文学史的建构，既体现在对文学作品的取舍上，也体现在文学作品和文学现象的评价上，并在此基础上拓展文学的进路。既然文学史不是简单地辑录所有的对象，而是在汗牛充栋的文献资料中将其中的某一部分文献挑选出来，写进文学史，并将其他的大部分舍去，那就不是随意的、即兴的行为，而是有着某种思潮和观念为背景的一种社会行为，且又由于“歌谣文理，与世推移”，那些文学思潮和观念是不断演变的，因此相关文学作品的地位也是变动的，尤其是在时代风气大转变时期，如由五代入宋时期。

说到对诗歌的评价，大致可以分成两类：一类是以某种标准来评定诗歌价值的高低，如钟嵘的《诗品》，就是以追慕古风为评判标准，其决定诗的品味高低是看该诗歌与古代诗歌的渊源有多深，故上品诗一定是“其源出于国风”“其源出于小雅”“其源出于楚辞”或“其源出于古诗”的诗作，中品诗和下品诗就离古代诗歌的源头稍远，如“其源出于王粲”或只能“祖袭魏文”了，再或者就无源可溯。另一类则是以诗歌在民间的自行流传为标准，其流传越广，代表其价值越高，如薛用弱在《集异记》旗亭画壁所叙，诗人王昌龄、高适和王之涣等均以自己的诗作为民间伶人传唱为荣。以书中王昌龄的口吻是“我辈各擅诗名，每不自定其甲乙，今者可以密观诸伶所讴，若诗人歌词之多者，则为优矣”[1]。再如《冷斋夜话》载：“白乐天每作诗，令一老妪解之，问曰解否？妪曰解，

[1] 见李时人编校：《全唐五代小说》（第2册），中华书局，2014年，第975—976页。

则录之；不解，则易之。故唐末之诗近于鄙俚。”[1]就是为了使自己的诗作可以得到更广的流播和更多人的理解。

宋人论诗与唐人有异，更多地是以某一种有内涵的标准来评定诗歌的价值，而不单看其流传面。由此，杜诗的地位逐渐得到了首肯，由此《诗经》和《楚辞》并列为中国诗歌的两大源头，另外，还有一些文学典范也是在宋代逐渐生成并得到巩固，如陶渊明等诗歌的地位主要是在宋代有很大提高，所谓“渊明文名，至宋而极”。应该说作为文学史，将文学典范和由这些典范构成的文学传统及其形成过程予以揭示，是其题中应有之义，

以上，关于典范的确立如果单纯从文学批评史的角度出发，也能大致勾勒出这样一个过程，龚著文学史难能可贵之处是从社会的整体氛围上来把握它们。

例如在其“文雅的趋向”一章中，特别强调了宋代的风尚，即“宋人对文学，可谓上下从风”，并认为，此种风气在此前漫长的历史中还从未有过：“跟古代帝皇提倡文学所以文学势盛不同，乃是皇帝向文人学习。徽宗本人最为典型，他以苏黄为模仿对象，努力把自己塑造成……一位文艺人或文化人。”另外，在民间也是与此相应，翕然从风。

> 民间也学诗。北宋时南北方诗社就都有各色人等参加了。这都是向上流动的，因为跻身于文人团体是荣耀的事，诗社在各种社集中地位也最高。
>
> 因此，从大脉络看，民间的东西亦只有向上流动、设法转化、

[1] 吴文治主编：《宋诗话全编》（第3册），江苏古籍出版社，1998年，第2430页。

附同于诗之理，断不可能是文人去适应市井，或学俚俗之物来改造自己的传统。此一趋势，叫做化俗为雅，是宋代文学的整体动向。在词这方面，化俗为雅的方法，即是将它改造为诗。[1]

这里，龚著对宋词的演进，提出了自己的见解，即宋词有一个诗化和文雅化趋向，并认为在这一过程中，“断不可能是文人去适应市井，或学俚俗之物来改造自己的传统”。虽然，“断不可能”四字说得有点绝对，但是强调时代的风尚由文人士大夫领衔是持平之论，正如王国维在《人间词话》中所言：“词至后主，而眼界始大，感慨遂深，遂变伶工之词而为士大夫之词。”

八

本章之所以用较多的篇幅来论述龚鹏程的文学史，是认为作为一部完整的中国古代文学史著作，龚著可以称得上是建构的文学史的代表。在1990年代后期到21世纪的前十多年，有许多中国文学史著作出版，其中有一些著述也运用了建构的文学史的方法来展开，但是由于大多数文学史是多卷本的集体项目，因此某些编撰者的理念不能在全书中得到很好的贯彻。相比之下，由王齐洲主编的《中国文学史简明教程》虽然也是数位编写者共同完成，但是无论从体例安排上，还是理念的一统上，各章节都与全书的宗旨相协谐，这是并不容易的事情。全书共六章，除绪论外，其余五章，分别是“诗歌的发展”“辞赋的发展”“文章

[1] 龚鹏程：《中国文学史》（下），世界图书出版公司，2012年，第79—80页。

的发展”“戏曲的发展”“小说的发展”。这种以文体的门类来表述文学的历程，虽然与分体文学史的写法类同，但是其意义不仅仅是分体，而是描述各种文体逐渐形成和发展的历史并揭示其背后的文学观念的变化。正如编者所言，文学史观念基本决定了文学史的写法，“文学的观念不同，所关注的文学现象和描述的文学事实也就不同，文学史的面貌也会两样”[1]。编者还认为：

> 自从20世纪20年代末期中国文学史的编写基本定型之后，文学史的编写者们一般都不再讨论文学观念问题，现行的各种《中国文学史》同样也不讨论文学观念问题，似乎这一问题早已解决，不必再议。然而，事实并非如此，现行中国文学史不讨论文学观念，不是这一问题已经解决，而是大家习焉不察，见怪不怪罢了。如果我们要问，为什么作为上古官方诰令的《尚书》写进了文学史，而后代皇帝的大诰，训令不写进文学史？为什么先秦诸子的著作如《论语》《孟子》《庄子》写进了文学史，而宋代理学家的著作如《张子正蒙》《二程遗书》《朱子语类》不写进文学史？为什么记载历史人物和事件的《左传》《史记》等写进了文学史，而同样记载历史人物和事件的《唐书》《宋史》等写不进文学史？要回答这样的问题，必然牵涉到文学观念问题，而回避并不能真正解决问题。[2]

此处，王齐洲认为，中国文学史的编写基本定型后，文学史的编写者不再讨论文学观念问题，这一说法大致不差，许多文学史的编写者将

---

[1] 见王齐洲主编：“绪论”，《中国文学史简明教程》，华中师范大学出版社，2006年，第1页。

[2] 同上。

某种文学史的写作类型以为是理所当然的摹本，不再进一步探究其背后的观念及逻辑制约。但是作者认为这一情形始于1920年代末，则值得商榷。事实上，1920年代到1940年代，文学史的写法有许多不同，如胡适的《白话文学史》、郑振铎的《插图本中国文学史》、林庚的《中国文学史》和刘大杰的《中国文学发展史》不仅有其相对明确的、和其他编写者不同的文学观念，并且正是以他们的文学观念为底，写出了有影响的文学史著述。[1]实际情形是，自从1950年代中期反映论文学观一统学界以后，才发生上文所说的“大家习焉不察”、陈陈相因的现象，因为既然反映论文学观是唯一正确的文学观，那么有关这方面的讨论就显得多余。

从研究的角度出发，读一部文学史，应该关注文学现象背后的文学观念，不过这只是第一步，如果深入下去，就触及文学观念是如何形成的，因为文学观念不是一蹴而就的，它可能是在一个漫长的过程中逐渐形成的，也可能是在一种社会风尚突变的环境下生成的。因此文学史若能透过文学现象写出背后的文学观念的演变就更加可贵。

也就是说，文学史写作可以只是记录和描述文学现象的历史，亦可在对文学现象的描述中进一步揭示文学观念变化的历史，而后一种写作，笔者愿意称之为建构的文学史。亦即不仅文学现象是演进的，文学观念也是演进的。如果说文学史的建构是一种文学现象，那么文学观念的建构就是一种文学的，同时是社会学的或文化学的现象。

一部文学史若只有对作家诗人的罗列，只有对文学作品意义的阐释和文学现象的论述，在今天来看，还不是一部完整的文学史，只有对不同时期的文学观念及其形成过程予以探讨和剖析，才能勾勒出文学的整

[1] 参见本书第一章。

体风貌。所谓文学的整体风貌，就是在具体的社会语境中，揭示出某种文学现象是怎样产生的？又与社会的其他精神领域产生怎样的关联，并影响到人们的心理和社会行为。由此，建构的文学史就产生了某种立体感，使之能在汗牛充栋的文献史料中，凸显出人类灵魂翱翔的历程。

第四章　中国文学的传统与阐释

一、从辑录到阐释

世界上有各种各样的文学作品，有各种各样的文学观念，也有阐述各种不同文学观念的各种不同版本的文学史著述，然而，就文学史的写作而言，如何就具体的文学作品和文学现象作出切中肯綮的揭示和阐释，比起单纯文学观念和文学立场的表达来，可能更加有意义，也更加重要，否则文学史著作成为纯粹的目录学和版本学著述了。

在胡适的《白话文学史》之前，文学史几无阐释，无论是林传甲的《中国文学史》，黄人的《中国文学史》，还是谢无量的《中国大文学史》，虽然对具体的作家作品各有一定的涉及，但基本是流水账（当然，相比较而言，黄人和谢无量的文学史比之林传甲的，内容要充实得多，也更贴近文学）。或者在刘师培的《中国中古文学史讲义》中，有对作家和作品的简要介绍，却没有对文学作品的阐释，文学史要不要或承担不承担文学作品的具体阐释任务，似乎并没有达成共识，

1930 年代前后，受纯文学观念的影响，文学史的写法有了与以往不同的面貌。如果说人们批评以往的文学史是“点鬼簿和流水账一类的东

西”，那么，此时的文学史就有了较大改观，除了将诗、词、散文、戏剧等文体作为正宗的文学作品写入历史，在具体的写法上与前者也有明显的不同，即编撰者较多地介入作品和现象的阐释之中，并将自己的意念贯穿其间，使文学史的内容有了某种可期待的方向。

从“史”的角度讲，编写者对文学作品或现象的阐释不在历史之中。尽管对于史料的选择，对作家和作品做简要的介绍和说明，也在一定程度上可以看作是一种阐释，但是这和今天人们认为的文学性阐释还是有距离。应该说，对作品展开阐释，必定要表达阐释者的主观见解。白话文学史观也好，纯文学史观或反映论文学观也好，都是要将作者的意图体现在整个编撰过程中，然而文学史的早期作者或许并不这么认为。这里还有一个时代的氛围在，如刘师培是追随《文选》和阮元的文学观，即如程千帆等先生所言：“承接乡先贤阮元鼓吹‘文言’、推崇翰藻的学脉”[1]的，按理可以归入纯文学观一路的，但是在《中国中古文学史讲义》中，却无多阐释，原因可能就是前面提及的，即在其写作的年代（1917年），尚认为不应该将自己的见解掺杂到历史之中，所以刘师培的文学史讲义，基本上是援引各种史籍和文献来表明自己的观点，将自己的阐释隐含在对前人的史料的引述之中。而作者本人的见解只在大段引文后短短的按语中，如在谈及建安文学时，大段引证曹丕《典论》后“案：此篇推论建安文学优劣，深切著明。文气之论，亦基于此。”又引证《与吴质书》和曹子建《与杨德祖书》后，“案：以上数书，于建安诸子文学得失，足审大凡”。[2]有时即便在按语中，也还是引经据典，短短几百字按语，印证文献三四处。

但是，毕竟是接受纯文学观，因此他在“嵇阮之文”一节中评价阮

[1]　程千帆、曹虹：《读〈中国中古文学史讲义〉》，《古籍研究》，2001年第2期，第119页。

[2]　《中国中古文学史讲义》，见刘师培：《中国文学讲义》，广陵书社，2013年，第85页。

籍、嵇康如下：

> 案，《魏志》以“以才藻艳逸”评籍，最为知言。籍为元瑜之子，瑜之所作，如《为曹公作书与孙权》诸篇，均尚才藻，多优渥之言，此即籍文所自出也。
>
> 案，《魏志》以“文辞壮丽”评康，亦至当之论。[1]

接着，在引用了刘勰对嵇康和阮籍的评价“惟嵇志清峻，阮志遥深，故能标焉”[2]后，复又作了比较性阐释：

> 案，嵇、阮之文，艳逸壮丽，大抵相同。若施以区别，则嵇文近汉孔融，析理绵密，阮所不逮；阮文近汉祢衡，托体高健，嵇所不及。此其相异之点也。至其为诗，则为体迥异。大抵嵇诗清峻，而阮诗高浑。彦和所谓“遥深”，即阮诗之旨言，非谓阮诗之体也。[3]

到了1920年代末1930年代初，在游国恩、胡云翼、刘大白、刘经庵、郑振铎等的文学史中，情形有大的改观。人们能看到编撰者对于具体文学作品和文学现象的大段阐释，不仅是因为教学的需要，还因为文学史观念的需要，即优秀的文学作品的存在价值必须得到说明，优秀文学的传统应该得到揭示。

---

[1] 《中国中古文学史讲义》，见刘师培：《中国文学讲义》，广陵书社，2013年，第107—108页。

[2] （南朝梁）刘勰著，（清）黄叔琳注，（清）纪昀评，戚良德辑校，刘咸炘阐说，戚良德辑校：《文心雕龙·明诗第六》，上海古籍出版社，2015年，第32页。

[3] 《中国中古文学史讲义》，见刘师培：《中国文学讲义》，广陵书社，2013年，第109页。

对文学作品有讲解、有阐释，实际上是对文学传统的一个说明和深化，文学史的写作需要这样的一个说明和深化。当然，更进一步是创造，即阐释在一定意义上就是创造。刘勰的《文心雕龙》就是这样的一种说明、深化和创造，只不过他是从原道出发，来展开阐释的。所谓“时运交移，质文代变”，也是讲的文章和社会政治状况变化的关系，诗文的递演与大道运行的关系。

因此，游国恩的《中国文学史讲义》论及作家和作品时，就不再像前贤那样寥寥数语。还是以中古文学为例，作者在论及阮籍的诗文时，不仅大段引录原文，还有总体评价和逐一评点：

> 所著《咏怀诗》八十篇，胸臆中盖有无限幽忧愤懑焉。岂徒为一己死生祸福而已哉。特其语多比兴，寄托遥深，反覆［复］零乱，索解无从，斯则光禄所谓多隐避而难测者也。……总之，阮公具绝世之胸襟，故其诗乃能体格雄放，文法高妙，气息深淳，必拘拘于古人疑似之间以求之则滞矣。身仕乱朝愤怀禅代，其诗自有寄托，非泛泛无为而发，然必一一求其时事以实之则凿矣。昭明选其十七，阮亭选其三十二，沈确士选其二十，陈太初选其三十八，大抵佳处已具。今取其文义尤美，词旨较显者数首，论述如次。[1]

接下来，游国恩在讲义中选了《咏怀诗》中的六首，加以讲解，虽然不是所谓的纯文学立场的讲解，但倒可算是对文本的细读和解惑。

这里须提及胡云翼，他的《新著中国文学史》在贯彻其写作意念时更加彻底，如其论及魏晋南北朝的文学思潮，作了这样的评述：

---

[1]　游国恩：《中国文学史讲义》，天津古籍出版社，2005 年，第 300 页。

> 魏晋南北朝（220—588）三百多年的文学，一言以蔽之，是艺术至上主义的文学时期。这个时期的文学，分析起来说，实有两种绝大的特色：第一，这时期的文学不与现实的社会相接触，而接近自然，表现很强烈的厌世思想；第二，这时期的文学不复以致用与载道为目的，而倾向形式的唯美主义。[1]

这是作者对一个时期的总的概述，接下来在对具体的诗人和批评家的描述中，也是有这种呼应：

> 自魏晋的曹丕、陆机，到梁代的萧统、萧绎，他们都认定文学应该是美文；他们认定必须是"缘情绮靡，体物浏亮"，"事出沉思，义归翰藻"，"奇縠纷披，宫徵靡曼，唇吻遒会，情灵摇荡"的美文，才算是文学，这种唯美主义的文学论，确是可以代表当代一般文人的文学观念。当时的两个文学批评大家——钟嵘与刘勰，都主张唯美文学，他俩的文学批评伟著——钟的《诗品》与刘的《文心雕龙》——都是用很美的骈偶文做的。[2]

用骈偶文著述的刘勰和钟嵘是否都主张唯美文学，是可以探讨的问题，但是作者的这一阐释倒是表明，自己展开的文学史一定符合自己在序言中所定下的标准。

相比之下，刘大白的文学史阐释呈现的是另一种景象。在探讨《诗经》《楚辞》对后人的影响这个问题上，或者说后世文学是如何赓续前者的遗风上，刘大白认为，"继承《毛诗》和《楚辞》两派文学底余绪，

[1] 胡云翼：《新著中国文学史》，北新书店，1935年，第67页。

[2] 同上书，第70页。

而衍为合流的文学的，自然要推荀卿底《赋篇》和《成相》篇了”[1]。

在列举和引录了荀子的《云赋》和《佹诗》等作品后，刘大白又补充道：“他底作品，所以跟《毛诗》和《楚辞》都有点类似的缘故，因为他是孔门再传弟子，于诗很有研究——他底著作里面，引《诗》的地方很多——的，当然受诗底感染；他又在楚国做官，后来死在楚国，那时候正当屈原、宋玉之后，自然受他们作品底影响了。”[2] 当然，这么判定荀子，并不是赞扬他的文学成就如何了不起，站在纯文学立场上，刘大白认为荀子的文学还欠缺一点什么，倒是“他在哲学方面的成就，实在远过于文学方面”[3]。

因为荀子“在形式方面虽然受了南方的《楚辞》底影响；而在内容方面，所表现的还是儒家思想。他的艺术手段，并不高妙；我们把他底作品跟《楚辞》比较起来，觉得不如远甚。所以我们可以说他实在没有多大的文学的天才；不过因为他既然承受了《毛诗》和《楚辞》的文学底流风，衍为南北两方蛮汉两族合流的文学，而且为秦代李斯刻石文学底先河，后世赋体不祧之宗，所以不能不承认他在中国文学史上占有很重要的位置罢了”[4]。

以上可见，阐释的文学史是以观念的文学史为底本的，阐释是让观念在具体的文学现象和文本中得到体现，因此某种意义上说，观念的文学史一定要辅之以阐释，并且只有在阐释中才能得到充分的展开。自然，阐释的文学史不仅仅体现文学史编撰者的观念，也能见出某种观念形成中各种思想的交汇和辨析过程。再则，在阐释过程中，文学观念的

[1] 刘大白：《中国文学史》，岳麓书社，2011 年，第 55 页。

[2] 同上书，第 57 页。

[3] 同上书，第 58 页。

[4] 同上。

流变和观念的丰富性是以辩证的历史的面貌呈现，故格外生动。

从阐释的文学史立场出发，我们能够理解为何20世纪三四十年代，郑振铎、刘大杰和林庚等会将文学史作为人类心灵史和民族精神的发展史看待，因为，只有从文学社会学和更加广阔的精神层面来理解文学作品和文学现象，文学的意义才会更加丰富和深邃。同时，也只有寻找新的阐释角度，才能给文学史的写作带来新的挑战。另外，从民族精神和民族思想情感的发展史来阐释文学，并不废弃纯文学的文学观，并且还能将之包容其中，使得文学史的阐释有了更多的途径。

二、阐释的几种路径

1. 时代背景的阐释

今天，在众多的文学史中，都有关于时代背景的交代和阐发，这几乎是惯例，好像是天经地义的事情。特别是经过反映论观念的训练或熏染，文学史作者在写每一阶段的文学史之前，不免要交代这一时代的大背景，如社会形态，经济状况，甚至生产力发展的情况和阶级矛盾等。然而在20世纪二三十年代，文学史就是文学史，不怎么会大篇幅地交代社会的整体状况。

刘大杰的《中国文学发展史》可以说是开时代背景阐释的先河，因为作者信奉的是这样一种文学观："一个民族的文学，便是那个民族生活的一种现象，在这种民族久长富裕的发展之中，他的文学便是叙述记载种种在政治的社会的事实或制度之中，所延长所寄托的情感与思想的活动，尤其以未曾实现于行动的想望或痛苦的神秘的内心生活为最多。"由此，在介绍一个时代的文学之前，必然要对生发该文学的时代有所描述。

如在其文学史第一章“殷商社会与巫术文学”中，作者分别对殷商时期的经济状况、社会组织和精神生活分别作了阐释，这或许是最能代表其意图的写法。后面诸章均不是如此表述，我们可以看成是在写作上求变化。

一般的文学史作者将《诗经》作为中国文学史的源头，中国的五经，也是从《诗》开的头，可能是受甲骨文出土的启发，作者将卜辞和《周易》中的爻辞作为中国文学的源头，这实在是一种开创性的独辟蹊径的写法，所以，有关殷商时期的精神文化的阐释就显得特别重要。这里所谓精神文化，就是时代背景之一个侧面，或者说是时代背景的经济层面以上的精神层面。

刘大杰认为，“讲到商代的精神文化，首先得注意宗教。当日的宗教观念，还完全在巫术与迷信的时代。至于宗法伦理观念的反映于宗教，是到了周朝才产生的。所谓庶物崇拜的多神思想，正是当时人民的信仰。因为尚鬼敬神，所以无论大小的事，都须取决于占卜”[1]。所以那个时代精神文化的代表人物是觋巫一类人物，而原始的歌舞和音乐就是在他们带领下的祭祀仪式中发展起来的。

> “殷人尊神，率民以事神，先鬼而后礼。周人尊礼尚施，事鬼敬神而远之。《礼记·表记篇》”这种宗教观念的进展，是表现得非常显明的。宇宙万物的种种现象，对于初民实在无往而不神秘。所谓天神、地祇、人鬼，无非都是因于怀疑、恐惧、敬仰而生出来的一种精神状态。因为敬畏，自然就会生出祭祀祈祷的事情来，这

[1] 刘大杰：《中国文学发展史》，百花文艺出版社，2007年，第5页。

> 样疑难既可得着解决，心灵也可得着慰安。在这种状态下，沟通神鬼人事的巫祝占卜的专门人才便出现了。这种人在当时的社会内，是最高的智识阶级，是精神文化的权威，是教育艺术的掌管和经营的代表。《国语·楚语》中说："古者民神不杂。民之精爽不携贰者，而又能齐肃衷正，其知能上下比义，其圣能光远宣朗，其民能光照之，其聪能听彻之，如是则明神降之。在男曰觋，在女曰巫。"……男觋、女巫是担任沟通人神意志的职务，他们的地位很高，有支配人事的权力，在初民社会内，这些见鬼事神的术士，同时就是政治上的领袖，后来的社会的组织发生变化，神权思想的衰落与人权思想的兴起，于是术士渐渐地变为帝王的附庸了。现在觉得帝王是极其尊严，术士是极其卑贱，其实术士正是野蛮时代的帝王，帝王也只是文明时代的术士而已。在完全屈服于神鬼的恐惧下的上古人民的心目中，对于祭祀祈祷一类的事，自然是看作是无上的庄严与重要的。在一一六九条的卜辞内，关于祭祀的有五三八条之多，巫史二字也见于卜辞，并且在商朝的臣僚中，有巫咸、巫贤这一类的名字。由于这些，我们便可推想所谓巫史卜筮之类，在当时占着多么重要的地位，因为祭祀祈祷以及献媚神鬼的种种仪式的举行，于是音乐、唱歌、跳舞的各种艺术，都带着实用的功能，在祭坛下面发展起来了。[1]

正是有了以上的大段阐释，刘大杰将《周易》中的爻辞作为中国最早的文学看待也就言之成理了。他将其名为"巫术文学"，并且为爻辞的文学性来由找到了一些依据——卜辞，即有了卜辞，才有《周易》的

[1] 刘大杰：《中国文学发展史》，百花文艺出版社，2007年，第5页。

爻辞，有了爻辞，就慢慢有了《诗经》。故作者说："我们不能说《周易》是一部迷信的卜筮书，就放弃了他在文学史上的价值。他实在是卜辞时代走到《诗经》时代的唯一桥梁。"[1]

且看书中所举的例子：

> 屯如邅如，乘马班如。匪寇，婚媾。
>
> 《屯六二》
>
> 贲如皤如，白马翰如。匪寇，婚媾。
>
> 《贲六四》
>
> 乘马班如，泣血涟如。
>
> 《屯上六》

以上爻辞，在作者看来"已经有许多很有诗意的韵文了"，因为"无论在描写上，在音节上，这都不能不算是好的小诗。同时，在这些文字里，当代的社会生活，也表现得活跃如画"。[2]

另有些爻辞，似乎已经达到了《诗经·国风》的水准，如：

> 鸣鹤在阴，其子和之。吾有好爵，吾与尔靡之。
>
> 《中孚九二》
>
> 明夷于飞，垂其翼。君子于行，三日不食。
>
> 《明夷初九》

刘大杰对以上爻辞的解释是"从其形式修辞和情感上看起来，实在

[1] 刘大杰：《中国文学发展史》，百花文艺出版社，2007年，第8页。

[2] 同上书，第9页。

都成为很好的诗歌了”[1]。

这样，前文的大段的有关时代精神文化背景的阐释，为其文学发展史的展开作了很好的铺垫，即由卜辞到爻辞，再由巫术文化的时代走到《诗经》的时代，“在诗歌进化的过程上，无论从哪一点看来，都是非常合理的”[2]。

2. 具体文类或文体产生的背景阐释

在文学发展的长河中，具体文体或文类的产生是文学史写作的重要范畴，因此有关一种新的文体产生，对此所作的背景交代和阐释是题中应有之义。然而在郑振铎的《插图本中国文学史》之前，读者很少能在相关的文学史中读到与此相关的长篇阐释，原因还是前文所说，关于阐释的文学史，在1930年代初才开了个头，特别是对某种文体产生的成因作社会和文化背景的揭示，应该算是文学史写作中的一种创造。以“五言诗”的产生为例，这是中国文学的发展史上，一个十分有趣，同时又充满争议的话题。在同时期的游国恩、刘大白、刘经庵、胡云翼等作者的文学史中，均没有得到很好的展开，而郑振铎从其白话文学史观的立场出发，为五言诗的产生，作了富有意趣的阐发，认为“五言诗”产生的时代当在西汉末年，其理由如下：

> 五言诗之所以会发生于成帝时代的前后，似乎并不是偶然的事。在这个时候（公元前32年），中国与西域的沟通，正是络绎频繁之时，随了天马、苜蓿、葡萄等等实物，而进到中国的难保不有新声雅乐，文艺诗歌之类的东西。五言诗的发生，恰当与其时，或

[1] 刘大杰：《中国文学发展史》，百花文艺出版社，2007年，第10页。

[2] 同上。

> 者不无关系罢。或至少是应了新声的呼唤而产生的。最初是崛起于民间的摇篮中。所谓无主名的许多“古词”“古诗”盖便是那许多时候的民间所产生的最好的诗歌，经由文人学士所润改而流传于世的。因为论者既不能确知其时代，又不能确知其作者，所以总以“古词”“古诗”的混称概括之。其播之于乐府者则名之为“乐府古辞”。这些“古诗”“古词”，气魄浑厚，情思真挚，风格直捷，韵格朴质，无奥语，无隐文，无曲说，极自然流丽之致，刘彦和所谓：“结体散文，直而不野，婉转附物，怊怅切情。”（《文心雕龙》）在在都足以见其为新出于硎的民间的杰作。[1]

那么，在郑振铎看来，此前钟嵘、萧统等南朝的文人批评家为何要将五言诗的写作归于李陵与苏武呢（有的甚至还派在枚乘的名下），可能的解释是：

> 自五胡乱华之后，中原沦没，衣冠之家不东迁则必做了胡族的臣民，苏、李的境况，常是他们所亲历的。所以他们对于苏、李便格外寄予同情。基于这样的同情，六朝人士便于有意无意之中，为苏、李制造了，附加了许多著作。[2]

郑振铎不仅质疑了“五言诗”起始于苏、李，似乎还从社会心理学的角度，提出了为何后人将“五言诗”的产生托于苏、李的原因。

这里，不是想说，作者对五言诗起源的解释是否准确全面和到位，而是说，对某一文学现象的产生作深入的阐释，是在文学史写作实践中

[1] 郑振铎：《插图本中国文学史》，作家出版社，1957 年，第 107 页。

[2] 同上书，第 104 页。

逐渐生发出来的，自郑振铎之后，这似乎就成为文学史写作的必备的内容。文学史写作到底应该承担什么任务？不是前人预设的，然而文学史写作若要有所开拓和发展，那么阐释的文学史必然成为一种主要的文学史路径。

如果说，对“五言诗”起源的阐释，或者对任何一种文学文体的文化社会学和文化心理学的阐释丰富了文学史写作的内容，那么将“批评文学”作为一种特殊的文类，写入中国文学史，并揭示其兴起的时代和思想原因，是郑振铎的《插图本中国文学史》对阐释的文学史的又一开拓，此后许多文学史，如刘大杰的《中国文学发展史》、游国恩的《中国文学史讲义》等，陆续将文学批评作为文学史的内容，写入其著述中。

郑振铎认为，在建安以前，中国是没有文学批评的，孔子的诗论是侧重在“应用的一方面的”，汉代又是“诗思消歇的时代”，因此说，系统的自觉的文学批评是始于建安。作者的这一说法，当是吸收了鲁迅等人有关“文学的自觉”的见解，并有所生发：

> 真实的批评的自觉期，当开始于建安时代。当时曹丕、曹植兄弟，恣其直觉的意见，大胆无忌的评骘着当代的诸家。像曹丕《典论》里的《论文》，及《与吴质书》里，都把文章的价值抬得很高。他也许是最早的一个人，感得“文章”具有独立生命与不朽的。他道：“年寿有时而尽，荣乐止乎其身，二者必至之常期，未若文章之无穷”（《典论》）。他一方面又批评孔融、王粲、徐幹等七人的得失；这有些近于作家的批评了。同时还要探讨文体的分类与特质。“夫文，本同而末异；盖奏议宜雅，书论宜理，铭诔尚实，诗赋欲丽。此四科不同，故能之者偏也”（《典论》），这里把“文”分为奏议、书论、铭诔、诗赋四类。大约是最早的一种文体论的尝

试了。他又说：“文以气为主。”这乃开创了后人论文的一条大路。[1]

在评点了曹植于批评思想上不如其兄曹丕，又推崇了陆机的《文赋》之后，作者又说道：

齐、梁在文学批评史上是一个大时代。出现了好几部伟大的批评著作，产生了许多不同的批评见解。我们的批评史，从没有那样热闹过。第一是沈约、陆厥们的关于音韵的辩论。这是一场极大的文学论战。一方主张着韵律的定格的必要，一方则主张着自然的韵律论。易言之，也便是受了印度文学洗礼过的文人和本土的守旧的文人间的争斗。原来，随了译经而同来的，便是梵文的拼音字母的输入。这把中国古来的“声音”，“读若某”的不大确切的“谐”音法，根本打倒了。代之而起的，是拟仿着拼音文字而得的反切法（始于魏之孙炎）。后沈约更取之，而倡为四声八病之论。同时谢朓、王融、周颙等皆相与应和。陆厥虽极力反对，其声音却若落在旷野中去了。第二是钟嵘《诗品》的创作。也许是受有《汉书·古今人表》的若干影响吧，故他把五言诗人们分别为上中下三品而讨论之。虽有人对于他的三品之分，表示不满意。但像他那样的统括着五言诗诸大家于一书而恣意批评之的气魄，却是空前的。他在序里阐发着，诗以性情为主，及“但令清浊通流，口吻调利，斯为足矣”的主张，是很足注意的。为了反对过度的格律的定式，故他对于“平上去入”“蜂腰鹤膝”之说也表示不满。第三是刘勰的《文心雕龙》的出现……也是空前的伟作……然而，从《文赋》到《文心》，是

[1]　郑振铎：《插图本中国文学史》，作家出版社，1957年，第219页。

> 如何的一种进步呢！第四是“为艺术的艺术观”的绝叫。文艺久成了功利主义的俘虏，但这时，则被解脱了。萧统的《文选》，首先排斥经书、史籍及诸子于文学的领土之外。徐陵的《玉台新咏》更严“纯文学”的门阀。……这是古所未有的大胆的主张。虽裴子野尝作《雕虫论》以纠之，北朝也屡有反抗的运动；然运会所趋，终莫能挽。能给纯文学以最高的估值与赏识者，在我们文学史上，恐怕也只有这一个时代了。[1]

这里，郑振铎的大段阐释，不仅勾勒出那一个时代的文学批评的风貌，而且还将纯艺术观念的产生作为这一时代的最重要的文学思想成果以载入史册，同时也应和了其以精神发展史和纯文学史观来完成中国文学史的初衷。

一个比较有意思的现象是，继郑振铎之后，许多文学史著作只将这一时期的文学批评写入中国文学史，而未提及其他时期的批评成果。如游国恩等主编的《中国文学史》(1963 年)，只有第八章专写“魏晋南北朝的文学批评”，有关其他时代的文学批评，则分散在其他内容中或者在文后的“小结”中。

3. 对社会经济基础和政治制度的阐释

对文学的发展作社会经济基础和政治制度的阐释，是反映论文学史观写作者的长项，尽管郑振铎、刘大杰等的文学史在文学产生的时代原因中均有相关的这方面的描述，但是都没有，也不可能有这方面的充分阐释，这是因为在 20 世纪三四十年代，反映论文学史观还没有成为文学史写作的一种范式，还没有这样一套阐释话语来将文学的进展与社会

[1] 郑振铎：《插图本中国文学史》，作家出版社，1957 年，第 220—222 页。

的经济生活和政治制度紧密联系起来。只有待到马克思主义理论作为主导思想的1950年代，才有如此简明娴熟的阐释话语进入文学史的写作之中。

游国恩等人主编的《中国文学史》是反映论文学史写作的典范之一，由此，读者能领略到这一阐释话语的特点，即一种简明的总体性、概括性的描述话语，或者说是一种描述性范式。例如，同样是讲述魏晋南北朝时期的文学，和郑振铎、刘大杰等不同，这一阐释话语必然从时代的生产关系切入，再到社会政治状况的勾勒，最后落到文化氛围上：

> 东汉后期，封建大土地所有制迅速发展，土地兼并剧烈，宦官、外戚两个集团的交相干政和互相倾轧，更造成了政治的极端黑暗和腐败，再加上对羌族的连年用兵和自然灾害的不断袭击，阶级矛盾日趋尖锐，终于激起了黄巾大起义，给东汉反动统治以沉重的打击。起义虽被地主阶级的联合力量镇压下去，东汉帝国也已名存实亡。从献帝初平元年（190）开始，在镇压农民起义中扩张了军事力量的豪强军阀，纷纷拥兵割据，在长期的混战中严重破坏了社会经济，给人民带来了深重的灾难。繁盛的中原地区竟出现了“白骨蔽平原”“千里无鸡鸣”的凄惨景象。
>
> 在割据的军阀中，曹操对现实具有较清醒的认识，实行了一系列改革政策。他抑制豪强兼并，禁止豪民转嫁租赋于农民，并广兴屯田，用军事组织把广大流民重新安置到土地上，并且广泛搜罗“有治国用兵之术”的人才，因而，发展了生产，壮大了力量，逐步统一了北方。……
>
> 建安时期，曹操在农民起义的压力下，采取了压抑豪强的政策。当农民起义的风暴过去时，曹魏统治者为了取得豪门的支持，

便极力团结他们。魏文帝曹丕实行九品中正制的选举制度，表现了在用人方面对大官僚豪强地主妥协的倾向。到了魏正始时代，曹魏统治集团已完全发展成为新的贵族，政治日趋腐败；旧的豪门地主势力也有了极大的发展。代表这种势力的司马氏在逐渐掌握了魏国的军政大权之后，便和曹魏统治者展开了争夺政权的激烈斗争。司马氏一方面通过收买、拉拢树立自己的党羽；一方面以残酷的屠杀消灭曹魏集团的力量，造成了魏国后期，即正始以后黑暗、恐怖的政治局面。

汉末清议之士，因批评政治招致了党锢之祸。接着魏代汉，晋谋代魏，又大肆屠杀异见人物。在这种政治局面下，清议逐渐转为清谈，崇尚虚无、消极避世的道家思想有了迅速的发展。到了正始年间，何晏、王弼以老庄思想解释儒家经典，并注老子，兴起了玄学，道家思想更为风行。这对当时的士风、作家的世界观与创作都有深刻的影响。[1]

在这样一种政治和文化的大环境中，反映论文学史观的阐释话语对于文学的概括性描述，往往是强调文学对“黑暗现实的不满与反抗”，和反映劳动人民的“疾苦和追求”上，因此，我们能在游国恩等人主编的文学史中，读到如此的阐释文字：

继建安文学之后的正始文学是上述现实的产物。正始时代的代表作家是阮籍和嵇康。他们处于司马氏与曹氏争夺政权的斗争中，看到司马氏利用“名教”进行黑暗残暴的统治，便大力提倡老庄思

[1] 游国恩等主编：《中国文学史》，人民文学出版社，1963年，第225—227页。

> 想，以老庄的“自然”与“名教”相对抗。他们的创作也与建安文学有很大的不同。一般说来，反映人民疾苦和追求“建功立业”的内容为揭露政治的黑暗恐怖和“忧生之嗟”所替代。积极的进取精神为否定现实、韬晦遗世的消极反抗思想所取代。作品中带有更多的老庄思想的色彩。不过，对黑暗现实的不满与反抗仍是作品的主导倾向，所以在基本精神上还是继承了“建安风骨”的。[1]

应该说，游国恩等人主编的《中国文学史》为其后四十来年的文学史写作，奠定了经济和政治的阐释模式，成为许多文学史教科书的写作样板。

以上关于文学史发展中的背景阐释，是文学史写作得以展开的重要环节，尽管文学史的阐释主要应该围绕着文学作品和文学现象展开，然而，关于文学生长的时代氛围和政治经济背景的阐释亦是不可或缺的重要内容，文学的丰富性不仅仅是修辞的丰富性，或文学题材的广博性，文学的丰富性和深厚性也来自阐释的多样性和角度的独特性。因此，无论是关于大的文学气候，或具体的文学文体的产生，对其形成背景的揭示，就是文学史写作的任务之一。 理解文学，不只是理解文学作品，也要理解文学活动的整体，即文学与社会生活、文学与宗教、文学与文化、文学与政治、文学与经济等的交融关系。

其实，文学阐释本身就是文学活动，使文学之为文学传统成为可能。文学的传承不只是文学创作的连缀，文学阐释是文学得以构成绵绵不绝的传统的先决条件。文学阐释不仅决定什么样的文本可以称之为文学，什么样的文本不能作为文学，给文学设定界限和范围，文学阐释也

---

[1] 游国恩等主编：《中国文学史》，人民文学出版社，1963 年，第 227 页。

是将文学背后的意义世界打通，并连成一片的文化行为。因此文学史的写作，在某种意义上存在着悖论，即一方面，文学史要将文学文本从其他众多的历史文献和驳杂的文本中挑选出来，以表明文学文本的审美的或诗意的特性。另一方面，则在相关的阐释中，又要将文学对象的意义扩大到其他意义领域，如历史学、哲学、社会学、心理学、政治学等，以表明文学的无处不在的深刻意义。文学作为文本，可以包含所有的意义，但是有些意义往往不是由作者直接表白的，或者作者原本就没有意识到，必须由读者或阐释者来添加，来补充和丰富。

从文学史研究的角度讲，文学史写作的发展和变化就是阐释话语的演进和变化，每一种阐释话语的产生都给文学史写作带来了动力。前文已经列举的各种文学史观，如白话文学观、纯文学观、人类心灵史观、反映论文学观等都在不断地丰富着文学的意义。当然，也可以说意义是一个过程，是逐渐积累、增加和膨胀的过程。文学史一旦从流水账、“录鬼簿”或目录学的记载中走出来，则必然会发展、演化出不同的阐释话语，毋宁说，人类的文明史、文化史就是在不断的阐释中日趋深邃和宏富的。

然而，具体到各种阐释话语的文化功能和意义，或许并不是那么确定的。因为，不同的阐释话语在不同的时代，其影响力是完全不同的。正如在1950年代到1980年代，反映论文学观的阐释话语在中国内地的中国文学史写作中一统天下，在很大程度上重塑了人们对中国古代文学的看法。

美国批评家苏珊·桑塔格在其《反对阐释》一文中曾将阐释分为两种，即“传统风格”与“现代风格”，以示区别：“在我们这个时代，阐释甚至变得更为复杂。这是因为，当代对于阐释行为的热情常常是由对表面之物的公开的敌意或明显的鄙视所激发的，而不是由对陷入棘手状态的文本的虔敬之情（这或许掩盖了冒犯）所激发的。传统风格的阐释是固执的，但也充满敬意；它在字面意义上建立起另外一层意义。现代风格的阐释却是在挖掘，而一旦挖掘，就是在破坏；它在文本'后面'挖掘，以发现作为真实文本的潜文本。最著名、最有影响的现代学说，即马克思和弗洛伊德学说，实际上不外乎是精心谋划的阐释学体系，是侵犯性的、不虔敬的阐释理论。用弗洛伊德的话说，所有能被观察到的现象都被当作表面内容而括入括号。这些表面内容必须被深究，必须被推到一边，以求发现表面之下的真正的意义——潜在的意义。”[1]

由此，桑塔格认为，我们不能不分青红皂白地将所有的阐释行为等量齐观，而必须将阐释的文化意义和价值放在具体的语境中来考察，“阐释不是（如许多人所设想的那样）一种绝对的价值，不是内在于潜能这个没有时间概念的领域的一种心理表意行为。阐释本身必须在人类意识的一种历史观中来加以评估。在某些文化语境中，阐释是一种解放的行为。它是改写和重估死去的过去的一种手段，是从死去的过去逃脱的一种手段。在另一些文化语境中，它是反动的、荒谬的、懦怯的和僵化的”[2]。

确实，在不同的语境中，阐释的意义是不同的。然而对当代文化现象的阐释与对历史文化的阐释也是不同的。进入文学史写作，就是进入一种特殊的语境，几乎就是阐释的语境，文学史的不同阐释是各种阐释立场之间的展示和较量。桑塔格将阐释区分为充满敬意的阐释和破坏性阐释，略显简单化。有时一种阐释立场中，既有“解放”的力量，又有“破坏”的因素。

例如胡适的白话文学史观，一方面是解放了汉代以来的乐府民歌和

[1]　[美]苏珊·桑塔格著，程巍译：《反对阐释》，上海译文出版社，2011年，第7页。

[2]　同上书，第8页。

各个朝代的民间文学，使之登上文学史的大雅之堂（我们可以认为，郑振铎等作者在各自的文学史和俗文学史中提及的诸如敦煌变文、鼓子词、诸宫调、宋以后的杂剧与戏文、明以后的通俗小说等，均是在白话文学思想的影响下，在文学史上取得一席之地的）；另一方面，对于历来被作为正统而得到传承的诗文，统统打入冷宫。在胡适当初的白话文学观中，文学是没有悠久的传统的，只有当下的用口头语的生动表达，才称得上是合格的文学。他的死文学和活文学绝对两分的立场，将一些优秀的文学作品视为没有生命活力的，因为它们只是某种传统文化的延续，然而恰恰是传统的延续，才是文学生命的所在。

由此可见，任何一种有影响的阐释话语，均是在解放某些观念和对象的同时，摧毁着另一些观念和对象。

至于1930年代游国恩、刘大白和胡云翼等所谓的纯文学史观，在其阐释中，打开了文学的修辞和形式方面的空间，同时也有大量的情感性阐释。

当然，给文学阐释提供最广阔的空间的是现实主义和反映论的阐释话语，因为现实主义和反映论是从文学即整个社会生活的反映和表征的立场出发的，可以涵盖社会生活的一切方面，自然也可包括诗人的情感的方面。

三、叙事文学开拓阐释新空间

在中国文学史中，小说是晚起的文体，特别是长篇小说，直到明代以后才兴起，小说在正统的文脉中，属于稗官野史之类，并不入流。在早期的中国文学史中，如林传甲和黄人的《中国文学史》，毫无地位。即便在20世纪三四十年代的一些文学史中，如商务印书馆先后出版的张宗祥的《清代文学》(1930年)和宋佩韦的《明文学史》(1934年)基本只有诗文，完全没有提及小说（上海书店出版社于2001年将八部断代文学史合为一体，称之为《中国大文学史》，明清部分就是以上两位作者所著。）[1] 胡怀琛于1931年出版的《中国文学史概要》在明代和清代文学的叙述中，均有"小说的变迁"名目，算是有所涉及，可是每小节只寥寥几百字，聊胜于无。[2] 赵景深的颇受欢迎的《中国文学小史》，有"明代的章回小说"和"清代的章回小说"，算是较早将小说写进文学史的作者，可能是由于在写作上活泼洒脱，不到十年时间，该文学小史再版19次（1936年）。[3] 胡云翼的《新著中国文学史》在内容上有所扩充，"明代的小说"和"清代的小说"各有独立一章，两章内容加在一起，总共近万字。[4] 钱基博的《中国文学史》（该书作为1940年代的讲义，直到1993年才正式出版），仍囿于传统[5]，对小说类文学几无叙述。林庚的《中国文学史》，在"黑夜时代"一编中，有"章回故事的出现"一章，以几千字的篇幅，交代了明代的三部长篇小说，算是涵盖了这一文体。[6]

以上提及的几种文学史，虽然在对待小说等叙事文学的态度上各有千秋，但总体上看，受正统文学观影响，小说不受待见是无疑的。然而，歌谣文理，与世推移，随着时代变迁和文学史写作的日益扩展，在日后的文学史的写作中，有关小说和叙事文学的阐释占了越来越多的篇幅，就是因为小说在反映社会生活方面有着丰富的内涵，可以从各个

[1] 柳存仁等：《中国大文学史》，上海书店出版社，2001年。

[2] 胡怀琛：《中国文学史概要》，首都经济贸易大学出版社，2012年。

[3] 赵景深：《中国文学小史》，华中科技大学出版社，2015年。

[4] 胡云翼：《重写文学史》，华东师范大学出版社，2004年。

[5] 钱基博：《中国文学史》，华中师范大学出版社，2011年。

[6] 林庚：《中国文学史》，清华大学出版社，2009年。

方面来加以阐释。当然，关于叙事文学的社会学的、民俗学的或其他方面的阐释并不是只有在小说文体中才能得到体现，也可以运用到诗歌方面。如陈寅恪当年的“以诗证史”同样也是一种阐释话语。他的《元白诗笺证稿》，就是通过白居易和元稹的长篇叙事诗如《长恨歌》《琵琶行》《连昌宫词》和新乐府诗等，来印证唐代的政治、经济、文化制度及礼仪风俗、各地风物等社会情状。

例如在“春寒赐浴华清池，温泉水滑洗凝脂”诗句下就有诸多援引和举证：“辛氏三秦记云，骊山西有温汤，汉魏以来相传能荡邪蠲役。今在新丰县西。后周庾信有温泉碑。皇朝置温泉宫，常所临幸。”不仅考证了温泉的地点，还将中原各地的温泉作了粗略的比较：“又天下诸州往往有之，然地气温润，殖物尤早，卉木凌冬不凋，蔬果入春先熟，比之骊山，多所不逮。”甚至连洗温泉的风习来处，也一并推断而出：“温汤疗疾之风气，本盛行于北朝贵族间。唐世温泉宫之建置，不过承袭北朝习俗之一而已。”[1]

而小说这一文体比起元稹和白居易的长篇叙事诗和新乐府来，包含着更多的社会内容，有着更宽广的阐释空间，因此，在文学史的篇幅越来越长，著作的页数越来越厚的同时，读者可以发现，小说等叙事文学，尤其是长篇小说在文学史上的地位也日显重要。

即以明清小说为例，随着时间推移，1940 年代，刘大杰的《中国文学发展史》中，已经有了较为充分的描述，对明清小说的叙述总篇幅近 50 页，6 万来字。这是 1950 年代以前，所有的文学史著作中，对小说肯定最多的一种文学史。即便这样，作者于 1962 年，修订再版《中国文学发展史》时，明清小说的篇幅又大约增加了 2 万来字的内容，在

[1] 陈寅恪：《元白诗笺证稿》，三联书店，2001 年，第 21 页。

写法上也作了调整。如原先“明代的小说”一章，改名为“《水浒传》与明代的小说”，原先“清代小说”一章改名为“《红楼梦》与清代小说”以表明某种价值取向。

再以游国恩等人主编的《中国文学史》为例，1963 年，其作为高等院校文科教材编选计划会议上确定的中文系教材，有某种重要的示范性。在该文学史中，有关明清小说阐释的分量明显加重，不仅在篇幅字数上达到十数万字，占全书总字数九分之一，而且在章节的安排上，也和以前的文学史不一样。在此前的文学史中，每一个时代，一般将诗文放在前面先介绍，但是在游国恩本的《中国文学史》中，明代文学的开篇就是《三国演义》和《水浒传》，然后才谈到明前期的诗文，介绍宋濂、刘基、高启和台阁体。这里固然有某些政治大环境的原因，但还是由于长篇小说以其宏富的内容，更容易给文学史写作提供最大限度的阐释空间有关。因此，在游国恩本的文学史中，每一部有影响的长篇小说都独占一章。在刘大杰 1962 年的《中国文学发展史》修订版中，明代的小说还共享同一个名目，共占一个章节（清代亦如此），到了游国恩本的文学史，那些有影响的长篇小说都纷纷独立出来，成为一种重要的精神现象，成为一个有独特意义和文学价值的文本。不再是可以用“明代小说”和“清代小说”这样的统一名称来简单打发的。

也就是说，说到文学，首先不一定是那些传统意义上的诗文，不一定是传统的文人创作，而是首先要关注那些能够成为一个时代的或社会生活的写照的鸿篇巨制，如《三国演义》《水浒传》《西游记》《金瓶梅》《儒林外史》和《红楼梦》等。尽管这些小说用白话写作，文体可能并不雅驯，但是无论在描写社会生活及风物人情方面，或反映时代的精神面貌方面，还是在表现人物的情感与心理的深度和细腻程度上，都要比传统的诗文体所能表达的内容和容量要丰厚得多，也更应该有其相应的文学地位。

这里或许要提到当时并没有出版的两本文学史讲义，即浦江清的《中国文学史讲义》[1]和姜书阁的《中国文学史纲要》[2]，这两本讲义虽然是到1980年代以后才先后出版（浦江清的文学史讲义，更是晚到2009年才由后人整理面世），但是我们可以了解到，浦江清在1950年代、姜书阁在1960年代的讲稿中，已经将戏曲和小说作为明清时代文学的最主要成就来展示。特别是在浦江清的《中国文学史讲义（明清部分）》中，读者可以看到，文学史的内容基本是以小说和戏曲为主，它们占了这一时期的文学史的六分之五强的篇幅，而传统的诗文，明清各占一章，分别以“拟古运动及其反响（明代诗歌与散文）”“正统文学的余响（清代诗歌与散文）”来加以概括。章节的这一安排似表明，一直以来，占据文学正统地位的诗歌和散文，在1950年代的文学史写作中，地位已明显下降。这或许为日后游国恩等人主编《中国文学史》写作，作了某种思想或氛围上的铺垫。

---

[1] 参见浦江清：“后记”，《中国文学史讲义（明清部分）》，天津古籍出版社，2009年。

[2] 参见姜书阁：“修订版说明”“自序”，《中国文学史纲要》，浙江大学出版社，2006年。

第五章　中国文学史的雅与俗

——论雅文学的修辞传统

翻开中国的现代文学史和当代文学史，是没有雅俗之分，即没有文学史家会把现当代文学区分为雅文学和俗文学这样两个部分，编纂者将有影响的和有价值的文学作品以文体和年代排列，即便是钱基博先生在其《现代中国文学史》中，也将整个下编全让给新文学，分别以新民体、逻辑文、白话文安排入列，如胡适的《尝试集》，尽管被其批评为“伤于率易，绝无缠绵悱恻之致，耐读者之寻味”，但是最后还是以“幸尚清顺明畅，不为烂套恶俚耳”[1] 而录于著述中。

这里，以钱基博为例是因为在他后来编纂的《中国文学史》[2] 中，基本就没有通俗文学的地位，其元代文学部分有耶律楚才、赵孟𫖯、虞集、杨维桢等，却无关、王、马、白和杂剧。其明代文学部分有明文、明诗、明曲和八股文，却没有长篇小说的踪影。不仅这本写到明末终结的古代文学史著述，没有俗文学的地位，就是其《现代中国文学史》的上编中，亦是如此，19 世纪下半叶到 20 世纪初的许多文学现象均不入其视野，如晚清很有影响的谴责小说、言情小说等，黄遵宪的“我手写

[1]　钱基博：《现代中国文学史》，中国人民大学出版社，2009 年，第 431 页。

[2]　该《中国文学史》在当年油印教材的基础上，原计划 1956 年出版，后因故未付梓，直到 1993 年才面世。

我口”的诗歌等。他的关注点是晚清以来的魏晋文（从王闿运到章炳麟再到苏玄英），骈文（从刘师培到李详再到黄孝纾），散文（从王树枏到马其昶到姚永概再到林纾），中唐诗（樊增祥到易顺鼎再到杨圻），宋诗（从陈三立到郑孝胥再到李宣龚）等，这表明，在钱基博等一辈学者中，所谓文学还应该是上接千年传统的文学。

当我们将目光投向古代文学领域时，情形就更加明显，雅俗问题就凸显出来。不过所谓雅俗是有不同的划分标准，如文人创作还是民间采集，文言还是白话，文体正统还是非正统。如是前者，大致就是雅文学，如是后者就是俗文学。当然无论是文人创作还是民间采集，无论是文言还是白话，最后的关键看是否进入文化的正统，如仅仅以某一单项标准论，可能难以说清楚。

一

中国古代文学有雅俗之分或正统非正统的区别，本不是问题，但是这里触及中国文学史写作上的一个大转折。

这是一个把什么样的文学作品和文学现象写进历史的转折！

人们会发现，今天的文学史在书写宋代以前的部分，基本是被正统的文化所认可的文体和作品，即从《诗经》、汉赋到唐诗宋词，各自在它们产生的年代，或者在其后的不久，就已经被文学传统所接纳。

而书写元代以后的文学史，情况则起了大的变化，原先正统的文学被挤到了一边，元杂剧占据了主要的地位和篇幅，接下来明清两代也是如此，长篇小说成为文学的主角，其他的内容就稍稍带过。也就是说以今天的文学史而言，在宋以前，今人承认传统文学的正面价值，而在元代以后，我们肯定的是不被传统所接纳的那部分文学，或者说是以另一种标准来衡量。

当然，这一情形的发生开始是突进的，首先是王国维的《宋元戏曲史》在观念上的突破，继而是“五四”新文化运动和胡适的《白话文学史》的出现。在此前后，无论是北大的最初作为讲义的若干种中国文学史，还是谢无量的成一定规模的《中国大文学史》，均没有元杂剧的地位（可能是受王国维的影响，谢无量尽管将杂剧写进了文学史，但是篇幅寥寥）。所谓文学，基本是指正统观念下的诗词文赋。那些通俗的文艺样式均被排斥在外，故胡适的《白话文学史》才会反其道而行之，或者说有了反其道而行之的对象。胡适认为以往的文学史只是“古文传统史”，是摹仿的文学史，乃是死文学史，只有白话文学史乃是创造的文学史，乃是活文学的历史。[1]

胡适的《白话文学史》只写了上半部，到唐代就戛然而止了，胡适是排斥汉赋、骈文和唐代格律诗的，自然这些作品是没有资格进入白话文学史的。比较有趣的现象是自胡适之后，几乎所有的文学史都将胡适所摈弃的内容写进了文学史，而宋代之后的部分，胡适尽管没落笔，但是从其所拟的大纲看，基本是一路白话下来，倒是与1950年代以后的文学史相近。

胡适之后，郑振铎采取了折中的态度，不仅写了《插图本中国文学史》，还写了《俗文学史》，表明中国的文学至少存在着两个传统，雅文学的传统和俗文学的传统，其实在他的插图本中国文学史中，已经包括了俗文学和白话文学，只是意犹未尽，还有许多文献材料没有进入文学史中，或者难以安排到已有体例之中，因此另起炉灶。特别是那些口头

[1]　参见胡适：“引子”，《白话文学史》，东方出版社，1996年，第3页。

文学讲唱文学，如宝卷、弹词、鼓词、子弟书等。

不过尽管有《中国俗文学史》，郑振铎还是文学史研究者中最早将两种传统整合到一起的文学史家，在《插图本中国文学史》中，无论是交代诗词文赋还是论及宋话本、元杂剧或明代小说，你感受不到在胡适的《白话文学史》中所展示的那种紧张的冲突，因为在郑振铎那里，“文学史的主要目的，便在于将这个人类最崇高的创造物文学在某一个环境、时代、人种之下的一切变异与进展表示出来；并表示出：人类最崇高的精神与情绪的表现，原是无古今中外的隔膜的。其外型虽时时不同，其内在的情思却是永久的不休的在感动着一切时代与一切地域与一切民族的人类的”[1]。因此在郑振铎那里，文学尽管有文体之别和雅俗之分，但只要表现了人类崇高精神和情绪，便是有价值的文学，就会被纳入文学史。

与郑振铎同时期的许多学者或文学史研究者，有些还是基本在传统的框架里，如前文提及的钱基博文学史，还有商务印书馆等出版的断代文学史可以为证。如吴梅的《辽金元文学》，是以文、诗、词、曲的顺序来安排作家和作品的，尽管吴梅本人是一代曲学大师，并认为“元之文学，见重于世者，曲也”[2]。但是在体例上，还是将元曲（包括杂剧）放在最后。宋佩韦的《明代文学》主要是分时段述该录时期的诗和文，从台阁体到茶陵派，从公安到竟陵都不落下，也关注明代的散文和前后七子，但是就是没有长篇小说的地位，倒是专有一章介绍明代的八股文和八股文作家。为此，这部1934年版的著述在引言中称，这是为明代的“正统文学”作史，并声明：“本书中把在中国文学史上占极重

---

[1] 郑振铎：“绪论”，《插图本中国文学史》，作家出版社，1957年，第5页。

[2] 吴梅、柳存仁、柯敦伯等：《中国大文学史》（下册），上海书店出版社，2010年，第640页。

要的地位的时代的传奇和小说置之不论，是因为另有郑振铎先生的专篇叙述，为避免重复，就将这一部分删去了。”[1] 其实重复与否不是问题，可能还是由于作者对正统文学更熟悉，在叙述上更有把握的缘故。再如张宗祥的《清代文学》，基本以述录清代各时段的文章为主，诗和词略有提及。至于小说，如《红楼梦》等，不仅没有提及，连类似宋佩韦这样的声明也省了。考虑到该著述是 1930 年于商务印书馆出版，其时尚无有将小说写进文学史的风气，更主要是受正统文学观的主导，因此，不入正统者就免谈了。

1930 年代前后，另外一些文学史研究者从纯文学角度来梳理中国文学史，[2] 情形就要复杂一些。当然从纯文学角度出发，对于作品就有另一番讲究，文体的雅俗，文言还是白话，似乎不是首要关注对象。纯文学观念是中西合璧的观念，有“事出于沉思，义归乎翰藻”的传承，有“为艺术而艺术”的理论支撑，一切似乎都顺理成章。

二

话题还是回到古代文学传统到宋代之后的转折上。

1950 年代以后的中国文学史，在写到元代文学时，诗词等传统文学样式似乎消失了，像钱基博或者说像吴梅这样以文、诗、词、曲来述录文学的，已经不时兴了，许多文学史一写到元代，首先就是元杂剧，

[1] 吴梅、柳存仁、柯敦伯等：《中国大文学史》（下册），上海书店出版社，2010 年，第 670 页。

[2] 参见笔者的《纯文学史观与中国文学史写作》，载《中国高校社会科学》，2016 年第 5 期，第 63—73 页。

至于元代的诗文等，基本是一带而过。写到明清文学亦如此，基本是以小说和长篇小说为主角，明清的诗文处于从属地位。从文学史的写作来说，元杂剧和明清的小说似取得了文学史的正统地位。以至于许多年轻的读者认为在元代，占主流地位的文学就是元杂剧，在明代，就是长篇小说。其实，一直到20世纪初，元杂剧和明代的长篇小说在中国的文化和文学传统中还是毫无地位，因为无论在官修的史书中，还是集古今诗文之大成的《四库全书》中，都不见它们的踪影。例如在林传甲的文学史中，不仅见不到有关元曲的介绍，而且作者还对日本的笹川将杂剧、院本、传奇之作等写入《中国文学史》表示不屑，称其“识见污下”，认为这些作品写入风俗史尚马马虎虎。[1]

不过，大的变化紧接着就来了，20世纪是一个革命的世纪，这场革命推翻了两千年的社会旧制度，表现在文学史上，则翻转了近一千年的文学传统，之所以说翻转了近一千年的传统，是因为从宋代话本小说和南戏算起，通俗文学进入了文学史视野，并逐渐取代了原本的雅文学，成为文学的主流。也就是说，在元、明、清三代，无论从统治意识形态还是从文化传统看，戏剧和小说并不占文学的主流，但是在今天的文学史上，它们却有着堂堂正正的地位，占据着主要的篇幅，以至于一说到元代，普通的非专业读者想到的是杂剧，一说到明清文学，就是四大名著和章回小说。

以今人的眼光看，在元代，最受关注的自然应该是杂剧，因为不仅有许多优秀的文化人投入到杂剧的创作中，并且它还是市井文化的代表。一些文学史著述引用马可波罗游记的内容来表述元代城市生活和商业经济的繁荣，加之勾栏瓦舍的大规模兴起，吸引了一批“不屑仕进，

---

[1] 林传甲：《中国文学史》，知识产权出版社，2013年，第178页。

嘲风弄月，流连光景”的文化人加入了戏剧创作的队伍，故元杂剧蔚为大观。按最早将元杂剧写进中国文学史的赵景深的说法，杂剧的出现使“文言为正宗的观念被打破，且科举久废，文人无所事事，见民间演剧之风大盛，便从而编剧，因此戏剧就大盛了”[1]。再往前十年，王国维在《宋元戏曲史》中已经揭示了这一方面的原因：“盖自唐宋以来，士之竞于科目者，已非一朝一夕之事。一旦废之，彼其才力无所用，而一于词曲发之。且金时科目之学，最为浅陋（观刘祁《归潜志》卷七、八、九数卷可知），此种人士，一旦失所业，固不能为学术上之事，而高文典册，又非其所素习也。适杂剧之新体出，遂多从事于此，而又有一二天才出于其间，充其才力，而元剧之作，遂为千古独绝之文字。”[2]

如果再深入一步，人们会发现，元杂剧的繁盛不仅是士人才力无所用而专注于此，还有政治的和统治阶级方面的原因，在中国集权专制的社会形态中，往往不是经济决定政治面貌，而是政治决定经济和文化的面貌。因此，以下的原因分析应该是可信的：“金元时期是北方民族作为统治者的时代，女真人、蒙古人等北族群体能歌善舞，爱好音乐，南宋赵珙《蒙鞑备录》记载：‘国王出师，亦以女乐随行，率十七八美女，极慧黠，多以十四弦等弹大官乐等曲，拍手为节，甚低，其舞甚异。’北方民族的音乐舞蹈艺术自然也随之传入中原汉地。金、元统治者们，对中原汉地的歌舞艺术也非常重视。蒙古人每次在攻略城池后，都十分重视对乐工、乐人的搜求。元代宫廷里也流行杂剧，‘且以宫廷尚（杂剧）之故，而影响于臣民。则元杂剧之发展，亦未尝不借政治之力。’（孙楷第）统治阶级对杂剧的喜好，是推动它发展的动力。”[3]

[1]　赵景深：《中国文学小史》，华中科技大学出版社，2015 年，第 179 页。

[2]　王国维：《宋元戏曲史》，东方出版社，1996 年，第 79 页。

[3]　温海清：《元史》，上海人民出版社，2015 年，第 181—182 页。

元杂剧的兴盛无论是出于统治阶级的喜好，还是不屑仕进的文人所为，再或者是市井生活的发展所带来，当然更可能是以上诸种因素的合力所致，都说明文学的演变和社会的政治和经济状况有着最密切的相关性。因此，从反映论文学观和演进的文学观出发，元杂剧等毫无疑问该占据文学的主流地位。

三

从反映论文学史观出发，说到元代文学当然首推元杂剧，因为杂剧在反映生活的容量上大大超越于诗词文赋。虽然剧中所反应的生活未必就是现实生活，但是它们往往是现实生活的折射，并且剧中的生活场景和语言就是来自当时的生活，否则就无法和那时的观众沟通。至于杂剧的曲折的剧情则可以提供丰富的阐释空间，因此，有的文学史在分析元杂剧的几个特色时，着重强调了其反映生活的广泛性：

> （元杂剧）广泛地反映了各阶层的生活：从题材上看，元代杂剧所反映的生活显然要比以前的文学来得广泛而深入。上自最高的封建统治者皇帝，下至受剥削、受压迫的普通人民，他们的形象、思想、感情和日常生活，广泛地出现在作家们的笔下。尤其突出的是，下层人民的生活被许多作家比较细致描写着。农民起义队伍中的英雄好汉、小商人、小手工业者、渔翁、樵夫、庄稼汉、流浪者、受冻饿的老百姓、穷困潦倒的书生、妓女以及养女等等，这些社会地位低下的普通人民在文学作品中普遍地成为主要的正面人物形象。宋代话本在这方面曾经开拓了文学描写的新领域，元代杂剧

在这个基础上作了更大的努力，使它得到了扩充和提高。[1]

以上说法，颇有代表性。当然，从更广泛的反映论立场出发，我们还能看到更多内容，特别是元杂剧中男女之间的情感剧，越出了传统的纲常伦理，更多地表现了女性对爱情和幸福生活的向往和在追求过程中所受到的挫折和付出的种种努力。许多读者相对熟悉关汉卿的《救风尘》和《望江亭》，在其中见识了女性坚定、泼辣、智慧的一面，正是借助于个人的这些品质，她们走向了最后的成功。相反，男性在两性的爱情中，表现并不如女性那般出色。在同是关汉卿创作的《金线池》和《玉镜台》中，男性为取悦女性、重归于好的办法并不多，他们往往借助各种社会势力调解和胁迫以达成其目的，在这些戏文中，女性自始至终处于交往的优势地位，掌握着两性关系的主动权。

应当说元杂剧出现，是中国文化的异数，也是奇葩，它将人们的目光引向了社会底层，原先传统中被侮辱和被损害的女性，在元剧中有了尊严，上千年来男尊女卑的境况在某种语境中被颠覆，因此元杂剧与传统文化是相扞格的，待到明人来修元史时，杂剧就全无踪影了。

这从另一方面表明在文化的管理和控制上，汉政权和少数民族政权是不同的，以正统文化的观念看，市井生活和市井文化乃属于下里巴人的文化，其中表现日常生活的内容居多，声色犬马的成分也较重，有别于文人士大夫的雅趣，特别是女权的部分声张，更是挑战了千年传统，只是在政权更替的过程中，原有的文化秩序被颠覆，人们的世俗生活和社会日常生活情景更多地得到了表现，因此杂剧获得了兴盛的机遇，并由此对后世的戏剧文化产生了巨大的影响。而相应地，反映论文学观在

[1]　中国社会科学院文学研究所：《中国文学史》，人民文学出版社，1982 年，第 722 页。

对元杂剧的阐释方面，也更有用武之地。

元杂剧地位提高的另一个主要原因是文学演进观的传播。尽管刘勰在《文心雕龙》中早就有“歌谣文理，与世推移”的说法，并认识到“时运交移，质文代变”是文学的进路，但是许多文化人注重的仍旧是在传统范围内中的质文代变，从《诗经》的四言诗到汉代的五言，再到唐代的格律诗，而后是宋词和元曲（散曲）……似乎通俗文学不在“代变”的范围之中，盖因传统文化强大的吸附力排斥一切异类，若不是中国历史上第一个少数民族政权入主中原，出现了某种文化上的断裂，不能想象有那么多文化人逍遥或流连于此道，不过文学的进展常常会以人们意想不到的方式体现出来，产生社会文化的土壤有了变异，新的文化品种就有生长的可能，故一代有一代之文学可以有两种理解，第一种理解是一代有一代之诗文，唐代的诗文不同于宋代或明代的诗文；另一种理解是一代有一代之代表性文体，这就是王国维在其《宋元戏曲史》中一上来所说的观念：

> 凡一代有一代之文学：楚之骚，汉之赋，六代之骈语，唐之诗，宋之词，元之曲，皆所谓一代之文学，而后世莫能继者也。独元人之曲，为时既近，托体稍卑，故两朝史志与《四库》集部，均不著于录；后世儒硕，皆鄙弃不复道。而为此学者，大率不学之徒；即有一二学子，以余力及此，亦未有能观其会通，窥其奥窔者，遂使一代文献，郁堙沉晦者，且数百年，愚甚惑焉。[1]

王国维这段话中的“元人之曲”要加以说明，元曲可以指杂剧，亦

[1] 王国维：“自序”，《宋元戏曲史》，东方出版社，1996 年，第 1 页。

可指杂剧之外的散曲，即小令和套曲。所谓“后世儒硕，皆鄙弃不复道”，王国维所指显然是元杂剧，因为后世儒硕所鄙弃的正是杂剧，而不是散曲，因为后者作为文人创作是得到一定的认可的。散曲可以看成是词的变种，元人称其为“今乐府”，是因其可以颂唱。有的学者认为，词即古之曲，曲为今日词。如龚鹏程称：“实则词即古之曲，用唐宋时流行之曲调；到元中期以后，均已不复流通。元曲则为当时之曲，情况犹如唐宋人的曲子词，当时人替此等曲子作词，亦如昔年文人为曲子制词一般。但有两个原因，造成了宋词元曲风格之殊，一是曲调本来就不同，二是元曲正如唐代刚起来时的曲子词，还没有经历过温庭筠、花间诸公、欧晏苏柳周邦彦等人一再的文人士大夫化，仍保存一些类如敦煌曲子词般的民俗趣味。”[1]

以上的意思是元曲还不如宋词般精致，反倒体现了某种特色。但是无论元曲有什么特色，和杂剧不能作等同论，因为杂剧是不进入文化正统的。因为杂剧的创作不仅仅是抒发文人情怀，还包括从写脚本到演出的方方面面的活动安排，其间涉及社会的组织和分工等，这已是大众通俗文艺活动，不能看成是纯粹的文学，也非“事出于沉思，义归乎翰藻”所能涵盖，必须从新的观念出发，才能将它纳入文学之中。由此，当王国维将元杂剧作为戏曲艺术来考量，并上溯上古五代之戏剧，甚至从远古“歌舞之兴”道来，由巫觋说到俳优……估计是以古希腊戏剧为其参照系，自然就越出了传统观念的边界。

至于将元杂剧写入文学史，这里还是要再次提及赵景深的《中国文学小史》，有时这类轻快的，不求面面俱到的著述，更能体现某种敏锐的见识，在郑振铎的《插图本中国文学史》之前，赵景深已经将元代的

[1] 龚鹏程：《中国文学史》（下），世界图书出版公司，2012 年，第 174 页。

杂剧树立为元代文学的代表。这本最初为1926年出版的《中国文学小史》，[1]从诗经楚辞一路写来，每个朝代都不落下，每个朝代作者只捡自己认可的感兴趣的作家写，到了元代，就是元曲五大家，到明代主要就是长篇章回小说和传奇，清代也是以章回小说为主，而所谓元曲五大家，不是述录他们的散曲，而是介绍那时的杂剧。这应该是上承王国维的“一代有一代之文学”观念而来。

四

上文提及一代有一代之文学，是可以有雅俗之分的，也可以像赵景深、郑振铎般两者打通，雅俗兼收。但是像中国文学史这般宋以前以雅文学为主，元以后以俗文学为主的情形是有些独特的。所谓独特，是说中国文学史（特指1950年代以后的文学史）是一部断裂的文学史。[2]这里确实有两种传统的交替，即雅文学传统和通俗文化传统的交替。当然这里不是说可不可以断裂，或者应该不应该断裂，而是说我们必须意识到这种断裂及其断裂产生的历史和文化背景。

将戏曲和小说作为文学的正宗来看待，是西方文学界的主流看法，正是由于西方文化的引入，改变了人们对中国文化自身的看法，一些相对有全球视野的文化人在自省的过程中发现了中国传统文学中被掩盖和屏蔽的那部分文化，即来自民间的底层的通俗文化，这些文化虽然没有

[1] 见赵景深：《中国文学小史》，华中科技大学出版社，2015年。

[2] 须说明，1990年代以来的许多大部头中国文学史，如袁行霈等主编的《中国文学史》郭英德、过常宝的《中国古代文学史》，陈洪、刘跃进的《中国古代文学史》等都将元、明、清的重要诗文和相关作家收入到著述中。

进入正统，但是对社会大众，对世道人心有巨大的潜移默化的作用，它们理应得到关注和发扬。

20世纪初，梁启超、王国维等文化巨擘在检讨中国传统文化时，强调了小说和戏曲的重要性。"五四"新文化运动更是具有矫枉过正的冲击力，那些传统的诗文忽然间统统成了"妖孽"和"谬种"。[1] 而鲁迅则号召年轻人，勇于批判一切旧文化："无论是古是今，是人是鬼，是三坟五典，百宋千元，天球河图，金人玉佛，秘制膏丹，祖传丸散，全部踏倒他。"[2]

然而具体到文学史的写法，颇费斟酌。胡适将自己的新诗命名为《尝试集》，其实他的《白话文学史》更是勇敢的尝试，他试图建立起一个所谓活的白话文学独立的传统。这一尝试尽管石破天惊，但是由于传统中的大部分精华被排除在外，连《诗经》和《楚辞》都没有资格进入文学史（《楚辞》显然是文人创作的，《诗经》则由于经过乐官的采集，很难分辨哪些是来自民间，哪些是由文人创作或经过文人改造的，所以胡适干脆以"汉朝的民歌"为开端来写《白话文学史》），使后人难以为继。年轻的胡适的这一激进的文学史写法，显然不能被更多的文学史研究者接受，因此像郑振铎、刘大杰的文学史就应运而生，即不以白话或文言来区别，也不是以雅俗来划分，他们的文学史是作加法的文学史，即在雅文学传统中加入通俗的或民间的文学，特别是加入叙事文学，因为叙事文学给文学史写作提供了充分的阐释空间，而由史料的述录和堆砌的文学史向阐释的文学史转化也正是发生在20世纪三四十

---

[1]　是钱玄同在1917年率先提出"选学妖孽"和"桐城谬种"的说法，以批判当时据统治地位的桐城派的诗文传统。

[2]　鲁迅：《忽然想到·六》，见《鲁迅全集》（第3卷），人民文学出版社，1957年，第36页。

年代，[1] 所以叙事文学由此越来越多地受到新一代文学史写作者的关注。

在中国的原先的文学传统中，叙事文学特别是虚构的叙事文学，基本是被排斥在外的，包括为数不多的长篇叙事诗也不受待见，如白居易的《琵琶行》和《长恨歌》，如唐代的新乐府等，在中国的诗歌史上地位不高。似乎中国文化人的叙事冲动尽被历史叙事所吸纳，在雅文学中是不怎么出现的，一直到 20 世纪初均如此。所以郑振铎在其《插图本中国文学史》的“绪论”中说道，20 世纪“最早的几部中国文学史简直不能说是‘文学史’，只是经、史、子、集的概论而已；而同时，他们又根据了传统的观念——这个观念最显著地表现在《四库全书总目提要》里——将纯文学的范围缩小到只剩下‘诗’与‘散文’两大类，而于‘诗’中，还撇开了‘曲’——他们称之为‘词余’，甚至撇开了‘词’不谈，以为这是小道；有时，甚至于散文中还撇开了非‘正统’的骈文等等东西不谈；于是文学史中所讲述的纯文学，便往往只剩下五七言诗，古乐府，以及‘古文’”[2]。

这种情形到 20 世纪三四十年代后，逐渐有了改变，因为文学史的编撰者大都基本了解西方文学史的叙事传统，从荷马史诗到但丁再到罗曼司，从古希腊戏剧到莎士比亚。因此，将元杂剧和明清的长篇小说写入中国文学史，有着充分的“世界性”理由，基于这一“世界性”理由，文学史的编撰者们（特别是 1950 年代以后），将叙事文学作为文学的正宗来表述，并极力上溯宋以前的叙事文学，基本上是习焉不察地将雅文学传统截断，给许多文学史读者造成的印象，元、明、清之后，中国的雅文学传统已经式微。其实这是在现代学者的文学史写作中完成

[1] 参见本书第四章“中国文学的传统与阐释”。

[2] 郑振铎：“绪论”，《插图本中国文学史》，作家出版社，1957 年，第 7 页。

的转换，叙事文学被立为文学史表述的最主要对象，传统的诗文只得到简略地介绍或干脆一笔带过。其实在元明清三代，诗文作为中国文学的主流，一直没有断，或者说，自元明以来，戏剧和小说开辟的叙事传统和文化人的诗文传统是平行的两大潮流。也因此，20 世纪末以来的一些文学史，如章培恒、骆玉明主编的《中国文学史》、袁行霈主编的《中国文学史》，郭英德、过常宝的《中国古代文学史》，陈洪主编的《中国古代文学史》等著述中，元明清的雅文学传统都重新得到了肯定和相应的表述。

西方的文学理论，笔者曾将其归纳为叙事诗学，以和中国的抒情诗学相对应。西方几千年来没有一以贯之的史学传统，因此，其叙事文体的进展主要不在历史之中，而是在文学和史诗中，因此其文学理论关注的要点就在于如何叙事，以及叙事的诸多要素的研究上。但是在中国，由于史学的发达，承担着叙事重任，中国古代的诗词文赋，则更多地发挥其开辟修辞空间的功能。

五

雅文学不仅是文人传统，更主要是一种修辞传统，所谓“不学诗，无以言”的传统，这一传统在汉赋和六朝的骈体文中逐渐进入鼎盛时期，并且一直延续下来。雅文学传统一般而言是回避叙事的（这里所说的回避叙事是指回避日常生活叙事，并非指一般意义上的叙事，因为任何抒情诗都包含有简单的叙事因素），之所以有所回避，是因为日常生活叙事要面对种种复杂的立体的社会生活现象，这是相对难以处理的对象，因此在陈陈相因中，喧嚣的、立体的日常社会生活，就往往被隔离在雅文学之外。这种回避和隔离久而之久会导致雅文学的苍白、贫乏和内容空洞，故如鲁迅所说，中国的文化人会时时从民间文艺中撷取养分来维持文学的生命。

当然雅文学生命的养分来自民间也罢，来自传统也罢，总是通过杰出人物来达成的。被钟嵘列为中品诗人的陶渊明之所以在宋代大受欢迎，是因为他能将清贫的日常生活和稀松平常的田园生活精致地写进诗歌中，开拓了新的诗歌空间。今人读陶渊明诗，觉得陶诗精彩，是受教育和规训的结果，其实在我们读诗之前，已经有许多先入为主的影响在，是先贤的点拨和教科书的说教，教会我们阅读陶诗，如从诗人脱离官场、回归田园的做人境界来理解诗歌的内涵，或者欣赏其清新脱俗的语言，或者钟情于陶诗中山水的意象美等，这些都会有收获。但是，宋人之抬举陶渊明，一定是读出了唐人的诗里所没有提供的那些内容，才豁然醒悟。如苏东坡所言："其诗质而实绮，癯而实腴"[1]，"似大匠运斤，不见斧凿之痕"[2]，等等，笔者以为，苏轼的对陶诗的赞，于今人是需要作一些注解和翻译的，否则搁在所有的大诗人身上都行得通，没有疑义。此处"大匠运斤，不见斧凿之痕"云云，应该是特指诗人最早将庸常平凡的劳作和起居生活写进诗歌，并在言辞上处理得那么贴切、合度、精致，给后人提供了描写日常生活的修辞和描述的视角，这样来理解也许会对陶诗有更加深透的认识。才能觉出元好问的"一语天然万古新，豪华落尽见真淳。南窗白日羲皇上，未害渊明是晋人"[3]的好来。

应该说陶渊明不仅是中国雅文学传统的优秀传人，而且还拓展出新

[1] 罗根泽：《中国文学批评史》（下），上海人民出版社，2015 年，第 663 页。

[2] （宋）惠洪：《冷斋夜话》卷一。

[3] 羊春秋选注：《历代论诗绝句选》，湖南人民出版社，1981 年，第 158 页。

的表现空间，在他身上，文人的雅趣，对日常生活的洞悉和修辞上的讲究融为一体。

当然，雅俗是一对相辅相成的概念，并且是互相转化的，没有绝对的界限，再雅的表达如果人人都用，泛滥了，也就俗了。之所以说陶渊明是中国雅文学的代表，是因为在他的诗歌中，艰辛的日常生活俗务得到了升华，所以无论是朱熹的“渊明诗平淡出于自然”[1]，还是严羽的“渊明之诗质而自然”[2]，都强调了他在这方面特有的才华。虽然很难区分日常生活仅仅是在陶诗中才化俗为雅，还是诗人将日常生活过得如诗歌般雅致，但是陶诗毕竟开辟了一条新的诗歌境界。

强调雅文学是修辞传统，不是否认雅文学在反映现实生活，表现诗人观察力想象力，或展示其内在情感等方面的功能，而是认为，作为一种文化承传，雅文学在修辞领域能得到更广泛的传播，修辞领域有相对的独立性，不受社会其他领域的直接影响，如改朝换代、政治变迁、经济发展、生活改观等，只要语言文字还是原有的语言文字，那么雅文学永远在拓展其表现空间。

相对于雅文学，通俗文学的题材要广阔得多，通俗文学的样式也是五花八门，当然其反映的生活面可以说既博大又杂乱。然而为了保持文学的纯洁性，雅文学往往会排斥流行的俗文学中的某些趣味和表现方式，这似乎表明雅文学与俗文学是对立的。其实不然，雅文学与俗文学不是同一个时代生产的文学的两极。雅文学之为雅文学是来自历史，来自承传，来自教育和规训，或者说是在文化传统的基础上生长出来的。而俗文学更多地与当下的生活相联系，与风俗民情相联系，是在社会相对底层的土壤中生长。俗文学并非没有自己的历史，只是俗文学在历史

[1]　（宋）黎靖德：《朱子语类》卷一四〇，中华书局，1986 年，第 3324 页。

[2]　（宋）严羽著、郭绍虞校释：《沧浪诗话校释》，人民文学出版社，1961 年，第 60 页。

中难见有序的递进。雅文学也并非仅仅与历史和传统相关，它也与当下的生活相联系，并吸收俗文学中的各种养分，当然也吸收俗文学在修辞方面的成果。

所谓雅文学，就是雅在将各种修辞手段相融汇，因为修辞一旦成为文学表达的重要手段，便会在语言的氛围中不断扩充和丰富自身。或可说语言的历史同时就是修辞伸展可达的范围。语言的历史越长，修辞的发展空间就越大。以魏晋六朝的诗歌为例，意蕴深长的诗句，背后往往有《诗经》和先秦文化的底蕴，如曹操的《短歌行》就是这样的一首诗歌，处处回响着上古文化的遗韵，因此在叶嘉莹看来，这是很了不起、“很有代表性”的作品，这不仅是因为“曹操把他英雄的志意、诗人的才情和霸主的野心都集中表现在他的诗里了”，而且在诗歌中，他很霸气地将前人的诗句拿来就用，“像‘人生几何’见于《左传》，‘青青子衿，悠悠我心’见于《诗经》，‘呦呦鹿鸣’整个一节也都见于《诗经》”。[1]亦即，在曹操这样的优秀诗人那里，各类文化典籍与前人的瑰丽章句和言辞，都可以成为他们表达意图的修辞手段。

六

这里不能不提及明代的前后七子，他们的文学复古运动所提出的“文必秦汉，诗必盛唐”主张，与其从诗文的内容上来解，不如从修辞上来理解，更加符合倡导者的主旨。

当然，如果从文学复古运动兴起的语境看，李梦阳等是“针对明初

[1] 叶嘉莹：《汉魏六朝诗讲录》，河北教育出版社，2000年，第122页。

以来受理学风气及台阁体创作影响所形成的萎靡不振的文学局面”[1]，其抱负绝对不在于仅仅推进诗文的修辞上，故史书言：“梦阳才思雄鸷，卓然以复古自命。弘治时，宰相李东阳主文柄，天下翕然宗之，梦阳独讥其萎弱，倡言文必秦、汉，诗必盛唐，非是者弗道。”[2] 可见当时李梦阳等雄心所在是改换文统，开一代风气。当然，对明代文人来说，秦汉和盛唐时代早已渺渺远去，难以追慕，只能从文本上来体会和揣摩文学前辈的旨意，而各种修辞手段就成为最主要的切入口。这里“文必秦汉，诗必盛唐”的最大意义，在于将形式和具体的内容明确区分开来。让明代人写秦汉文，作盛唐诗，就是对形式的一种追求和讲究，换一种说法，就是要把某种形式固化下来，成为圭臬，成为楷模。20世纪五六十年代的一些文学史著述，将前后七子个个不同的文学思想仅仅概括为“文必秦汉，诗必盛唐”，一笔带过，似过于简略了。还有的文学史认为前后七子的文学思想“并没有起推动文学向前发展的作用，它的社会影响也是不好的，可以说它和八股文异曲同工，同样束缚人的思想，使人脱离现实”[3]，这就颇显武断。文学活动中，不同修养不同趣味的阶层和人群，有不同的追求，难以从对文学的促进还是促退而论。幸好朱东润的《中国文学批评史大纲》、郭绍虞的《中国文学批评史》和其主编的《中国历代文论选》等，对此均有较为细致的辨析，包括李梦阳与何景明之间的分歧，也有所交代：即以何景明的立场来看，李梦

[1] 袁行霈等主编：《中国文学史》（第4卷），高等教育出版社，1999年，第79页。

[2] 见《明史·文苑传》，转自郭绍虞、王文生：《中国历代文论选》（第3册），上海古籍出版社，2001年，第41页。

[3] 中国社会科学院文学研究所中国文学史编写组：《中国文学史》（第3册），人民文学出版社，1987年，第1023页。

阳求形似，而何景明更注重神似。[1]然而，形似也罢，神似也罢，后人只能从文本的风貌和修辞上来下判断，舍此，别无他途。说到底，七子内部的争论是有关文学的风格、趣味和修辞的讨论，虽然风格的取向、趣味的偏好不能简单归为修辞，但是一旦进入文本，就必然涉及修辞。故李梦阳在《缶音序》中说“夫诗比兴错杂，假物以神变者也。难言不测之妙，感触突发，流动情思，故其气柔厚，其声悠扬，其言切而不迫，故歌之心畅而闻之者动也”。而李梦阳与何景明有关“辞断而意属，联类而比物”是否能够作为诗文的“不可易之法者”的争论，也未出今天的修辞学范围。

由于在雅文学范围内，所说的文体基本是诗词文赋等，许多新兴文体都被排斥在外，文体种类的狭窄，必然导致文化人在修辞上下功夫，以开拓新的表达空间，故李梦阳在《潜虬山人记》中所说：“夫诗有七难，格古、调逸、气舒、句浑、音圆、思冲、情以发之，七者备而后诗昌也……”[2]基本就落到特别具体的修辞和各种写作要素上。倘若李梦阳能将眼界移到雅文学之外，关注民间的戏剧、话本、小说和其他通俗文类，那创作之难何止于这七者，或许这七者都排不上。因此雅文学的延续，越到后期就越是走向修辞，所以到后七子的李攀龙就有“视古修辞，宁失诸理”的说法，即认为修辞比所要表达的事理更加重要。

讲到文学复古，明代的前后七子绝不是第一波，往前数七百年，中唐的韩愈就曾发起过“古文运动”，韩愈的古文运动是针对骈体文而来的，在表层是文体的一种反拨，而其内核则是强调“文以载道”，此

[1] （明）何景明《与李空同论诗书》有言：“追昔为诗，空同子刻意古范，铸形宿镆，而独守尺寸。仆则欲富于材积，领会神情，临景结构，不仿形迹。”见郭绍虞、王文生主编：《中国历代文论选》（第3册），上海古籍出版社，2001年，第37页。

[2] 朱东润：《中国文学批评史大纲》，上海古籍出版社，2001年，第223页。

“道”即是尧、舜、禹、汤、文、武、周公、孔子之道。相比之下，明代的文学复古在思想内容上没有韩愈等那般阔大，自然就更关注文学的表达方式，这种过分强调修辞的观念，虽然偏于一端，倒是说出了雅文学的某些特质，即雅文学之为雅文学，修辞是第一要义。文学的正统或不正统，不是以思想内容来作为判断标准，而是以修辞的传统来衡量，先秦两汉之文，包含诸子百家的不同思想流派，林林总总，内容驳杂。盛唐的诗歌，从题材、内涵到风格也是各异，那些诗文能流传下来，构成中国的雅文学传统，与行文的精致，修辞的讲究密切相关。亦即，说到先秦两汉的文章，人们头脑中想到的文章或许不会和具体的儒家、道家、墨家或法家的思想学说相关，但是一定会联想到那些酣畅淋漓的表达和华美的辞章，韩愈写出了他自己阅读古诗文的感受，如：“沉浸醲郁，含英咀华”，如“浑浑无涯”“佶屈聱牙”，如“易奇而法，诗正而葩”等，这里韩愈似乎是所有读者的代言人，把人们对以往古诗文的朦胧的感觉表达得如此瑰丽峥嵘，可以说韩愈是中国古文学史上的修辞大师。

前后七子的文学成就之所以有限，没有达到他们所要追慕的古人的成就，是因为没有贡献出他们这个时代独特的或应有的佳作，也包括在修辞上没有开辟出自己的空间（如像韩愈那般博大恢宏）。不过在中国文化的传承上，特别是雅文学的延续上，他们也发挥了自己的作用。

雅文学的承传要依靠文本的积累，某种意义上说，文本是雅文学的物质基础，虽然七子标举的是秦汉文，但这是有了大量文本阅读经验及比较之后的秦汉文，可能也包括有秦汉文风骨的辞章。所以实际上是已经形式化概念化的秦汉文，即秦汉文应该是优秀古文的代名词，也是所有好文章的代名词。当然这形式化和概念化的秦汉文不是说找不到范例，而是说所有的好文章均是范例，只是没有特定范例而已。故后七子的王世贞在《艺苑卮言》中说道：

> 李献吉劝人勿读唐以后文，吾始甚狭之，今乃信其然耳。记问既杂，下笔之际，自然于笔端搅扰，驱斥为难。若模拟一篇，易于驱斥，又觉局促，痕迹宛露，非斫轮手。自今而后，拟以纯灰三斛细涤其肠，曰取六经《周礼》《孟子》《老》《庄》《列》《荀》《国语》《左传》《战国策》《韩非子》《离骚》《吕氏春秋》《淮南子》《史记》班氏《汉书》，西京以还至六朝及韩、柳，便须铨择佳者，熟读涵咏之，令其渐渍汪洋。遇有操觚，一师心匠，气从意畅，神与境合，分途策驭，默受指挥，台阁山林，绝迹大漠，岂不快哉！[1]

显然在王世贞处，“文必秦汉”的下限已经扩展到六朝和唐代的韩柳，宽泛了不少。然而王世贞似乎并不从修辞角度着眼，而是从知识的大量积累和内在涵养两个方面的结合上来立论的。如果把修辞看成是外在搦管操觚的技法，那么王世贞更倾向于广阅博览基础上的内在修炼。至于郭绍虞在《中国文学批评史》中认为，王世贞“是以格调说为中心，而朦胧地逗出一些类似性灵说与神韵说的见解”[2]，就是挑明由内而外，由里至表的路径。

---

[1] 转自郭绍虞、王文生主编：《中国历代文论选》（第3册），上海古籍出版社，2001年，第102页。

[2] 郭绍虞：《中国文学批评史》，上海古籍出版社，1979年，第370页。

七

其实，关于修辞的说法，在中国有着久远的历史，但是几乎没有作为一个独立的范畴来加以讨论。在《周易·文言》中，孔子就提出过“修辞立其诚，所以居业也”的说法。这里的修辞含义和现代修辞学的修辞概念相去不远，都是着眼于语言表达和意图传递的方式。不过，既然是强调“修辞立其诚”，起码认为修辞和内心世界有着某种程度的差异。当然孔子并没有说内心世界的诚挚与否会不会反映到修辞层面上来，但是所谓“居业”，却关碍到功业的积蓄和自身的提升。[1]因此，从那个时候开始，中国文化人，特别是儒家文人便注重修身养气，并将为文与自身的修养看成内外双修的事业。更确切地说，是内在的修养决定着外在诗文水准的高低。所以类似“养气”“格调”“性灵”“兴趣”“神韵”等这样一些人文性较强的术语和说法，比起其他的诗学概念来更受中国文化人的青睐。因此尽管宋代大量诗话的出现，表明中国的诗歌批评走上了形式主义道路，诗人们在创作和批评实践中对修辞的认识也日益深入，并且和王世贞同是后七子的李攀龙格外强调了修辞的唯一性。然而，如果不进一步深入到文本细读，只是笼统地说到诗歌创作，或总体地品评诗文的水准，人们往往选择偏于作家主体修养的那些说法。于是，人品和文品也常常会被联系到一起来考察，也因此在中国古代文论中，对修辞的关注程度忽高忽低，并不持之以恒。

中国古代文学的尾声是桐城文章，它正好撞到“五四”新文化运动的枪口上，成为旧思想、旧文化和旧制度的代表，受到强烈的批判。对

[1]　黄寿祺、张善文译注：《周易》，上海古籍出版社，2007 年，第 9 页。

"桐城谬种"的批评[1]，对文章"义法"的抨击，就是针对桐城派而去。表达了"五四"一代人对顽固的思想和僵化的形式的不满，特别是对那一套文章作法和陈规的蔑视。不过，这也说明了正是由于强调形式，在桐城派的文论中，修辞的地位倒是稳固下来。桐城派学人重视文章之学，必然会关注文本层面的修辞。所以先有方苞"义法"之说，后来又有姚鼐的"义理，考证、文章"之谓，这些均可以看成是表达层面的对象。

所谓"义法"，"义"即指"言有物"，"法"是指"言有序"。[2]"言有物"某种意义上是一种表达技能和言辞技能，因为胸中有物，意中有物并不等于言之有物，方苞之所以"义法"并举，那就是说"言有物"要通过"言有序"来体现，而"言有序"并非各是其是，各有自己的次序和标准，而是某种规训的结果，并非辞藻的花哨和堆砌所能奏效。因此，方苞的"义法"是注重文体的纯粹与"雅洁"的义法，他说道"南宋、元、明以来，古文义法不讲久矣，吴越间遗老尤放恣，或杂小说，或沿翰林旧体，无一雅洁者。古文中不可入语录中语，魏晋六朝人藻丽俳语，汉赋中板重字法，诗歌中隽语，南北史佻巧语"[3]。由此可见，这位桐城老祖对于文章修辞的讲究极为严格，强调文体的色彩要纯正，不可放恣卖弄而雅俗杂处。

正是在此基础上，考虑到文化背后，强大的历史语境在起作用，姚鼐提出"义理，考证，文章"，在"义法"两大圭臬之外，又增加了"考证"一节，这是言必有据、言必有出处的意思。总体来说，就是体现在

[1] 钱玄同在给陈独秀的信中有"惟选学妖孽所尊崇之六朝文，桐城谬种所尊崇之唐宋文，则实在不必读"之语，见《钱玄同致陈独秀函》，载《新青年》，3卷5号"通信"栏。

[2] 参见（清）方苞：《又书货殖传后》。转引自郭绍虞主编：《中国历代文论选》（第3册），上海古籍出版社，2001年，第402页。

[3] 章培恒、骆玉明主编：《中国文学史》（下），复旦大学出版社，1996年，第439页。

文本之中的思想内容，文本所运用的论据材料和文本修辞应该在笔端达到统一。在姚鼐看来，文章要体现一个人的文化水准，须以下三个方面兼备：

> 鼐尝论学问之事，有三端焉，曰：义理也，考证也，文章也。是三者苟善用之，则皆足以相济；苟不善用之，则或至于相害。今夫博学强识而善言德行者，固文之贵也；寡闻而识浅者，固文之陋也。然而世有言义理之过者，其辞芜杂俚近，如语录而不文；为考证之过者，至繁碎缴绕，而语不可了当。以为文之至美而反以为病者，何哉？其故由于自喜之太过，而智昧于所当择也。夫天之生才虽美，不能无偏，故以能兼长者为贵。[1]

在姚鼐的“义理，考证，文章”中，文章就是修辞的意思，后来有人将“文章”改为“辞章”，成“义理，考据，辞章”之说，表达上就更加严谨了。不过也可见，所谓“文章”有两层意思，一是指人们通常的理解，即与作者相对应的作品；另一是特指作为修辞的文章，谋篇布局的文章，即与义理互为表里的文章。有时我们称某人文章写得好，往往就是指谋篇布局和意图的表达，和内在的理念和思想是有区别的。姚鼐认为，人们天生的才华是各有所偏的，而为文必须做到三者兼顾，才能达到完善。

就“义理，考据，辞章”而言，辞章只占为文的三分之一，其实不然，考据显然也有修辞的意味，即考据并非总是指向历史指向过往，有

---

[1]　（清）姚鼐：《惜抱轩文集》。转引自郭绍虞：《中国文学批评史》（下），商务印书馆，2010年，第393页。

时考据是为了增加文章的说服力和感染力而设。考据所产生的历史厚度，使得文章有宏大博通之美。另外在清代文网极严，思想控制极紧，文化人在思想义理的表达上受到极大限制的情况下，行文如能在考据和辞章上有所发挥，也能创造出新的表达空间。

八

雅文学的形式化倾向，使其天然有精炼和抽象的趋向，这一方面可能导致其离社会生活渐行渐远，另一方面也使其修辞功能获得某种普泛性。雅文学越到中国古代社会后期，越发挥其修辞方面的功能，自然人们对雅文学的认识也就越来越概括凝练。由此，在宋代就有人将诗歌中的章句概括成写情和写景两个方面，并认为“景无情不发，情无景不生”。如范晞文在其诗话中有云：

老杜诗：“天高云去尽，江迥月来迟。衰谢多扶病，招邀屡有期。”上联景，下联情。“身无却少壮，迹有但羁栖。江水流城郭，春风入鼓鼙。”上联情，下联景。“水流心不竞，云在意俱迟。”景中之情也。“卷帘唯白水，隐几亦青山。”情中之景也。“感时花溅泪，恨别鸟惊心。”情景相触而莫分也。“白首多年疾，秋天昨夜凉。”“高风下木叶，永夜揽貂裘。”一句情一句景也。固知景无情不发，情无景不生，或者便谓首首当如此作，则失之甚矣。如“淅淅风生砌，团团月隐墙。遥空秋雁灭，半岭暮云长。病叶多先坠，寒花只暂香。巴城添泪眼，今夕复清光”，前六句皆景也。“清秋望不尽，迢递起层阴。远水兼天净，孤城隐雾深。叶稀风更落，山迥日初沈。独鹤归何晚，昏鸦已满林”，后六句皆景也。何患乎情少？[1]

这一情景两分的说法，在李渔那里得到了进一步伸展，他在《窥词管见》称：“词虽不出情景二字，然二字亦分主客，情为主，景是客。说景即是说情，非借物遣怀，即将人喻物。有全篇不露秋毫情意，而实句句是情、字字关情者。”[2]所以待到王国维在《人间词话》中称，“昔人论诗词，有景语、情语之别。不知一切景语皆情语也”[3]。其实只是再次强调了诗界的某种共识，不过，王国维在其“境界说”中将主观情怀客观化，是另辟蹊径的说法：“境非独为景物也，喜怒哀乐亦人心中之一境界。故能写真景物真感情者谓之有境界，否则谓之无境界。”[4]

尽管诗词的生活表现范围和对社会的反映面没有小说戏剧那么宽广，但是不至于只有情景两方面，然而从高度概括的角度来读解，情景两分是相对最有效和简明的范畴。故朱光潜在其《诗论》中特地选录了中国古代有代表性的六首诗《箜篌引》《华山畿》《小雅·采薇》《饮酒》（陶渊明）、《江南》《敕勒歌》来作样本：

这六首诗之中，只有三四两首可算情景吻合，景恰足以传情，一二两首纯从情感出发，情感直率流露于语言。自然中节，不必寄托于景。五六两首纯为景的描绘，作者并非有意以意象象征情趣，而意象优美自成一种情趣。六首都可以说是诗的胜景，虽然情景配

[1] 见（宋）范晞文：《对床夜语》，载丁福保：《历代诗话续编》（上），中华书局，1983年，第417页。

[2] 见（清）李渔：《李渔全集·第2卷·笠翁一家言诗词集》，浙江古籍出版社，1991年，第511页。

[3] 方麟选编：《王国维文存》，江苏人民出版社，2014年，第180页。

[4] （清）王国维：《人间词话》，中华书局，2010年，第9页。

合的方法与分量绝不同。不过它们各自成一种新鲜的完整的境界，作者心中有值得说的话（情趣和意象）而说得恰到好处，它们在价值上可以互相抗衡，正是这个缘故。[1]

这里朱光潜不仅延续“情语”和“景语”的基本划分，同时似在为王国维所说“真景物真感情”作注，虽说情景交融是文学的最高境界，但是如果只是写景或写情能够达到纯粹、完整而又有情趣，那么就是写出了真景物和真感情，同样能成为上上品。

虽然，对雅文学修辞的概括而凝练的描述未见得符合修辞发展的具体情形，然而对修辞认识的路径总是在扩充和收缩的过程中发展的。保尔·德·曼在其《修辞学》一文中讨论了“修辞的语法化”和“语法的修辞化”问题，[2] 在中国的雅文学中，倒是存在着修辞的历史化经典化现象，即经典文化和历史文化进入了修辞范畴。

九

说到雅文学传统，不由人不联想到中国的山水画。中国的山水画与中国的雅文学是在同一个传统中，中国早期绘画，重视人物画，到了六朝，山水画渐渐兴起，五代以后，山水画占了上风。有学者将南朝宗炳的《画山水序》作为山水画兴起的某种标志，因为在《画山水序》中，宗炳承儒家“智者乐水，仁者乐山”的精神，寄情于山水之间，谓“余

[1] 朱光潜：《诗论》，人民出版社，2010年，第53页。

[2] 参见[美]保尔·德·曼著，沈勇译：《阅读的寓言》第1章“修辞学和修辞学”，天津人民出版社，2008年。

眷恋庐衡，契阔荆巫，不知老之将至。愧不能凝气怡身，伤砧石门之流，于是画像布色，构兹云岭”。而他的生活状态和山水画也渐渐融为一体，故有“居闲理气，拂觞鸣琴，披图幽对，坐究四荒，不违天励之藂，独应无人之野，峰岫绕嶷，云林森眇”。[1]

或许在宗炳那里，山水不只是画家描绘的对象，就像后来的山水画家，山水主要成为表现的对象或写意的对象。可惜，宗炳的画已经湮灭无存，人们依据大致同时代的著名画家顾恺之的画来判断，在顾恺之那里，山水风景只是起烘托人物的作用，或者给人物以活动空间，只有人物据于中心地位（《洛神图》），可以说山水还没有成为独立的表现对象。有人认为，这种情形一直持续了两百年，要到北朝入隋的展子虔那里才有改变，现存的展子虔的《游春图》或许是中国最早的真正意义上的山水画（因为其他的山水画均已散佚），在《游春图》中，观众面对的是大好河山，画中虽有三五人物，但都只是点缀而已，山水已然成为主要的展示对象，并且逐渐发展出山水画的整套技法。按唐代张彦远在其《历代名画记》中的说法，魏晋以来，山水绘画中的许多课题没有得到很好的解决，“其画山水，则群峰之势，若钿饰犀栉。或水不容泛，或人大于山，率皆附以树石，映带其地。列植之状，则若伸臂布指”[2]。到了展子虔那里，才开始有所改变。展子虔的最大贡献是有了一种新的透视眼光，即做到了“咫尺千里”，在画幅的方寸之内将远山近水统统收揽眼底。“咫尺千里”是张彦远引用了僧琮的说法，可能张彦远本人没有觉察到一种新的透视法和新的空间意识的产生，会对日后的山水画创作有多大影响，会在绘画史上有什么了不得的意义，因此在对展子虔

---

[1]　（南朝）宗炳：《画山水序》，载俞剑华编：《中国画论类编》，人民美术出版社，1986年，第583—584页。

[2]　（唐）张彦远：《历代名画记》，上海人民美术出版社，1964年，第26页。

画作的品评上，只给了“中品下”的地位。

也许在唐代，不仅张彦远，许多画家都未必关注山水画的空间，对于他们来说，具体的细节可能更为重要，这也反映在《历代名画记》中，如在论画山水树石一节中，作者对唐代阎立德、阎立本兄弟的绘画技法有较细致的观察与表述：“状石则务于雕透，如冰澌斧刃；绘树则刷脉镂叶，多栖梧菀柳。”并且对吴道子以还的一些画家，在山水画上的具体成就分别作了评点和交代，“由是山水之变，始于吴、成于二李（李将军李中书）。树石之状，妙于韦鶠，穷于张通（张璪也）。通能用紫毫秃锋，以掌摸色，中遗巧饰，外若混成。又若王右丞之重深、杨仆射之奇赡、朱审之浓秀、王宰之巧密、刘商之取象，其余作者非一皆不过之”。[1]

显然，在一些唐人眼中，山水还是一石一木的山水，而山水画空间作为整体得到表现，是在稍后的年代中，随着荆浩、关仝、董源、巨然等登上画坛而进入我们的视野的。在他们的画作中，雄奇的山势绵延远去，在空间上有了层次、远近和深度的统一，而北宋画家李成、范宽、郭熙等使得山水画更上一层楼，画面的布局、色彩所达到的和谐舒展及整体性，似规定了中国山水画以后的走向。由此绚烂唐诗中的景致和境界出现在宋人的画幅中，故有研究者认为：

五代和宋初山水画家追求的是画面的统一，朝向此目标迈进的第一步，是减少颜色的重要性或者完全不用色。由于早期山水如同花毯似的斑斓效果有打碎构局的倾向，对笔触的新强调就可以使画面统一起来。而最重要的是，他们发展出一套新技法，可以使画面

[1] （唐）张彦远：《历代名画记》，上海人民美术出版社，1964年，第26页。

产生连续而又一致的空间：例如使用若隐若现的云烟；视觉上有真实感的，能逐渐引人进入深处的退路；用浅墨表现远景，以示朦胧之象。一张山水画不再只是各种不同形象的集合，而是完整境界的体现。[1]

在五代和宋人的画中，像展子虔《游春图》中这样的人物也少见，只有影影绰绰的人影，即李成的《晴峦萧寺》、范宽的《溪山行旅图》、郭熙的《早春图》等，画中人影有如草木点缀其间。人物是景致的一部分，融入山水之间，而画家本人则处于一种超然的地位来表现这一切。用今天叙事学的理论来解释，画家是处在一种全知全能的视角上来审视和把握对象的。

自此，山水画成为一种传统，特别是文人画的传统，影响了一代又一代的来者。在此过程中，山水画也越来越成为一种程式，成为一种笔墨技巧，成为一种修辞。即画中的山水未见得是大自然中的山水，而是画家心中的意念。画家无须实地临摹真山实水，而是要在已有山水画的程式中有所超越，注入新的表现形式。这或许就是“文人画”出现的缘由。

十

“文人画”本是指文化人或士大夫所作的画，有别于专业画家如画院待诏等所作的院体画或民间画工的行画。

[1]　[美]高居翰著，李渝译：《图说中国绘画史》，三联书店，2014年，第26页。

“文人画”概念的提出，据说是出自明人董其昌的《画禅室随笔》，在此前，则有“士人画”或“士夫画”的说法，如苏轼在《又跋汉杰画山二首》中，就有“士人画”的提法，认为宋汉杰的画属于“真士人画也”，例如同是画马，画工“往往只取鞭策皮毛槽枥刍秣，无一点俊发”。而士人则“取其意气所到”，因此，气象就完全不同了。当然，对士人画也有另一种理解，如元代汤垕在《画鉴》中曾说道：“士夫游戏于画，往往象随笔化，景发兴新……”似乎对士人画的理解更加自由奔放一些，有异于苏东坡。在《画禅室随笔》中，董其昌将“士人作画”“文人之画”“士夫画”三者并提，且可以互换，应该是出于修辞上的需要。但是后来“文人画”的提法取代了之前的“士人画”或“士夫画”，可能是文人的含义比士人或士夫更宽泛的缘故。

依董其昌之言，文人画的历史可以上溯到王维：

> 文人之画，自王右丞始。其后董源、僧巨然、李成、范宽为嫡子。李龙眠、王晋卿、米南宫、及虎儿皆从董巨得来。直至元四大家。黄子久、王叔明、倪元镇、吴仲圭，皆其正传。吾朝文、沈，则又遥接衣钵。若马、夏，及李唐、刘松年，又是李大将军之派，非吾曹易学也。[1]

“文人画”为何要从王维算起？董其昌给出的理由是“王摩诘始用渲淡，一变钩研之法”，其所达到的效果或者说境界，有“云峰石迹，

[1] （明）董其昌：《画禅室随笔》，载《艺林名著丛刊》，根据世界书局1936年版影印，北京市中国书店，1983年，第43页。

迥出天机。笔意纵横，参乎造化者”之谓。[1] 除此之外，董其昌还以苏轼为佐证，苏东坡虽然称赞吴道子和王维的画，但是认为自己更接近王维，即“吾于维也无间然”，这某种意义上也可以看成是董其昌自己的绘画取向的表白。

文人画作为传统，是雅文学传统在绘画界的体现，山水也罢，梅兰菊竹也罢，花鸟鱼虫也罢，最初来自画家对大自然，对生活的观察和体悟，慢慢地在演进过程中，画家们对绘画的技法或者说修辞手段的关注取代了对绘画题材和绘画对象的关注。绘画的题材仿佛凝固起来了，即文人们除了对山水和特定的几种花鸟鱼虫感兴趣，对其他的大自然现象的兴趣和关注（当然更包括社会现象和生活百态）几乎统统被屏蔽，多少年以来，文人画的对象就集中在这样一个狭小的几近固定的题材领域中，一再被表现和重复表现。当然，文人画在题材这个领域虽然没有广度上的拓展，但是在深度上，即在时间的维度上却有上千年的绵延，于是绘画技法和与此相关联的表现手段及其漫长的表现历史渐渐成为独立的关注对象，并且越到后期，绘画技法和表现手段越是可能演变为某种程式和套路。即前期的山水画论如郭熙的《林泉高致》等，是有表现观念到表现技法的呼应的，即有“画意”的引领，然后再落到“画诀”上：如“山水先理会大山，名为主峰。主峰已定，方作以次……”[2] “林石先理会大松，名为宗老，宗老意定，方作以次……”[3]

再深入一步到描摹具体物象，则是“山有戴土，山有戴石。土山戴

[1]　（明）董其昌：《画禅室随笔》，载《艺林名著丛刊》，根据世界书局 1936 年版影印，北京市中国书店，1983 年，第 43 页。

[2]　（宋）郭熙：《林泉高致》，载俞剑华编：《中国画论类编》，人民美术出版社，1986 年，第 642 页。

[3]　同上。

石，林木瘦耸；石山戴土，林木肥茂。木有在山，木有在水。在山者土厚之处，有千尺之松；在水者，土薄之处，有数尺之檗。水有流水，石有磐石。水有瀑布，石有怪石。瀑布练飞于林表，怪石虎蹲于路隅。雨有欲雨，雪有欲雪。雨有大雨，雪有大雪。雨有雨霁，雪有雪霁。风有急风，云有归云。风有大风，云有轻云。大风有吹沙走石之势，轻云有薄罗引素之容。店舍依溪不依水冲，依溪以近水，不依水冲以为害；或有依水冲者，水虽冲之必无水害处也。村落依陆不依山，依陆以便耕，不依山以为耕远；或有依山者，山之间必有可耕处也”[1]。

由宋到明清，山水画总体上是一脉相传，但落实到细微的画法上各有千秋，也因此像董其昌在其《画禅室随笔》中似更加突出“画诀”。在许多明清画家的著述中，亦颇多类似《画诀》的出版物，如笪重光的《画诠》、龚贤的《画诀》、秦祖永的《桐阴画诀》《桐阴论画》等，都进入到十分具体的笔墨技巧之中。譬如：“画须先工树木，但四面有枝为难耳。山不必多，以简为贵。”如“作云林画，须用侧笔，有轻有重，不得用圆笔。其佳处在笔法秀峭耳”。[2] 再如“松叶宜厚，画松平顶多于直顶。画松正与画柳相反，画柳从下分枝，画松枝在树杪。柳枝向上，松枝两分。画柳根多，画松根少，松宜直，柳宜欹。松针宜平”[3]。又如“作画最忌湿笔，锋芒全为墨华淹渍，便不能着力矣。去湿之法，莫如用干”。“用笔要沉着，沉着则笔不浮，又要虚灵，虚灵则笔不板，解

[1] （宋）郭熙：《林泉高致》，载俞剑华编：《中国画论类编》，人民美术出版社，1986年，第642页。

[2] 以上见（明）董其昌：《画禅室随笔》，载《艺林名著丛刊》，北京市中国书店，1983年，第36页。

[3] 以上见（清）龚贤：《画诀》，载《艺林名著丛刊》，北京市中国书店，1983年，第6页。

此用笔，自有逐渐改观之效”。[1] 这些均表明在当时，人们对绘画经验的积累和某些程式的运用已经有了相当老到的认识和总结，并且这些经验和总结进入了出版和传播过程。

十一

本章之谈“文人画”，不是试图探讨“文人画”的画法、技巧和特征，而是想说，中国的山水画就如同元明清以来的雅文学，越到晚近就越注重表现技法和修辞，或者反过来说亦可，即中国的雅文学如同山水画，在相对传统的题材领域中行进，由于其在题材上的某种限制，外在的限制（如文字狱等）或受文人自身的视野限制，在关闭生活表现空间的同时，打开的是修辞空间。无论是前后七子的文学主张，还是董其昌有关“文人画”的理念，赓续的是传统的表现方法，即前后七子的“文必秦汉，诗必盛唐”与董其昌的“文人之画，自王右丞始”均强调的是从传统中吸收养分，而在这个过程中，所谓传统也慢慢演变为修辞的传统，亦即人们总是从最能显现的表现手段来认知传统，而传统也总是通过自己的表征得到认可，表征的领域某种意义上就是修辞领域，也因此，修辞的丰富性是跟语言的悠久历史密切相关的，只有在漫长的历史演进条件下，在丰厚的积淀过程中，人们才能理解修辞本身是文学的最不可或缺的内容。文学的宽广性前景和无限丰富性来自于两个朝向，如果说面对当下和未来，我们会获得来自生活所赐予我们的活力和多样的题材；

---

[1]　以上见（清）秦祖永：《桐阴画诀》，载《艺林名著丛刊》，北京市中国书店，1983年，第1页。

那么朝向历史，特别是悠久的历史，就是面对修辞的宝库。所谓作品语言的精细、凝练和雅致，所谓的韵味和格调等，是有丰富的语言历史作衬托的缘故，只有当我们沉浸在语言历史的海洋之中，才能真正感受到修辞魅力的源泉。

回过头来再谈文学的雅和俗，雅文学就是历史渊源相对深厚的文学，俗文学则是当下性的、相对流行和时尚的文学。文学的雅或俗不在其所表现的题材对象和生活内容上，而在于文学的语言修辞、表现方式等和历史的关联性上。因为一个时代最杰出的作家、诗人或画家，不是在和同时代的人对话，而是与历史上最优秀的前辈进行超时空交流与竞技的。[1] 正如杜甫在其《戏为六绝句》中论及的都是前辈诗人：屈、宋、庾信、王、杨、卢、骆等，以批评当时的某些“轻薄”文人，尽管后来的历史证明，大他十一岁的李白比初唐四杰更有突出的成就，更适合拿出来做批评的标杆。

其实，所谓“雅”是在历史的延续性中得到体现的。《诗经》也好，《乐府》也罢，是全部直接采自民间，还是经过文化人的修订？修订的部分占多少比例？这些都不重要，重要的是它们的历史性。即作为上古历史流传下来的文本，它们必然是雅的，也必须是雅的，或者说它们就是雅的化身。虽然，本文认为雅文学某种意义上就是指修辞传统，但是，它并不是某些被认定的具体的修辞和表达方式，只是当这些修辞和表达方式与历史传统结合时，才成为雅文学。

后人进行文学创作，可以沿袭前人传统，亦可自辟新路，倘若沿袭前辈的传统，至少在形式上会被认为是雅的，或有根基的。而自辟新路自创一格，则要冒一定的风险。如果创新的成果得到认可，也就是被历

[1] 美国学者、文学批评家哈罗德·布鲁姆在《影响的焦虑》和《影响的剖析》两书中均讨论过此问题。

史所承认，那么也就转化为雅文学的一部分，其实，说极端一些，所有的文学种类和文体，都是由起初的俗转正为雅的，只不过中间有一个发酵过程。只要该种文体在文学的历史上有一席之地，即可修成正果。

现在再检视中国文学史写作的百年历程，我们能认识到在反映论文学观占主导地位时，元明清以来的诗词文赋等雅文学为何会被忽略和部分否定，这其实是对作为修辞传统的文学的忽略和否定。正是从文学样式既要创新，又要反映现实生活的立场出发，文学史的编撰者们注重元代的杂剧，明清的长篇小说，并关注民间文学中的其他一些样式，由此，我们看到了某种意义上的“断裂的文学史”，即在宋代以前的部分，文学史的主要内容是介绍自古以来的诗文赋等等作品，自元代开始，由于产生了新的文体，或者说出现了更多的俗文学，开辟了新的文学疆界，那些继承上古传统的雅文学作品就得不到相应的承认，因为它们不仅在文学的形式上没有带来新的变化，在反映社会生活方面也不如后起的戏剧与小说那么宽广。只有当我们承认文学史既是反映社会生活的历史，同时也是一部修辞的历史时，所谓雅文学才会被重新写进文学史。

第六章　小说的地位

一

中国的小说创作，在明清两代得到了长足的发展，出现了以作者个人署名的长篇小说以及各种拟话本小说，这些创作按鲁迅在《中国小说史略》中的划分，有讲史小说、神魔小说、人情小说、讽刺小说、侠邪小说、侠义和公案小说、谴责小说等。明清两代小说的兴盛虽然有多种原因，其中市井生活的繁荣、出版事业的日渐发达、文化人（特别是科场失意的文化人）的意趣和投入是相当重要的因素。

小说创作兴盛归兴盛，但是它不入正统文化人的法眼，清人刘熙载的《艺概》包罗虽广，有《文概》《诗概》《赋概》《词曲概》《书概》《经义概》等诸种，就是不提及小说。小说不被重视是因为在传统的观念中，小说不是正经的文类，其虽有可观者，但只是“君子弗为”的“小道”而已，故纪昀在撰《四库全书总目提要》时，不仅承袭班固等旧说，将小说视为“街谈巷说，甚细碎之言也”[1]。而且对小说上千年来的发

[1]　鲁迅：《中国小说史略》，上海古籍出版社，2006 年，第 12 页。

展似乎视而未见，似乎小说的功能还只是停留在猎奇和劝善戒恶之用，故谓：“唐宋而后，作者弥繁，中间诬谩失真，妖妄荧听者，固为不少，然寓劝戒，广见闻，资考证者，亦错出其中。”[1]

然而，小说在社会生活中的作用并不因为没被文化体制所承认而可以小觑，当年，梁启超于《论小说与群治之关系》一文中就小说在中国社会的负面作用作了深刻的描述：

> 吾中国人状元宰相之思想何自来乎？小说也，吾中国人佳人才子之思想何自来乎？小说也；吾中国人江湖盗贼之思想何自来乎？小说也；吾中国人妖巫狐鬼之思想何自来乎？小说也。若是者，岂尝有人焉，提其耳而诲之，传诸钵而授之也？而下自屠爨贩卒妪娃童稚，上至大人先生高才硕学，凡此诸思想必居一于是。莫或使之，若或使之。盖百数十种小说之力直接间接以毒人，如此其甚也。即有不好读小说者，而此等小说，既已渐溃社会，成为风气；其未出胎也，固已承此遗传焉；其既入世也，又复受此感染焉。虽有贤智，亦不以自拔，故谓之间接。今我国民，惑堪舆，惑相命，惑卜筮，惑祈禳，因风水而阻止铁路，阻止开矿，争坟墓而阖族械斗，杀人如草，因迎神赛会而岁耗百万金钱，废时生事，消耗国力者，曰惟小说之故。今我国民慕科第若膻，趋爵禄若鹜，奴颜婢膝，寡廉鲜耻，惟思以十年萤雪，暮夜苞苴，易其归骄妻妾、武断乡曲一日之快，遂至名节大防扫地以尽者，曰惟小说之故。今我国民轻弃信义，权谋诡诈，云翻雨覆，苛刻凉薄，驯至尽人皆机心，举国皆荆棘者，曰惟小说之故。[2]

[1]　《四库全书总目》卷一四〇“子部小说家类一”。

[2]　梁启超：《梁启超全集》（第2卷），北京出版社，1999年，第884—885页。

由此，梁启超才有“欲新民，必自新小说始”的大声呼吁。日后在“五四”文学革命中，白话诗和以鲁迅为代表的现代小说的出现，可以看成是梁启超“新民说”的延续。

我们虽然有理由质疑梁启超将社会风气、世道人心的好坏全交给小说承担的做法，但是也应该认识到小说对于风俗人情有某种强大的潜移默化的力量，特别是在晚清，现代印刷工业的兴起，使得小说的流播更加广泛便捷，对于国人个体和社会心理必然会产生更大的影响力。

然而尽管在20世纪初，梁启超对小说的社会功能有相当深刻的认识，小说自身的繁盛，也足以作为一种文体和文学现象进入文学史中，可是这些均没有引起一班学者和文论史家们的重视，所以无论是林传甲，还是黄人的《中国文学史》，或者是十多年之后，谢无量的《中国大文学史》，再或者朱希祖的和吴梅的文学史讲稿，均没有小说的地位，自然也就没有与小说相关的章节。甚至连胡适的《白话文学史》亦无小说，按理没有比白话文学史更适合小说的安放，胡适在有关《白话文学史》的写作提纲中也列入了“小说”的名目，但是由于种种原因，胡适的《白话文学史》只写到唐代就戛然而止。郑振铎的《插图本中国文学史》似乎在思路上延续了《白话文学史》的某种轨迹，将敦煌的变文，宋代的话本、讲史与英雄传奇，明代的长篇小说等纳入文学史系统。为此还在1938年专门写了《中国俗文学史》，将小说和戏曲以外的，在其《插图本中国文学史》中未及收录的，或者仅仅提及而未及展开的六朝民歌、敦煌变文，宋金元三代的鼓子词和诸宫调、宝卷和弹词等通俗的、民间的、大众的文学统统搜罗在册。由此似可说，郑振铎文学史中的小说，是以民间的、通俗的、白话的身份被看重，还是处于为小说争取正统地位的过程之中。

然而除了郑振铎，1930年代左右编写的文学史讲义或面世的中国文学史，少有涉及小说的，如前文提及的刘大白的文学史，还有傅斯年、游国恩、钱基博等人的有关文学史讲义（当时虽然未出版，但已形成完整讲稿），均无小说的地位，其中有的如胡适的文学史，只有上半部分，唐以后的阙如，自然就不涉到明清时代的小说，有的虽然延续到清末，但就是不见提及小说和戏曲。另外，像赵景深、胡怀琛、胡云翼等所著述的文学史，以及直到1940年代的林庚《中国文学史》，虽然都有小说的篇章，但是给今人的感觉是点到即止，还有的断代文学史，如宋佩韦于1934年出版的《明文学史》、张宗祥于1930年出版的《清代文学》仍然只注重诗和文，并无小说的篇幅。也许除了传统观念作祟，小说作为一种通俗文体，应该如何来看待和处理对于老文化人是一个棘手的问题，或者说文史学者们的心里还未有一个相应的可以安放小说的框架。

自然，这里不能不提及鲁迅的《中国小说史略》，作为中国小说史的发轫之作扛鼎之作，似乎只有鲁迅来完成才顺理成章。"五四"新文化运动的先驱者，第一流的作家、小说家和学者，同时又作为大学教员，这几种身份的合一，决定了鲁迅成为这个领域无出其右的拓荒者，实际上鲁迅之后，很长一段时间里还是后无来者。

今天在任何一个有规模的图书馆，中国小说史著述和相关的小说史研究专著，总有百多种之多，可是在1920年代，《中国小说史略》的面世可谓绝响，如同此前十年，王国维的《宋元戏曲史》的问世，有石破天惊之感。难怪蔡元培在鲁迅逝世所献的挽联上，以《中国小说史略》作为鲁迅的学术代表作，"著述最谨严非徒中国小说史，遗言太沉痛莫作空头文学家"[1]。也许这种筚路蓝缕的开拓工作，必须借助大师之手，才能找到方向，否则有无从下手之感。然而，即便鲁迅对中国古代

[1]　参见郭豫适为《中国小说史略》所作前言，上海古籍出版社，2006年，第1页。

小说的历史面貌作了清晰的勾勒，并在小说史料的搜订上花了很大的工夫，如钩沉编辑了《古小说钩沉》《小说旧闻钞》《唐宋传奇集》等，可是在1930年代前后编辑的多部文学史还是没有小说的地位，不能不说旧有的正统文学观对文化人的影响至深，以致无法在短时期内摆脱。

二

所谓正统的文学观，不是仅仅建立在某种固定的理论形态上的，比如儒家的“文以载道”观，或者“哀而不伤，怨而不怒”等诗教上，正统的文学观是历史的产物，它是许多相关观念的整合，如“诗言志”“思无邪”；如“诗缘情而绮靡，赋体物而浏亮”；如“意新语工”“言近旨远”，如文章讲究“义理、考据、辞章”等，这些讲究其实就是文学传统。长期以来，诗、赋、文一直是文化人讨论的对象，从宋代一直到清代的诗话、词话，再或者桐城派的文论，关注的基本就是那几类文体，因为它们是两千年来长久不衰的文体，又是上层阶级之间，文化人之间应酬交流的谈资，也是要踏入这一文化圈的士人们的一道门槛，这就是所谓“不学诗，无以言”。

另一方面，通俗的文艺，虽然娱人耳目，但是文化人在这方面的兴趣往往会被自觉屏蔽。特别是明清以还的文人士大夫，尽管有机会读到各种小说，但是都回避讨论小说，毕竟，小说只是“小道”，“乃谓琐屑之言，非道述所在”（鲁迅语），于“君子弗为”，因此尽管那时小说兴旺，它还是没有资格与其他文学样式平起平坐，进入神圣的文学殿堂。尽管小说中含诗词文赋（如在《红楼梦》和当时的一些言情小说中，诗词文赋都相当出色），因为它们出现在不是正宗的文学样式里，所以也连带被视而不见，只有“非圣无法”的李贽、绝意仕进的金圣叹、毛宗岗等才予以关注，故他们的小说评点和批注开启了中国古代小说批评的先河。“到了清代，凡是比较有名的小说几乎都有评点”[1]，特别是金圣叹将小说批点作为事业，似乎是无意于在体制内为官的另一种文化上的表态。当然他们也是文化发展和文学演进的先驱和推动者，或许他们看到了小说发展的开阔前景，看到了小说有如后人梁启超所言的“熏浸刺提”的社会功能，再或者发现了如叶朗在《中国小说美学》中所强调的“人文主义”情怀和“市民阶层的审美趣味”，[2]总之，不管是出于什么考虑，小说为一部分对体制有某种抵制的文化人所看重，予以某种寄托。

如果说，诗词文赋作为中国文学的正统，是在长期的历史中逐渐形成，那么小说在1930年代之后逐渐得到重视，一路走高，到今天在各种版本的文学史中都享有极重要的一席，主要是来自某种观念的转变，其中最主要是白话文学观、心灵史文学观和反映论文学观，从这几种文学观着眼，小说就应该大大地予以重视。郑振铎在《插图本中国文学史》中以较多篇幅介绍中国古代的小说就是受到白话文学观和心灵史文学观的影响，林庚和刘大杰的文学史则更多是从“心灵史文学观”的立场出发的。不过，刘大杰在文学史写作的自序中，尽管强调文学“便是人类的灵魂，文学发展史便是人类情感与思想发展的历史”，但是在写作实践中却逐渐转向社会学立场，甚至更进一步，以阶级论来评价作品，体现了某种时代风气。1950年代后，反映论文学观强劲地改变了文学史的面貌，由此小说的地位，在文学史中大大提高了。

---

[1] 参见叶朗：《中国小说美学》，北京大学出版社，1982年，第11—15页。

[2] 同上。

三

说到小说地位的变化，刘大杰的《中国文学发展史》及其1962年的修订本是很好的佐证。

从其“文学发展史便是人类情感与思想发展的历史”的立场出发，刘大杰在编写过程中给予小说重要的地位。

前文提及，在刘大杰之前，已经有一些中国文学史将小说纳入其中，除了郑振铎之外，其他的几部文学史著述，如赵景深、胡云翼、胡怀琛等限于篇幅只是简要地介绍了中国古代各个时期的小说，没有展开论述，而在《中国文学发展史》中，情形就大为改观，有关小说的篇幅几近十万字，占其整部文学史的八分之一左右。以今天的眼光看，小说在文学史中早就应该有这样的地位，特别是明清的小说如此繁盛，又有所谓四大名著支撑，这些都为编纂者提供了丰富的资料。其实不然，史料是史料，解说则是另一回事。在20世纪三四十年代，从什么样的角度来阐释小说，还真是个问题。因为如何从整体文学史的角度纳入这些小说，并予以充分的分析和批评，可以借鉴的前人的成果并不多。

这里且以《水浒传》为例，由于鲁迅在《中国小说史略》中主要介绍了《水浒传》的本事和版本，水浒与《宣和遗事》的某种渊源关系等，并列举了《水浒传》现有的六种版本，称：“知现存之《水浒传》实有两种，其一简略，其一繁缛。”[1] 由此，日后的文学史家说到水浒，几乎没有不从版本说起的。如郑振铎在其文学史中说到《水浒传》，也是谈它的版本之差异，并在此基础上，简要地比较了嘉靖郭勋家所传之本与以前所传的简本之价值高低。再如胡云翼、刘经庵等也都在其文学史中谈水

[1] 鲁迅：《中国小说史略》，上海古籍出版社，2006年，第92页。

浒版本之别，几乎不对小说的内容展开阐释，当然在《中国纯文学史》中，刘经庵以对小说“鲁智深大闹五台山”的大段引录来作为示例，替代自己阐释，是一种颇为机智的写法。

刘大杰在其《中国文学发展史》中，也依惯例，将《水浒传》的本事渊源和版本作了介绍，与前述的几种文学史不同之处是，他接下来展开了自己的充分论述，认为水浒与演义体的《三国》完全不同：“《水浒》只取史中一点一滴，开展扩充，自由铺写，完全不为历史所拘，铺叙布局，可独出心裁，成为一自由创作的小说，故在文学上的成就，远较讲史为优”[1]，并认为该小说“白话的技巧，确已熟练。叙事细微曲折，写人生动有力……有声有色，确是有骨肉有力量的好文字”[2]。

然而，刘大杰在对《水浒传》的评价中，并不满足于艺术方面的赏析和阐释，而是开启了社会学读解，并已经运用阶级斗争的理论来分析小说所表现的内容：

> 这书的背景虽是写的宋朝，其实放到中国任何一个时代，都无不可，远至汉唐，近至现在都是差不多，在过去的历史中，哪一个时代，不是政府压迫民众，小人陷害君子，富人摧残穷人，男人诱骗女子，压力过大，自然会大大小小的生出反动来。结果是农民暴动，革命发生，他们失败的多，成功的少，于是正史上对于这一些失败的乱党暴徒一律称之为流寇，如黄巾、黄巢、闯贼以至于长毛，都是著名的例子。《水浒传》里所表现的人物，也是我国历代所共有的，古今的社会所共有的。如童贯、高俅、蔡京一类作威作福的贪官，张都监、张团练一类鱼肉小民的污吏……还有各种

[1] 刘大杰：《中国文学发展史》，百花文艺出版社，2007年，第531页。

[2] 同上书，第533页。

> 各样的土豪劣绅都不是宋朝社会的专有品，不要说古代，便是在今日中国的各处，这些贪官污吏恶棍泼皮道士和尚，满眼都是。因为如此，以宋朝的史实为材料而经明人的手写定的《水浒传》，他的生命是新鲜的，展开的各种场面，就好像是民国的社会，民国的人物，正如是昨天才写成的一部小说。因此不论在明清，不论在现在，这本书能供给各时代各种读者以种种不同的意义。官方与正统者，说它是一部强盗流寇的历史，但在民众的眼里，却是一部中国未曾有过的无产阶级的革命小说。[1]

这里不仅仅是一般意义上的社会学读解，而是具有马克思主义阶级论的社会学读解。据说，这一部分的内容是1943年完稿，于1949年1月份由中华书局出版的。[2] 考虑到出版当时中国的整体形势，读者能理解作者的这一激进的表述。不过，将水浒类比“无产阶级的革命小说”，实在不恰当，所以在1962年的修改本中，作者将此处改为“一部中国未曾有过的歌颂农民起义的小说”[3]。

这或许是中国文学史著作中对小说进行大段阐释的最早的社会学读解。小说这一文体，特别是长篇小说，由于其内容丰富，能展开广阔的社会生活场景，能描写林林总总的人物，可以刻画种种复杂的个体心理，揭示人们隐秘的内心世界等，这些都适合于作社会学心理学方面的读解。因此随着反映论文学观的风行，小说特别是长篇小说，比诗词歌赋，甚至戏曲更有阐释的空间。

刘大杰的《中国文学发展史》1962年的修订版比初版本增加了8

[1] 刘大杰：《中国文学发展史》，百花文艺出版社，2007年，第531—532页。

[2] 见陈尚君：《刘大杰先生和他的〈中国文学发展史〉》，同上书，第618页。

[3] 刘大杰：《中国文学发展史》（下册），复旦大学出版社，2011年，第181页。

万多字中，而在增加的篇幅中，有大约 4 万字就是增加在小说部分。笔者还是回到《水浒传》上，同样一部小说，由于反映论文学观的引入，现实主义的创作原则成为衡量一部小说是否优秀的尺子和批评标准，于是在小说的阐释上自然添加了新的内容，即关于小说的现实主义成就：

> 《水浒传》的现实主义艺术力量，在塑造人物形象和描绘人物性格方面，得到了卓越的成就。《水浒传》的写人物，不同于《西游记》的写神魔，不同于《儒林外史》的写士子，更不同于《红楼梦》的写名门闺秀、十二金钗。它所写的大都是出身贫贱的好汉，生龙活虎的英雄。它用的是粗线条的笔法，着墨多，色彩浓烈，用丰富多彩的词汇和粗豪泼辣的语言，描绘出各种不同阶级不同类型的人物形象。通过这些人物历史的变化和发展，展露出封建统治集团的黑暗面貌和人民的悲惨生活，以及英勇斗争的思想感情。[1]

站在反映论和现实主义的立场上，小说或长篇小说可以作丰富的多方面阐释，因此不难理解，小说在文学史中的地位，在 20 世纪三四十年代后，一步一步提高。

四

如果说在郑振铎，刘大杰等的著述中，小说取得了其应有的文学史

[1] 刘大杰：《中国文学发展史》（下册），复旦大学出版社，2011 年，第 182—183 页。

地位，那么在浦江清的《中国文学史讲义选编》中，小说几乎成为文学的代名词。这部1950年代的文学史课堂讲稿，基本只涉及小说和戏曲两大领域，表明了作者对叙事文学的重视。当然，我们有理由相信，浦江清这位于1920年代起就先后在清华大学、西南联大，最后到北京大学中文系任教的学者，不会没有小说和戏曲以外的文学史讲义，所以该讲义以"选编"的面目现身，但是在后人整理出版的讲义中，我们只看到这两大部分，至少表明，在其教育生涯的后期，对小说和通俗文学特别重视。因为在浦江清看来，"小说是现代文艺中最蓬勃发展、势力最大的文艺类型"[1]。

浦江清认为，在中国古典文坛，向来以诗和古文为正统，小说是被忽视的，受到排斥的。这是由于小说"用俚俗的语言、人民口语的语言，描写社会人情世态，暴露社会现实，富于现实性和人民性，因而为统治者所嫉视、不敢正视的"。当然，也正是由于这一原因，"它为一般市民所喜爱，实际上教育了人民大众。无论演史或小说，它们的势力不但达到识字的读者，并且通过说书艺术达到了一般文盲。小说和戏剧对于群众教育有同样的力量，对于略通文字的人，小说的力量更大"。[2]显然在浦江清看来小说之所以成为"势力最大的文艺类型"，是因为它的语言通俗易懂，可以影响到社会上大多数底层人们。另外，它的现实性和人民性也更易于为人民大众所接受。

或许浦江清的文学史的意义不仅仅在于将小说放在重要的地位——在某种意义上，可以说他是继鲁迅等之后又写了一部小说史——其意义还在于他在文学史中呈现了一种新的小说阐释话语。我们在日后的文学史中耳熟能详的那些概念范畴，在浦江清的讲义中都有了比较规

[1] 浦江清：《中国文学史讲义选编》，江苏文艺出版社，2011年，第3页。

[2] 同上书，第4—5页。

范的表达。如首先论述小说的思想性与人民性，其次揭示小说的艺术成就，当然还要讨论典型环境中的典型人物等。还有这样一些小标题，如“三言”“两拍”题材的多样性；《儒林外史》的主题及思想内容；贾宝玉的叛逆性及其爱情悲剧；《红楼梦》中的女性形象；等等。应该说这样一整套有关小说的阐释话语，为以前的文学史所未见。由于浦江清在1957年就去世，这也许可以视为建立在反映论文学史观基础上的，最早的关于小说的阐释话语。因为在之前，无论在郑振铎、林庚、刘大杰还是别的文学史著作中，或者再往前，在鲁迅的《中国小说史略》中，都不引导读者从思想性和人民性上来把握小说，也不是从典型性上来理解小说人物的，此前的一些文学史，如关注《水浒》主要是关注其各种版本，关注《红楼》，则讨论它到底是自叙传还是索隐。尽管刘大杰在1940年代的文学史中已经将小说作为社会的镜像来读解，但是也没有像浦江清那样，运用较规范的阐释话语来展示小说的思想性、人民性和艺术性，并进一步深入剖析小说的人物形象。

浦江清相对规范的小说阐释话语，虽然为1950年代最前沿（由于许多文学史学者当初的讲义，日后并非都得到出版，因此从现有出版物判断，浦著是最早的），却非自创。因为1940年代末1950年代初，中国的政治巨变，也决定了文化和思想领域的走向，具体到文学思想和文艺理论，受到了苏联的马克思列宁主义文艺思想的深刻影响，这些影响自然渗透到中国古代文学史的教学中。其时“苏联近年来唯一的一本大学文学理论教科书”[1]，由季摩菲耶夫撰写的《文学原理》在中国翻译出版，苏联专家毕达可夫于1954年春到1955年夏，为北京大学中国语言文学系的文艺理论专业研究生授课的讲稿《文艺学引论》，日后也由

[1] [苏联]季摩菲耶夫著，查良铮译：《怎样分析文学作品》，平明出版社，1953年，第1页。

高等教育出版社出版。只要翻看这些著作，读者就能明白中国的文艺理论和文学教科书的大部分思想和理论来源。其时，查良铮在翻译季摩菲耶夫的著作时，有“译者的话”为我们提示了1950年代初的这一情形和相应的氛围：“全国解放以来，我国的大学和中学的文学课堂上，以及广大的爱好文学的读者群中，都感到一个迫切的需要：要掌握新的文学理论，要获得马列主义的文学科学的知识。出版界为满足这种需要，出过不少文学理论的译著。如马、恩、列、斯论文学的经典著作，和苏联杂志中关于文学的论文等，都陆续翻译出来。”[1]

在季摩菲耶夫的《怎样分析文学作品》一书中[2]，作者强调的是文学创作中内容和形式的统一，另外对于作品思想和主题、文学作品的结构与情节，还有文学作品的语言及作品中人物语言的个性化和典型化问题等均有论述。

毕达可夫的《文艺学引论》则分为三个部分：一、文学的一般学说；二、文学作品的构成；三、文学的发展过程。在其中，作者分别强调了文学的人民性和艺术性，艺术作品的典型问题，有关艺术创作的方法问题，如古典主义、浪漫主义、批判现实主义、社会主义现实主义等。[3]

这里可以看出，无论是季摩菲耶夫，还是毕达可夫的文艺学理论，均面对于叙事文学，也适合于叙事文学，特别是用来阐释小说。因为小说的容量和一定的长度，能折射出社会生活的各个方面，特别是优秀的长篇小说，可以作为生动的社会历史生活画卷来读解，由此马克思主义的社会历史批评在这里大有用武之地，更何况以马克思主义为理论基

[1] [苏联]季摩菲耶夫著，查良铮译:《怎样分析文学作品》，平明出版社，1953年，第1页。

[2] 该书是作者《文学原理》教科书的第二部分。

[3] 参见毕达可夫:《文艺学引论》“目录”，高等教育出版社，1958年。

础的苏联的文艺理论在叙事文学的阐释方面又拓展出相应的空间，遂在1950年代的中国，顺理成章地成为文学界的主导理论。

五

前文已提及，中国的叙事文学尽管在明清之际很是兴旺，但是并不入中国大多数文化人的法眼，这里除了传统的制约，也与中国古代文艺理论缺少相应的小说阐释话语有关。笔者在早年的《神话与诗学》一文中认为，中国古代文论在某种意义上可以看作“抒情诗学”，以与西方的“叙事诗学”相对应。[1]这里，所谓“抒情诗学”是指中国古典诗学的一整套概念范畴基本是面对抒情诗而言的，无论是“言志”，还是“缘情”；无论是“神思”“风骨”，还是“情采”；无论是“言外之意”，还是“韵外之致”；无论是“意境”“神韵”还是“境界”，无论是“养浩然之气”，还是讲究“才、胆、识、力”，似乎都与我们今天理解的叙事文学无关。传统的中国诗学似只能与日益精致的中国诗文相匹配，或者说它们就是在占统治地位的中国文化上同步生长出来的，故新一代的学者无法用古代文论来阐释那些俚俗的，适合大众口味的小说，必须另寻路径。

中国古典小说之所以在20世纪的现代得到重视，根本原因是受西方文学思潮影响的结果。以浦江清的说法：“小说的被重视，始于清末梁启超辈受外国文学的影响，五四运动以后更被重视。第一部研究小说历史的是鲁迅先生的《中国小说史略》，成书在王国维《宋元戏

[1]　参见笔者《神话与诗学》，载《北京文学》，1989年第5期。

曲史》后。明代的胡应麟，清代的俞樾，在他们的笔记里有些小说考证材料。民国十几年间，蒋瑞藻收集小说考证材料著《小说考证》（中间包括有戏曲考证，小说是广义的），此后研究小说的人就多了，但是除了鲁迅以外，也只有郭箴一《中国小说史》二册（商务），郑振铎《中国俗文学史》和《插图本中国文学史》中的部分，可以供我们参考。”[1]

浦江清似为我们作了现代中国小说研究的最初的简约勾勒，虽然是极为粗线条的勾勒，并不全面，但也大致可以看出，以往的小说研究成果，基本多在材料的搜集和考证方面，在小说的阐释话语方面并无有影响的拓展和成果，因此在1930年代以后，像郑振铎、赵景深、胡云翼、刘经庵、林庚、刘大杰等，借助西方的文艺理论来阐释和论述小说，只是那时尚未形成相对规范的理论话语。[2]至1950年代，由于国家统治意识形态方面的转变，引入了来自苏联的马克思主义文艺理论，像浦江清等一辈学者（包括詹安泰、姜书阁等），在其文学史著述中，逐步建构起现实主义的和反映论的文学史阐释话语，而在小说和叙事文学方面则尤甚。这样，小说由最初被文学史拒之门外，到占有一席之地，成为中国文学史的配角，再到1950年代以后，登堂入室，成为文学史的主角，不能不说与一整套叙事作品阐释话语的逐渐形成和发展有着莫大的关系。

既然说到小说的地位，这里似还应该提及中国古代戏剧（或戏曲），因为在中国文学史上，戏剧和小说基本是同命运的，在漫长的岁月里，它们一同受到正统文化观的排斥，20世纪后，又逐渐为人们所重视。

---

[1] 浦江清著，浦汉明、彭书麟整理：《浦江清中国文学史讲义·宋元部分》，天津古籍出版社，2007年，第166页。

[2] 前文提及的刘大杰1962年的《中国文学发展史》修订本，就是佐证。

王国维的《宋元戏曲史》可以看成是戏剧研究在现代的开山之作。中国古代戏曲和小说一样，是中国文化的宝库，戏剧的通俗性及大众性使其更易于传播而为人们所喜闻乐见，因此就其对社会风俗和社会心理的潜移默化方面，就其对底层人民的思想和观念的影响上，可以说比小说有过之而无不及。由此，戏剧文本作为文学对象，进入中国文学史是顺理成章的事情，在郑振铎和刘大杰等的文学史著述中，戏剧就取得了比较牢固的地位，而浦江清的《中国文学史讲义选编》，小说和戏剧的篇幅各占一半，更是强调了戏剧的重要性，并表明了作者在这方面的立场。

然而比较蹊跷的是，在文学史中我们发现编撰者经常运用小说的阐释框架来讲解戏剧，诸如从主题思想和人物形象入手等。这里不是说戏剧没有主题和人物，而是说，编写者将戏剧文本作为叙事文本来读解，是一种路径依赖。因为，戏剧本该有自身独特的阐释话语。中国古代就留有丰富的戏曲理论和戏曲创作方面的文献资料[1]，像王骥德的《曲律》、李渔的《闲情偶寄》均是内容厚实、包罗甚广的戏剧专著，还有金圣叹的《贯华堂第六才子书西厢记》等，这些均为后人解析戏剧作品提供了丰富的思想和理论资源。另外，西方也有丰厚的戏剧理论可资借鉴，但是具体到戏剧文本，人们还是依赖一般意义上的叙事作品进行读解，这不得不说是小说阐释话语的强大，它取代了戏剧文学的阐释。这也从一个侧面表明了小说地位的提高。

[1] 从俞为民、孙蓉蓉主编的《历代曲话汇编——新编中国古代戏曲论著集成》（黄山书社，2006年）来看，中国古代的戏曲理论资源比小说理论要丰厚得多。

六

当然，最能够说明小说地位的提高，是小说在文学史中所占的篇幅。这里仅以手头常见的文学史著作中明清小说的篇幅为例。1930年代以来，尽管一些编撰者重视小说文体，由于没有一整套小说的阐释话语，小说在整部中国文学史中，所占的篇幅很少。例如在胡怀琛的《中国文学史概要》中，涉及明清小说的篇幅总不到4页。胡云翼的《新著中国文学史》，明清小说部分共11页，约为整部著述容量的1/20。赵景深的《中国文学小史》中，以上相关部分共占15页，不到整部著述的1/15。刘经庵的《中国纯文学史》比较特殊，该文学史体例独特，整部文学史分诗、词、戏曲、小说四个部分，小说占了整部著述24万字的1/3左右（大约8万字）。而其中，明清小说部分则有6万字强。然而，这里的6万多字，基本是大段引录小说的原文而来，并非有相应的阐释话语充实，因此更像是优秀小说作品的节选。

这种情形到了1950年代后有了极大的改观，受西方的“叙事诗学”，特别是有马克思主义文艺理论的引导，中国的文学史写作有了丰富的理论资源，特别是对小说，逐渐形成了一整套阐释话语。如前文所述，这一整套阐释话语最早体现在浦江清的文学史讲义之中，该讲义当时没有正式出版，又只涉及小说和戏剧部分，影响不广。这里还应该提及北京大学中文系文学专业1955级学生集体编著的《中国文学史》（1958），该文学史上接浦江清的小说的阐释话语并予以扩展，将之纳入阶级斗争和思想批判的领域，把文学史的写作推向了极端，该文学史也被称之为“红皮本”文学史（当然这也与最初出版时的封面颜色相对应），这只是在那个“插红旗，拔白旗”的特殊年代的个案，笔者在别处已有论述，此处就不再展开。

1960年代，中国文学史的写作有了短暂的繁荣期，此时，集体编写文学史开了风气（或许是受北京大学中文系1955级学生集体编写文学史的影响），除了刘大杰是个人重新修订《中国文学发展史》（1962年），另外两部有影响的文学史著述均是集体编著的产物，即中国科学院文学研究所中国文学史编写组的《中国文学史》（1962年），游国恩等人等撰写的《中国文学史》（1963年）。其中，游国恩本文学史是作为指定高等学校文科教材来编写的。这三部文学史就小说部分的篇幅而言，比之以前的诸种文学史，不可同日而语。如文学研究所余冠英本的中国文学史，近80万字，其中有关小说的篇幅，超过11万字，占总篇幅的1/8强。刘大杰的《中国文学发展史》1962年本，共84万字，小说部分则有12万多字，占总篇幅的1/7左右，亦即和他1940年代的版本相比，小说的部分在修订中增加的最多。游国恩本文学史，小说部分的文字共13万多，约占总篇幅的1/7强。可以说，这几种颇权威的文学史似乎为以后的各种版本文学史定下了基本格局。

自此之后，小说文体成为中国文学史的一个大宗（与此同时，戏曲也享有了同样的地位），并且论到小说，文学史的编写者一定不会遗漏魏晋南北朝的志怪或轶事小说，更不会无视唐传奇或宋代的话本。至于明清的长篇小说，基本已成为该时期文学史的主角，每一部长篇，都以独立的单元来展示，而本来处于主角地位的诗文、作家和相关流派，如台阁体、茶陵派、前后七子、唐宋派、公安派等，都可被归并在某一个时期或某一个单元中，一并简约地交代，有的文学史干脆将原先居于正统地位的一干文化人直接省略了，直奔小说和戏曲而去，文学史由此呈现出与以前绝然不同的面貌。

不过应该看到，一方面1950年代后期的文学史与以往的文学史拉开了距离，另一方面，这些在同一时期出版的文学史著述之间，思想内容又十分相近。还是以上文提及的三种颇为权威的文学史为例，由于依照着同一个指导思想，即均强调“力图遵循马克思列宁主义观点，比较系统地介绍中国古代文学的发展过程，并给古代作家和作品以较为恰当的评价”[1]。或“力图遵循马克思列宁主义、毛泽东思想的原则来叙述和探究我国文学历史发展的过程及其规律，给各时代的作家和作品以应有的历史地位和恰当的评价”[2]。又由于运用现实主义的、反映论的批评理论，因此它们有着几乎相同的面貌。所谓相同的面貌，并不存在着某一种文学史是另一种的摹本，或者互相借鉴，而是在统一意识形态和同一指导思想下，这几种文学史从体例上看起来像孪生兄弟，特别是在小说部分。

因为在古代的诗词文赋方面，虽然大的评价标准相近，但是具体到讲解篇目的选择上，显出了各自的差别。即以《诗经》为例，余冠英本是以时代来划分的，即以西周前期、西周后期和东周来分别论述，无论是西周前期，还是东周时期，作者更加注重《国风》的介绍，因为《国风》更多地反映底层劳动人民的生活和情感。游国恩本文学史则是从雅颂入手的，首先当然是因为雅颂是西周早期的作品，年代更加久远一些，另外，作者强调“雅诗和颂诗都是统治阶级在特定场合所用的乐歌。由于它们从不同的角度反映了社会生活的一些方面，直到今天还有其社会意义和认识价值”[3]，因此也给读者留下了较深的印象。

在小说部分，情形则不同，虽然宋以前的部分，如六朝志怪志异

---

[1] 余冠英等：《中国文学史》，人民文学出版社，1962年，第1页。

[2] 游国恩等主编：《中国文学史》，人民文学出版社，1963年，第1页。

[3] 同上书，第33—34页。

小说、唐传奇等，在选取上也是各有千秋，到明清部分后，由于长篇小说内容的限制，必然绕不开四大名著《三国意义》《水浒传》《西游记》《红楼梦》，也肯定会提及《金瓶梅》《聊斋志异》《儒林外史》等。由于内容和体例上的相近，不同的文学史著述想要拉开一定的距离并不容易。

然而，这一情形可能促使文学史编撰者们在小说的阐释和评价上拓宽思路，从不同的角度来加以论述。好在小说，特别是长篇小说，所表现的广阔的社会生活本身就提供了种种阐释的可能性。况且人们还认识到由于文学作品是“形象大于作家的思想”，所以任何作品都给人们留下了一定的阐释范围。其时，季摩菲耶夫的文学理论十分流行，他认为作家的思想和作品的客观思想，应该分别来对待，不管“作家给与他的题材以怎样的解释，我们还是有权利在其中去寻索被我们认为合理的结论。我们在认出作家对他的题材的评价后，应该随即问道：这评价是有多少是和我们的生活理解相符合的地方？只有如此，我们才能充分地理解作品。”[1] 由此，可以说在统一指导思想的前提下，每一部文学史还可以探寻自认为“合理的结论”，并为此寻找到一定的发挥空间。

七

在文学史中，小说地位的提高，以小说篇幅的增加为最显在的标志，而小说篇幅的增加，则是以阐释话语的丰富性和多样性为前提的，随着描述小说的话语越来越丰富多样，小说的文学或社会学价值便得到

[1] [苏联]季摩菲耶夫著，查良铮译：《怎样分析文学作品》，平明出版社，1953年，第29页。

更多的揭示和认可。这里谨以中国古代最优秀最有代表性的小说《红楼梦》为例，可以看到在这部小说的评述中，相关的描述性话语是怎样一步一步展开、积累并日渐构成一个丰厚的阐释系统的。

在早年的一些文学史中，有关《红楼梦》和作者的交代，基本是以鲁迅的《中国小说史略》为版本，或者就这部奇书到底是自叙传还是索隐之作，略作介绍。

至1940年代刘大杰的《中国文学发展史》，情形有了明显的变化，开始讨论《红楼梦》的"文学价值"。作者认为，比起其他的长篇小说来，《红楼梦》的结构更加严整，因为它"是完整而细密的，就现在一百二十回的情状看来，确实成为一个很好的悲剧的结构。由事体的发展变化而达到最高潮，终于破灭，这径路不能不说是合理的。在长篇小说的形式上讲，这一种结构实优于《儒林外史》的小组式。至于比起那些大团圆的喜剧式的作品来，《红楼梦》更是有动人的力量和悲剧美的价值"[1]。此外，《红楼梦》的另一层意义，就在于"作者无意中暴露了贵族家庭的种种真相"[2]。

1950年代，关于《红楼梦》的阐释，除了继续爱情悲剧，特别强调了该小说对于女性形象的刻画，如浦江清认为"《红楼梦》的完整的结构，与女性形象的美妙，细腻，深刻的心理的描写，已经创造了严密的近代小说了"，并称"《水浒传》写英雄，《儒林外史》写儒林，《红楼梦》写女性，各擅一长"[3]。也许正是小说的女性形象的出色描写，使得作者更得出结论："《红楼梦》是中国古典文学艺术最成熟的作品，也是

[1] 见刘大杰：《中国文学发展史》，百花文艺出版社，2007年，第606页。

[2] 同上书，第607页。

[3] 见浦江清：《中国文学史讲义选编》，江苏文艺出版社，2011年，第209页。

最后的殿军，它孕育着反封建的、民主个人自由主义的思想。”[1]

在1960年代的几部权威文学史中，对于《红楼梦》的读解有某种规范化的趋势，即对于《红楼梦》这样的巨著，基本上是从三个方面，即思想内容、艺术成就及对后世的影响等来加以分别的论述。如文学研究所本的文学史认为：“《红楼梦》主要写的是一个悲剧的爱情故事，它以爱情故事为中心，联系着广阔的社会背景，揭露出封建统治阶级的奢靡丑恶，并从而展示出封建社会必然走向崩溃的历史命运。”[2] 另外，除了通过爱情悲剧，那一历史时期的许多重要社会景象，“又通过一个贵族大家庭的兴衰变化，把它复杂曲折地反映出来”[3]。而在艺术成就方面，作者认为，主要是表现在人物形象的刻画上：

> 《红楼梦》在艺术上的巨大成就，首先是表现在善于塑造人物，而且是成群地塑造出来。其中有很多人物，都是作家根据生活第一次把它在中国文学史上创造出来的。……还有值得注意的是，曹雪芹在《红楼梦》中描写得最多的是妇女，而且主要又是写的那些在年龄、生活环境、生活方式等方面都很相同或近似的一大群少女。无疑，这种情形会给描写带来很大的困难。但是，曹雪芹不仅能够异常分明地写出她们各自不同的个性，而且对于某些性格比较类似而又有所差异的细微特征，也能纤毫毕露地镂刻出来。[4]

游国恩本文学史在对《红楼梦》的阐释上则强调其社会镜像的功能。

[1] 浦江清：《中国文学史讲义选编》，江苏文艺出版社，2011年，第188页。

[2] 中国社会科学院文学研究所：《中国文学史》（第3册），人民文学出版社，1982年，第1106页。

[3] 同上。

[4] 同上书，第1119—1120页。

该文学史认为，“曹雪芹敏锐地感到时代风雨的来临，在自己丰富生活的基础上，创作了这部不朽的巨著，——全面而深刻地反映了这个时代的特征”[1]。“《红楼梦》所描写的不是‘洞房花烛，金榜题名’的爱情故事；而是写封建贵族的青年贾宝玉、林黛玉、薛宝钗之间的恋爱和婚姻悲剧。小说的巨大的社会意义在于它不是孤立地去描写这个爱情悲剧，而是以这个恋爱、婚姻悲剧为中心，写出了当时具有代表性的贾、王、史、薛四大家族的兴衰，其中又以贾府为中心，揭露了封建社会后期的种种黑暗和罪恶，及其不可克服的内在矛盾，对腐朽的封建统治阶级和行将崩溃的封建制度作了有力的批判，使读者预感到它必然要走向覆灭的命运。同时小说还通过对贵族叛逆者的歌颂，表达了新的朦胧的理想。在我国文学史上，还没有一部作品能把爱情的悲剧写得象《红楼梦》那样富有激动人心的力量；也没有一部作品能象它那样把爱情悲剧的社会根源揭示得如此全面、深刻，从而对封建社会作出最有力的批判。”[2]

在艺术成就方面，游本文学史除了称颂小说善于“在广阔的社会背景上，以精雕细琢的工夫，描绘了一大批活生生的典型形象”外，还指出小说擅长于用各种氛围和环境来表现人物的内心世界。

> 《红楼梦》善于把人物放在特定的艺术氛围里，来烘托出人物的内心情绪，给读者以强烈的感染。这是继承和发展了我国古典诗词和戏曲中情景交融的描写。它和《水浒》《三国》等小说主要以故事性强来吸引读者有所不同。如小说写大观园的第一个春天，几乎大观园中每一个人都感觉到春天的温馨。在这种欣欣向荣的气氛

[1] 游国恩等主编：《中国文学史》（第4册），人民文学出版社，1964年，第263页。

[2] 同上。

下，宝、黛的爱情也在顺利地发展着。二十九回起着力写出宝、黛爱情的矛盾和痛苦，这时气氛也令人特别烦躁。三十五回起，宝、黛之间的感情纠葛解决了，随着爱情的成熟，转入一个平静的阶段，这时天气也转变为清爽、宁静。但随之而来的他们的爱情和封建环境的矛盾更加尖锐，终于不能解决，这时气候又转入无限的萧瑟、悲凉，出现了一股浓烈的悲剧气氛。……在用环境来烘托人物性格方面，《红楼梦》也达到了极高的成就，在潇湘馆，蘅芜苑和秋爽斋等描写中，环境的特点和人物的性格无不异常协调。如潇湘馆的竹林、垂地的湘帘、悄无人声的绣房和透出幽香的碧纱窗，组成了一个富有诗情画意的境界。这个境界不仅和黛玉的气质完全相吻合，而且它反过来又把黛玉的形象衬托得更优美动人。[1]

这里必须看到，在五六十年代对于《红楼梦》的研讨，比之其他长篇小说研究有更加浓烈的氛围，这里除了《红楼梦》本身博大宏富，有可充分展开的批评空间外，还有政治方面的因素，因为毛泽东作为中国的最高领导人，直接或间接地参与了关于《红楼梦》的讨论和批评，并发表了相当多的谈话和见解。他先是鼓励李希凡、蓝翎等“小人物”向俞平伯等《红楼梦》研究权威“认真的开火”，期待着在“古典文学领域毒害青年三十余年的胡适资产阶级唯心论的斗争，可以开展起来”，[2]接着又希望党的高级干部也读读《红楼梦》，甚至要求大家读五遍。因此在“文化大革命”时期，许多文学作品均被当作封资修的“毒草”而禁止讨论，但《红楼梦》却是可以讨论的文学作品。

---

[1] 游国恩等主编：《中国文学史》（第4册），人民文学出版社，1964年，第276—277页。

[2] 毛泽东：《关于红楼梦问题研究的信》，1954年10月6日。转引自吴玉才编：《1949—1956年间的中国》，人民出版社，2016年，第152页。

这种情形导致相当多的文学史在论述明清长篇小说时，《红楼梦》总是成为篇幅最多的章节，这既是其自身的魅力，也是因为有关《红楼梦》的研究积累最厚，因此随着集体编撰的多卷本文学史内容的扩充，关于该小说的阐释也日渐加重，到20世纪末，袁行霈主编的《中国文学史》中，有关《红楼梦》的内容介绍和评析到达25000多字，依然成为所有文学作品中最重要的代表（当然相应的，其他长篇小说的评述也得到了扩充）。其中关于"贾宝玉和《红楼梦》的悲剧世界""《红楼梦》的人物塑造"和"《红楼梦》的叙事艺术"等章节均有充分的论述，特别是有关《红楼梦》的叙事艺术的阐释，更是吸收了1980年代以来学界的叙事学成果，对于该小说"浑然一体的网状结构""叙事视角的变化"等作了深入的探讨。[1]

八

上文以《红楼梦》为例，说明随着小说地位的提高，其阐释话语在文学史的写作过程中也日趋丰满，当然反过来说亦可，即随着小说阐释话语的发展，加之西方文学理论，如从反映论到叙事学的引入，使得小说在文学史上的地位大大提高，在文学史的总篇幅中越来越占有重要的一席之地。

如果目光稍许拉开一些，我们从整体的文学史移向文学分类史或文体的专门史，就会发现，小说史和相关研究著作或许是20世纪最有气象的文学分类史，以20世纪前期而言，除了人所皆知的鲁迅的《中国

[1] 袁行霈主编：《中国文学史》（第4卷），高等教育出版社，第304—324页。

小说史略》(1923)，在此前就有张静庐的《中国小说史大纲》(1920)，而后有孙楷第的《中国小说史》，范烟桥的《中国小说史》(1927)，陈汝衡的《说书小史》，郭希汾的《中国小说史略》(1934)，阿英的《弹词小说凭靠》《晚清小说史》(1934)，胡怀琛的《中国小说研究》《中国小说的起源及其演变》《中国小说概论》，谭正璧的《中国小说发达史》(1935)，郭箴一的《中国小说史》(1939)。蒋伯潜、蒋祖怡的《小说与戏剧》，蒋祖怡的《小说纂要》，刘开荣的《唐代小说研究》，许寿裳的《中国小说史》，[1] 只不过那时的小说和小说史研究并未纳入文学史传统之中，一些文学史著作依然无视小说，甚至完全没有小说的篇幅。正如鲁迅所称："中国之小说自来无史；有之，则先见于外国人所作之中国文学史中，而后中国人所作者中亦有之，然其量皆不及全书之什一，故于小说仍不详。"[2]

但从1950年代起始，这一传统已经逆转，特别是到八九十年代之后，情形则完全改变，林林总总的小说史（包括分类的和断代的）与相关研究著述，蜂拥而至，如胡士莹《话本小说概论》，李建国《唐前志怪小说史》，方正耀《明清人情小说研究》，齐裕焜《中国古代小说演变史》，徐君慧《中国小说史》，石昌渝《中国小说源流论》，李悔吾《中国小说史漫稿》，杨子坚《新编中国小说史》，陈文新《文言小说审美发展史》，侯忠义《中国文言小说史稿》，吴志达《中国文言小说史》，刘上生《中国古代小说艺术史》，杨义《中国古典小说史稿》，秦川《中国古代文言小说总集研究》，李建国、陈洪《中国小说通史》，刘勇强《中国古代小说史叙论》，王颖《才子佳人小说史论》，林辰《中国古代情爱小说史》，孙顺霖、陈协琹《中国笔记小说纵览》，等等，凡百种以上，

[1] 陈洪主编：《民国中国小说史著集成》，南开大学出版社，2014年。

[2] 鲁迅："序言"，《中国小说史略》，上海古籍出版社，2006年。

如果说，鲁迅的开山之作以小说史略名之，那么这些后起的小说史著述，有的卷帙扩充，内容倍增，有的则另辟新的角度，从小说源流和演变，从审美等角度入手展开研究，总之古代小说研究日益成为独立而颇有规模的学术领域。自然，在多卷本的各种中国古代文学史中，有关小说的内容也远远都超过了“全书之什一”，文学史的越写越厚与小说史的越写越厚基本是同步的。

从文体分类史的角度讲，中国古代文学有分别撰写的诗歌史、散文诗、戏曲史、小说史，诗歌史中不妨单列骚体和乐府，散文史中可以另有骈体文史，戏曲史中有杂剧、南戏和传奇等，每一种文学分类史，均可在原有的领域中单辟出空间，但是小说史的写法有些特别，不是说小说不能细分，而是小说史的路径不是由统到分，而是它一开始就以大包大揽的态度，把许多不同种类的叙事文体划归到自己的领域中来。鲁迅的《中国小说史略》，起步就包罗甚广，从上古神话传说到汉以后的志怪述异，统统纳入，尽管其开篇所列的 15 家共 1380 篇全都遗失，于史无存，但是那些篇目仍然有其价值。当然在鲁迅看来：“现存之所谓汉人小说，盖无一真出于汉人，晋以来，文人方士，皆有伪作，至宋明尚不绝。”[1]

作为文学分类史，其他文类是由其内在的规定性和文体来确立的，而小说则是将所有不规范的文类，或者说无法进入正统的文类的叙事文体一并收录在自己名下，因为一提及中国的小说，现代小说的概念显然不够用，现代小说是强调某种结构的叙事文体，是叙事艺术的产物，而中国古代的小说并无结构概念，无规制，亦无特定的文类，记事记言可，三言两语可，道听途说可，怪力乱神亦无不可，因

[1] 鲁迅：《中国小说史略》，上海古籍出版社，2006 年，第 15 页。

此有云："小说家者流，盖出于稗官野史，街谈巷议，道听途说者之所造也。"[1]

因此，有学者认为刘知几在其《史通·杂述》中认为小说起码包含这样十类内容：一、偏记；二、小录；三、逸事；四、琐言；五、郡书；六、家史；七、别传；八、杂记；九、地理书；十、都邑簿。[2]其实刘知几所概括的这些文类，并非全是所谓的"小说"，而是认为它们算不上历史，所以吕思勉在其评点中说道，"此篇乃刘氏所谓非正史者也"[3]。当然，任何前人都无法用几种文类来涵盖古代小说的全部内容。之所以出现上述情形是因为，一切正统文类之外的疆域，无比广阔。刘知几自然不会料到在他那个年代前后已经陆续出现被后人称之为传奇的篇什，并且在几百上千年之后，成为小说史的一个组成部分。

这里有一个较有趣的现象，即作为中国古代文学史整体，编写者关注较多的是明清的章回体长篇小说，不仅是因为这些章回小说的篇幅可观，内容宏富，代表了明清文学的最高成就，就如唐诗是唐代文学的高峰一般，还因为这些长篇小说以其连贯的情节、人物形象生动的刻画以及在社会生活的多方面展示上和现代意义上的小说基本相近，可以展开充分的阐释。而对此前的魏晋六朝的小说、唐传奇、宋代的话本小说的关注和阐释相对要少一些。但是在作为文学分类史的一些小说史著述中，情形就有些变化，中国古代小说——各种意义上的小说，如杂记、述异、逸事、小录、琐语、传奇等——相对更受关注一些，也许是因为明清的长篇小说被人们谈得太多了，无论在文学史内还是在文学史外，无论是通过阅读原著，还是通过广播、电影、电视剧，连环画等，人们

---

[1]　见（汉）班固《汉书·艺文志》。

[2]　石昌渝：《中国小说源流论》（修订版），三联书店，2015年，第4页。

[3]　（唐）刘知幾：《史通》，上海古籍出版社，2008年，第193页。

了解这些小说的基本内容。而中国古代那些难以归类的种种叙事文体，各有其价值，只是被各种典籍掩盖了光芒而已，恐怕只有小说史来安置它们比较恰当。当然如果硬要给这样一些文体一个统一的名称的话，那就是笔记，或笔记小说。

九

中国文学史中，小说地位的提高，是受现代思想和文学观念的影响所致，因此长篇章回体小说《水浒传》《红楼梦》等因其比较契合现代文学观念而得到充分的重视，在1950年代以来的文学史著述中，它们成为明清文学的主角。随着小说地位的提高，读者会发现在文学史的相关议题中，人们对古代小说的关注的热情也日益增长，这里说的古代小说不是指章回体长篇小说或话本小说，而是指笔记体小说，因为原先，在正统的观念上，笔记属于琐言，属于小道，再加之笔记从文体到内容均没有一定之规，因此这方面大量的文献没有受到足够的重视。然而文学史研究的深入和不断开拓，古代笔记就逐步进入研究者的视野。

中国古代小说是“饰小说以干县令”的小说，是“街谈巷议，道听途说”的小说，与现代小说不是同一个意义上的小说，但是这丝毫也不影响其在中华文化宝库中的重要地位。也许正是在这一点上，许多研究者还是愿意将各种笔记统称为小说，于是在文学史研究的范围内就出现了大量的笔记小说集、笔记小说大观等著述，如上海古籍出版社在20世纪末开始编选“历代笔记小说大观”丛书，分别按年代出版了《汉魏六朝笔记小说大观》《唐五代笔记小说大观》《宋元笔记小说大观》《明代笔记小说大观》《清代笔记小说大观》等。并在其“出版说明”中，概括了笔记小说的范围，其实是范围无限：

> “笔记小说”是泛指一切用文言写的志怪、传奇、杂录、琐闻、传记、随笔之类的著作，内容广泛驳杂，举凡天文地理、朝章国典、草木虫鱼、风俗民情、学术考证、鬼怪神仙、艳情传奇、笑话奇谈、逸事琐闻等等，宇宙之大，芥子之微，琳琅满目，真是包罗万象。文笔有的简洁朴实，有的情文相生、美丽动人，常为一般读者所喜爱。它是一座非常丰富、值得珍视的宝库，有着后人取之不尽的无价宝藏。[1]

那么，编辑者为何将“天文地理”“朝章国典”和“学术考证”等也算在小说的名目中？这里没有特别的说明，倒是有一个数量的统计：“据粗略的估计，中国的笔记小说，截至清末，大约不下于3000种。”[2]这里似乎能理解为除经、史等正统文体之外，一切短制的叙事文体统统可以纳入笔记小说之中，于是我们看到有两个方面的归并，第一，将所有个人的非关宏旨的“丛残小语”，或者对“治身理家，有可观之辞”的著述都作为笔记看待，第二，将所有的笔记都作为小说来论。

应该说以上“笔记小说大观”所体现的小说观只能说是古今混合的小说观，持这类混合小说观的研究者不在少数，如秦川的《中国古代文言小说总集》，孙顺霖、陈协琹的《中国笔记小说纵览》等均持相近的

[1] “出版说明”，《宋元笔记小说大观》，上海古籍出版社，2001年。

[2] 同上。

立场。石昌渝的《中国小说源流论》与前者不同，他将两汉以来的笔记分为两类，即一、笔记小说，二、野史笔记。作者认为："笔记小说和野史小说同是笔记文体，它们都是随笔记录和不拘体例的简短散文，但笔记小说偏重于记叙故事，具文学色彩，野史笔记偏重于记载史料，具史学色彩。"[1] 并从源流上来加以区分："两汉魏晋南北朝时期以志人、志怪小说为主体的笔记体文字，到唐代即分化成几种不同文体。志人小说和志怪小说这一支发展到新时期仍保持原有的实录性质和文章体例，它已褪去或淡化了宗教色彩，更具文学价值，这一类作品叫做笔记小说。古小说中的志人小说和涉及政治、历史、经济、文化、自然科学、社会生活等许多领域的劄记随笔之类的文字，发展成为一种具有史料价值的笔记体文字，这类作品叫做野史笔记。"[2]

虽然现代小说观早已为人们接受，文学研究者们自然清楚作为叙事艺术的现代小说的特征，但是他们还是愿意将所谓的笔记纳入小说范畴，是因为这种混合的小说观提高了以琐言为主的笔记文体的文学地位，因为在一些研究者的观念中，"小说是叙事文学的最高形式，判断一个国家或民族的文学水平及其繁荣程度，小说现象曾经是、现在也仍然是极重要的标志。作为人类成年的艺术，小说具有包罗万象的气魄，人类文化和社会生活几乎所有方面都可以在小说中得到反映，在这个意义上，小说可以说是用美学方法写成的历史——'风俗史'和心灵史"[3]。另外这种混合的小说观也省却了甄别上的麻烦，因为在许多情况下，人们无法在笔记体叙事文本中将历史真实和虚构作出判然分明的区分，将文学性和非文学性、审美性和非审美性作出铁定的判断。何满

[1] 石昌渝：《中国小说源流论》（修订版），三联书店，2015年，第135页。

[2] 同上。

[3] 李时人编校："前言"，《全唐五代小说》，中华书局，2014年，第9页。

子提出了若干条区分小说和非小说的原则，如：

> 相对于残丛小语和谈片，小说应有因果毕具的完整故事；
>
> 相对于叙述故事，小说应有超越故事的寓意；
>
> 相对于初具梗概的叙事短章，小说应有人物事件的较为细致宛曲的描写；
>
> 相对于记述轶闻等纯客观的事件记录，小说应有创作主体的蓄意经营；
>
> 相对于非美文的叙事，小说应有相对藻丽的美学语言，具有形象的可感性；
>
> 相对于六朝志怪、志人诸作的对其他著述的依附性（必须有先行的或相关的知识才能领会），小说应创造出独立自足的世界；
>
> 相对于支离散乱的故事集锦，小说应有完整的艺术逻辑所形成的统一体，这点与小说应有独立自足的艺术世界相应；
>
> 相对于泛记录某一人生现象的叙事（包括轶闻、谈片乃至完整的故事），小说应在叙述生活现象时提出促人思考的现实人生问题；
>
> 相对于前此已有的叙事作品，小说应有内容（所叙述的生活方面、人生问题等）和形式（表现方法，包括形象、结构、语言）上的创新意义，不雷同于前此已有的某一作品，至少有所开拓和表现上的独特风格（两篇完全相同的小说是没有的，不能并存的，其一篇必遭淘汰）；
>
> 进而求之，则对于原本缺乏概括意义的人生现象（人物、事件）的叙述，小说应有（哪怕是较不明显的）社会生活的典型意义。[1]

[1]　见李时人编校："前言"，《全唐五代小说》，中华书局，2014 年，第 19—20 页。

这里区分的原则尽管有十条之多，其实除了第一条比较容易辨别，其他诸条均存在着程度上的或主观读解上差别，并不能轻易地加以区分。因为所有的笔记体文字，在一定程度上，都有着某种自足性和寓意，有着虚构性和形象的可感性，也有着一定的社会意义并促使读者有所思考。人们无法对这些以笔记或琐言形式面世的历史文献作出十分明确的功能性区分：如想象的或纪实的，审美的或实用性的。

正如美国历史学家海登·怀特在其《元史学——十九世纪欧洲的历史想象》一书中所揭示，历史说到底也是一种叙事，是“叙事性散文话语形式中的一种言辞结构”[1]，亦即，怀特认为，历史叙事和文学叙事在语言学层面上没有什么根本区别，而且历史叙事的基础往往离不开修辞性表达。这位历史学家以下的这段表述或许可以解释，为什么在今天，人们将几乎所有的古代笔记都冠以笔记小说之名。怀特认为，尽管“随着19世纪历史学的科学化，历史编纂中大多数常用的方法假定，历史研究已经消解了它们与修辞性和文学性作品之间千余年来的联系。但是，就历史写作继续以基于日常经验的言说和写作为首选媒介来传达人们发现的过去而论，它仍然保留了修辞和文学的色彩。只要史学家继续使用基于日常经验的言说和写作，他们对于过去现象的表现以及对这些现象所做的思考就仍会是‘文学性的’、即‘诗性的’和‘修辞性的’，其方式完全不同于任何公认的明显是‘科学的’话语”[2]。

其实，将海登·怀特的史学思想移用到文学史研究上也蛮适用。现代以来，文学史努力将小说文体作为一种虚构的情感性和审美性文体与

[1] [美]海登·怀特著，陈新译：“序言”，《元史学：十九世纪欧洲的历史想象》，译林出版社，2009年，第1页。

[2] “中译本前言”，同上书，第1页。

其他叙事文体区分开来，将现代的小说概念和古代的小说概念区分开来，但是上千年的叙事传统在各种文体和作品间建立的牢固联系往往比区分的力量要大，因此在今天，古今混合的小说观在文学史写作中仍然有经久不衰的影响力，特别是在小说的地位上升的时期。

第七章 “思想内容”和“艺术成就”的两分阐释模式探析
——中国文学史研究观念演变案例研究

关注20世纪文学史研究观念的演变，1949年是一个重要年份，因为政权的更替，也因为政权更替在思想上和意识形态上带来的根本性变化，这些都对思想界、学术界和文学研究界产生了巨大的影响。

由此文学史研究观念也随之有相应转变，当然观念的转变是多方面的，其中之一就是对思想和艺术的二分，即将文学作品的思想价值和艺术价值分开来加以论述和评价。以我有限的识见，似乎1949年以前的诸多文学史著述从来不把思想性和艺术性分开来讨论，这种思想性和艺术性（或艺术风格、艺术特征等）二分的批评方法是1950年代后的专利，并且还延续到当下。

笔者曾在图书馆发现浦江清的《中国文学史讲义选编》，因对此书的出版背景了解甚少，想看看书中相关的介绍和说明。不料这本2011年由江苏文艺出版社出版的著述，居然没有任何前言后记的说明，即关于这本讲义的相关情况的交代：如著述或成稿的年份、最初的讲授对象、是初版还是再版，讲稿内容为何集中在中国古代小说和戏剧方面，等等。然而，当笔者翻检讲义目录，看到如下章节时，突然明白这应该是20世纪五六十年代的著述，如“西游记的内容及其思想性”“三国演义的思想性与人民性”“三国演义的艺术性”，等等(当然，其中“人民性”一词也坚定了我的判断)。浦江清虽然1957年就去世，学术生涯基本在20世纪上半叶，但是从讲稿目录判断，这本讲稿的最后定稿显然应该在1950年代中期。

一

我所见到的若干本1950年代前的文学史，在章节上均无后来所盛行的这种体例，即将思想内容和艺术成就分别进行论述。今天，有关中国文学史的著述可谓汗牛充栋，但是随便从书架上抽一本下来翻看，就会发现这种体例是如此的“深入人心”，几乎在那个时代以及随后的年代里成为一种公共体例。当然，其中最有影响的是1962年人民文学出版社出版的，由中国科学院文学研究所编著的《中国文学史》，以及1963年同样由该社出版的游国恩等人主编的《中国文学史》(高等学校文科教材)。在中国科学院文学所的版本中，像“《史记》的思想内容和艺术成就”“乐府民歌的思想内容和艺术成就”“李白诗歌的思想内容”“李白诗歌的艺术特点”这样的章节是基本的阐释套路；再如元杂剧《西厢记》和明小说《西游记》也都是按同一格局处理的，“《西厢记》的主题思想和人物形象”，之后是“《西厢记》的艺术特色”“《西游记》的主题思想和人物形象”，之后则是“《西游记》的艺术特色”[1]，一不小心容易看混。在游国恩等人主编的《中国文学史》中，这一体例

[1]　中国科学院文学研究所中国文学史编写组编写：《中国文学史》目录页，人民文学出版社，1962年。

和作品分析模式更加深入，只要有影响的大诗人，无论是陶渊明还是李白，杜甫还是白居易，陆游还是辛弃疾，均要对其诗歌作“思想性和艺术性”的分别考察。如此，中国的文学界学术界最有影响的机构团体、学术单位和高等学府，中国科学院文学所和北京大学的学者们，共同奠定了影响近半个世纪的文学史的思想内容和艺术成就的二分阐释模式。

这也是一个时代的总氛围，除前文提及的浦江清，还有詹安泰的《中国文学史》(1957 年）和姜书阁的《中国文学史纲要》(1961 年)，他们都已经在对某些文学作品，如《诗经》等，作思想内容和艺术形式的分别论述。之后，“文革”十年，唯一准许出版的文学史著述，就是1970 年代修订的刘大杰的《中国文学发展史》(后文将提及，这里不展开)。改革开放的八九十年代，尽管历经思想解放运动，各种学术思潮雨后春笋般破土而出，但是文学史撰写中“二分模式”一统天下的局面却未动摇。如北京大学出版社的《中国文学史纲要》(1983 年出版，此为中央广播电视大学教材)，北京师范大学出版社的《简明中国文学史》(1984 年)，高等教育出版社的《中国古代文学》(1988 年）等，均沿用了这一阐释模式。2009 年马积高的《中国古代文学史》，还是延续着思想内容和艺术成就的二分“传统”。除此之外，在 21 世纪新编的一些中国文学史中，还能见到一些类似的章节，如 2006 年由袁世硕、张可礼主编的《中国文学史》(中国人民大学出版社)，在“《聊斋志异》与明清文言小说”一章中，分别就“《聊斋志异》的思想内涵”和“《聊斋志异》的艺术创新”作了阐释。2013 年由刘跃进、陈洪主编的《中国古代文学史》(高等教育出版社）有关陶渊明一章中，有“陶渊明的思想”和“陶渊明的文学成就”两分的提法，这似乎是以上传统的残留。

当然，自 1990 年代以还，一方面有不少文学史，继续按这一套路撰写，另一方面，情形也有所改变，如 1996 年由章培恒等编著的《中国文学史》，有"艺术成就"或"文学成就"的章节，思想内容并没有单独提出。再之后，袁行霈主编的《中国文学史》(1999 年)，傅璇琮、蒋寅主编的《中国古代文学通论》(2004 年)，王齐洲《中国文学史简明教程》(2006 年）等，都打破了这一窠臼，有了新气象。

但是若我们的目光向前移，翻检 1949 年之前的一些文学史著述，情形就完全两样，那种思想性艺术性的绝然划分写法了无踪迹，无论在 20 世纪之初的文学史草创之作，如林传甲的、黄人的、谢无量的著述，还是二三十年代胡适的、傅斯年的，游国恩的、郑振铎的，或 1940 年代后相当成熟的著述，如林庚或刘大杰的文学史均如此。

这里不是讨论，文学史写作中能不能或应该不应该运用思想内容和艺术成就的两分模式，也不是依据此来评判一部文学史质量的高低，而是说，在 1950 年代，文学史研究观念确确实实发生了大的转变。

以最靠近五十年代出版的刘大杰的《中国文学发展史》为例，这本 1943 年完成的著作中（据作者本人所说是"因书局种种原因"晚到 1949 年 1 月才出版），[1] 所有被提及的文学作品，均没有思想内容和艺术成就（或艺术风格、艺术特征等）的二分表述，亦即所有能够进入文学史的作家诗人或作品都是有价值的，在文学史上应该享有其地位，无须再就其思想内容和艺术成就另作分别的说明。当然这也意味着在文学作品中，两者是合一的，不能作简单的切分，没有独立于艺术表现的思想内容，也没有离开思想内容的艺术手段。因为在作者看来，"文学便是人类的灵魂，文学发展史便是人类情感与思想发展的历史"[2]。

同时代另外一本同样有影响的著述，林庚的《中国文学史》也如此，将文学的历程比作人类精神和心路的历程，著述将中国文学的发展过程

[1] 刘大杰："新序"，《中国文学发展史》，古典文学出版社，1957 年。

[2] 刘大杰："自序"，《中国文学发展史》，百花文艺出版社，2007 年。

分为四个阶段，即启蒙时代、黄金时代、白银时代和黑夜时代，以此来展开阐述。

朱自清在1947年为此所作的序中说道：“林静希（庚）先生这部《中国文学史》，也着眼在主潮的起伏上。他将文学的发展看作是有生机的，由童年而少年而中年而老；然而文学不止一生，中国文学是可以再生的，他所以用‘文艺曙光’这一章结束全书”。在此序中，朱先生还认为“中国文学史的编著有了四十多年的历史，但是我们的研究实在还在童年”。不过，近二十多年来，“从胡适之先生的著作开始，我们有了几部有独见的《中国文学史》。胡先生的《白话文学史》上卷，着眼在白话正宗的‘活文学’上。郑振铎先生的《插图本中国文学史》，着眼在‘时代与民众’以及外来文学的影响上。这是一方面的进展。刘大杰先生的《中国文学发展史》上卷，着眼在各时代的主潮和主潮所接受的文学以外的种种影响。这是又一方面的发展。这两方面的发展相辅相成，将来是要合而为一的。”[1] 在朱自清看来，胡适、郑振铎和刘大杰、林庚等从不同的几个方面合围而来，将拓展出文学史研究的新方向。

朱自清自然没有料到，若干年后，文学和文学史研究朝着另一个方向，大刀阔斧地前行。

二

将文学作品的思想内容和艺术表现作分别的描述、考察和评判，是无产阶级革命意识形态的产物，这一革命意识形态，从其最初产生到逐

[1] 以上均见朱自清：“朱佩弦先生序”，林庚：《中国文学史》，清华大学出版社，2009年，第1页。

渐成熟、扩展经历了上百年的时间(如由1848年的《共产党宣言》算起),并随着俄国苏维埃革命政权的建立,达到了空前的强化。这从列宁的一系列相关著作中可以得到印证。列宁在1913年关于《民族问题的批评》一文中,提出了"两种民族文化"的理论,即"每个民族文化里面,都有一些哪怕是还不大发达的民主主义和社会主义的文化成分,因为每个民族里面都有劳动群众和被剥削群众,他们的生活条件必然会产生民主主义的和社会主义的思想体系。但是每个民族里面也都有资产阶级的文化(大多数的民族里还有黑帮和教权派的文化),而且这不仅是一些'成分',而是占统治地位的文化"[1]。因此列宁说,"每一个现代民族中,都有两个民族。每一种民族文化中,都有两种民族文化。有普利什凯维奇,古契柯夫和司徒卢威之流的大俄罗斯文化,但是也有以车尔尼雪夫斯基和普列汉诺夫为代表的大俄罗斯文化。乌克兰也有这样两种文化,正如德国、法国、英国和犹太人有两种文化一样。如果多数乌克兰工人处在大俄罗斯文化的影响下,那我们就会肯定的知道,除了大俄罗斯神甫和资产阶级的文化思想外,起作用的还有大俄罗斯的民主派和社会民主派的思想。"[2] 列宁反对在一般意义上提"民族文化",因为,在他看来在旧政权统治下,"民族文化一般说来是地主、神甫、资产阶级的文化"[3]。所以他所提出的两种民族文化理论,在某种意义上也就是提出两种阶级的文化。虽然,七年之后,在苏维埃掌权的全俄无产阶级文化协会第一次代表大会的决议中,列宁反对无产阶级"臆造自己的特殊文化",强调"马克思主义这一革命无产阶级的思想体系赢得了世界历史

[1] 转引自中国社会科学院文学研究所文艺理论研究室编:《列宁论文学与艺术》,人民文学出版社,1983年,第84页。

[2] 同上书,第87页。

[3] 同上书,第84页。

性的意义，是因为它没有抛弃资产阶级时代最宝贵的成就，相反地却吸收和改造了两千年来人类思想和文化发展中一切有价值的东西”。[1] 但是其后的俄罗斯无产阶级作家联合会（即“拉普”）在其宣言中仍声称“无产阶级文学是同资产阶级文学相对立的，是它的对立面。注定要与其阶级一起灭亡的资产阶级文学脱离生活，逃到神秘主义，‘纯艺术’的领域里去，把形式当作目的本身等等，以此掩盖自己的本质。相反，无产阶级文学则把革命的马克思主义世界观作为创作基础，把当代的现实生活（无产阶级就是这个生活的创造者），把无产阶级过去生活和斗争的革命浪漫精神以及它在未来可能取得的胜利作为创作材料”[2]。“拉普”的作家们不但倡导无产阶级文学，并且将传统的艺术形式或“纯艺术”看作资产阶级的专利，于是艺术手段和政治内容有了分离。

具体到中国文学，有关文学和艺术的二分标准，是毛泽东 1942 年《在延安文艺座谈会上的讲话》中提出的，即文学艺术作品的政治标准和艺术标准，并认为：“各个阶级社会中的各个阶级都有不同的政治标准和艺术标准。但是任何阶级社会中的任何阶级，总是以政治标准放在第一位，以艺术标准放在第二位的。”[3] 这一两分标准的提出是无产阶级革命意识形态运作的结果，是某种原则，也是一种策略，以解决评价文学或艺术作品时所遇到的尴尬，特别是对传统文化和艺术作品的评价问题。在这一标准提出以前，激进的革命思潮具有否定一切传统文化和一切革命性不那么鲜明的文学的倾向。如后期创造社和太阳社的革命文艺家们受到“拉普”的影响，以开创和发展无产阶级革命文学为己任，

[1] 转引自中国社会科学院文学研究所文艺理论研究室编：《列宁论文学与艺术》，人民文学出版社，1983 年，第 120 页。

[2] 《“拉普”资料汇编》（上），中国社会科学出版社，1981 年，第 3 页。

[3] 《毛泽东文艺论集》，中央文献出版社，2002 年，第 73 页。

认为"艺术是阶级对立的强有力的武器"[1]，因此衡量一部作品的价值要"依是否有利于无产阶级解放运动为标准"[2]，至于那些脱离革命文学的作家，那些只强调艺术性的作家们，只不过是"一贯的发展着资产阶级个人主义的意识形态"[3]而已。在这些年轻的革命文艺家眼里，革命的政治和旧艺术是有些对立的，他们很有些看不起那些只关注艺术技巧"工拙"的小资产阶级艺术家与旧文化人，那些"短视的作家与批评家他们是始终在个人主义思潮底下生活着的，他们所看到的只是要求个人的自由，和各个人的个性的发展，他们是不懂得什么叫文学的社会的使命的，他们没有想到文学给予社会的影响的，虽然偶尔也有少数人跑出来说一两回文学与社会，但等到他们去创作的时候，这种思想早被他们的实际材料挤出脑外去了，仍然不免走上为艺术而艺术的路"[4]。故而这些革命文艺家们提出"把属于艺术性的东西'让给昨日的文学家去努力'"[5]。那些"昨日的艺术家"不仅是指地主资产阶级旧文化人，可能还包括鲁迅，也包括如冰心、巴金、老舍、沈从文等，因为太阳社的批评家钱杏邨，就将鲁迅看作"时代的落伍者"，称"鲁迅的出路只有坟墓"。[6]他们这样做，并不担心这种激进的扫荡行为会导致文学的衰落。因为"文学是永远革命的，真正的文学只有革命的一种，所以真

---

[1] 冯乃超：《冷静的头脑》，载《创造月刊》第2卷第1期，1928年8月10日。转引自陈安湖主编：《中国现代文学社团流派史》，华中师范大学出版社，1997年，第233页。

[2] 李初梨：《普罗列塔利亚文艺批评标准》，载《我们》第2期。转引自陈青生：《创造社记程》，上海科学出版社，1989年，第171页。

[3] 钱杏邨语，转引自陈安湖主编：《中国现代文学社团流派史》，华中师范大学出版社，1997年，第251页。

[4] 钱杏邨：《蒋光慈与革命文学》，转自《蒋光慈研究资料》，宁夏人民出版社，1983年，第268页。

[5] 忻启介：《无产阶级艺术论》，载《流沙》第4期，1928年5月1日。转引自陈安湖主编：《中国现代社团流派史》，华中师范大学出版社，1997年，第251页。

[6] 同上。

正的文学，永远是革命的前驱，而革命的时候，总会有一个文学的黄金时代出现”[1]。

这里之所以说1940年代在延安提出的二分标准是一种策略，是因为在作为政治家的毛泽东那里，政治标准是根本的标准，艺术标准只有在为政治服务时才起作用，所以才有政治标准第一，艺术标准第二之说，然而所谓艺术标准，不是指独立于政治之外的另一套标准，而是指在政治正确的前提下，艺术表现力的高低而言。所以在同一篇讲话中，有“内容愈反动的作品而又愈带艺术性，就愈能毒害人民，就愈应该排斥”[2]的说法，在三四十年代，无产阶级革命要取得胜利必须团结一切可以团结的力量。因此在1920年代末，像后期创造社、太阳社等激进的文学观，将无产阶级政治立场作为评判艺术的唯一标准，后来在左联时期就得到了一定的纠正。在抗日战争期间的延安，需要团结一切可能团结的文化人，更不会只用一种政治标准来衡量所有的作品。待到1966年“文化大革命”前后，就不需要这一策略了，在与传统作彻底决裂的名义下，所谓的艺术标准就无足轻重了，或者说不存在离开政治标准的艺术标准。

然而就1942年而言，艺术标准的提出，毕竟表示了对艺术独立于政治意识形态的某种承认，这对接纳大量受传统文化教育和西方文化或艺术教育的知识分子，有团结的作用。

其实当政治标准和艺术标准并提时，尽管将艺术标准放在第二位，还是不能忽略其中的内在矛盾，即如果某一部作品不符合政治标准时，所谓的艺术标准还有没有意义？如果没有意义，那所谓艺术标准仍然是

[1] 王哲甫：《中国新文学运动史》，杰成印书局，1933年9月；上海书店印影本，1986年，第83页。

[2] 《毛泽东文艺论集》，中央文献出版社，2002年，第74页。

不成其为标准，如果有意义，那么当第二位的艺术标准与第一位政治标准产生冲突时，艺术标准起什么作用？符合艺术标准的文学作品能否为其不符合政治标准而获得某些谅解或豁免？

实际上，政治标准往往对政治倾向强烈的作品有评判作用，在对古今中外的文学作品，特别是大量的古典文学作品的阐释中，以某种政治标准或革命意识形态来衡量，显然生硬。这样一个评判框架也过于简单化，所以就有了思想内容和艺术成就这样的二分阐释模式， 这是政治标准和艺术标准的一种相应转换，从容量上说，它比前者来得宽广，另外从文艺作品是社会生活的反映这一立场出发，这一二分模式也有其逻辑根据。

从现有材料看，文学史研究的这种思想内容和艺术成就二分的体例，是由北京大学中文系 1955 级学生们编撰的《中国文学史》大面积推开的[1]，这本被人们称之为"红皮本"的中国文学史，不仅因其封皮是紫红色的，还因为当时意气风发的青年学生要"把红旗插上中国文学史的阵地"[2]，而红在囊子里。在这些年轻学子看来，由于封建学者和资产阶级学者"历史的、阶级的局限性，并没有写出一部真正科学的文学史"，所以"我们再不能沉默了，我们要在党的正确领导下，谈出我们的看法，向资产阶级学术思想展开不调和的斗争……"[3] 所谓资产阶级的学术思想或者说资产阶级学者的主要错误是"竭力抹煞文学的阶级性，或者是无视作家的阶级地位，把他们和人民等同起来；或者是把文学作品所反映的具体内容抽象化，把它打扮成似乎是人民的普遍的

[1] 见人民文学出版社 1959 年出版的《中国文学史》，由北京大学中文系文学专门化 1955 级集体编著。

[2] 转引自戴燕：《文学史的权力》，北京大学出版社，2002 年，第 199 页。

[3] 北京大学中文系文学专门化 1955 级："前言"，《中国文学史》，人民文学出版社，1958 年，第 2 页。

东西”。这样“离开了阶级观点，抛弃阶级分析的方法，就不能认识文学的本质”[1]。因此，北大的年轻学子要自己动手，并按照政治标准第一，艺术标准第二的原则，写出一部立足于马列主义思想立场，以无产阶级文艺理论为指导的文学史来。

正是出于这一目的，该文学史要将文学作品的政治内容或思想内容凸显出来，并加以分析和评判，因为在编撰者们看来，马列主义最基本的批评立场和批评方法就是反映论的立场和方法，即认为“文学总是一定阶级意识的反映，是为一定阶级利益服务的，它只能是阶级斗争的工具”[2]，如果回避这一立场和方法，不讨论作品具体的题材内容，不从作品对社会生活的反映，对阶级状况的描述入手，而大谈所谓艺术的“境界”和“格调”，则是将艺术同内容割裂开来，这样就无法认清文学的本质问题。以往的文学史之所以只关注文学形式，抽掉文学的阶级内容，是由于编撰者的“资产阶级的反动立场，使他们不敢正视文学的政治内容；资产阶级腐朽的享乐主义文学观也使他们沉湎于所谓‘纯艺术性’中”[3]不能自拔，因此，必须重起炉灶，写出一部“区别于一切资产阶级学者的文学史”来[4]。

由此，我们看到在“红皮本”文学史中，思想内容和艺术成就的两分观念因时而生，并贯穿于整部著述之中，尽管在各个章节中措辞有不同，但是基本的分析模式大致相同。在文学史的起始《诗经》中，就有“周代民歌的思想性”和“周代民歌的艺术性”这样的提法；在《楚辞》中亦如此，在有关屈原一章中，将“屈原作品的思想性”和“屈原作品

---

[1] 北京大学中文系文学专门化1955级：“前言”，《中国文学史》，人民文学出版社，1959年，第6页。

[2] 同上书，第6页。

[3] 同上书，第7页。

[4] 同上书，第9页。

的艺术性”作分别的论述；在汉代民歌这一章中，则有“两汉民歌的思想内容”和“两汉民歌的艺术成就”的对举（“思想内容”和“艺术成就”这两个概念的对举，在日后的许多文学史中被更多地予以采纳，一直延续到今天）。当然，最能体现文学反映论思想的是长篇小说批评，因此在明清小说中，这一分析模式得到了充分的发挥，关于中国四大古典名著的论述，均按照此套路进行，如“三国演义的社会意义”和“三国演义的艺术成就”；水浒传的“光辉的思想内容”和“卓越的艺术成就”；“西游记的现实意义”和“西游记的艺术成就”；“红楼梦的思想内容既人物形象”和“红楼梦的艺术性”等，由此，这一二分模式遂成为文学史撰写中的新八股。

前文已经提到，在北京大学1955级学生集体编撰的《中国文学史》于1958年出版之前，已经有一些学者在文学史某些章节的撰述中使用了思想性和艺术性的两分阐释方式，但是这只是编写方法上的一种尝试或选择，并无政治立场上或思想意识上的正确与错误的区分。北大的“红皮本”文学史，将这一体例提升为政治正确的范本，于是就使该模式成为半个世纪以来《中国文学史》的通行体例。另外，在这背后还应该看到当时苏联的文艺思想的巨大影响。1954年至1955年，苏联专家毕达可夫在北京大学开课，在其讲义中，将作品的主题和思想性作为文学作品的基本构成要素来看待，而作品的艺术性和形象性则作为“文学的一般学说”中的基本特质来处理，也给了两分阐释模式提供了思想资源。[1] 笔者本以为，苏联文学史也会有这一阐释模式，从而影响了那个年代的中国学生。然而，其时由季莫菲耶夫编著的《苏联文学史》却不是这样的写法，即在具体的作品分析中要灵活得多。这似乎表明，

[1]　参见［苏］毕达可夫：《文艺学引论》，高等教育出版社，1958年。

思想内容和艺术成就的两分阐释模式基本是中国特色的文学史的写作套路。

今天来看，该“红皮本”文学史作为思想和批判运动的产物，不再引起文学史研究者更多的兴趣，该文学史在对许多文学作品的阐释中无视文学本身的特性，将阶级立场作为分析文学作品的首要依据，也显得荒唐。另外，它在许多方面的提法过于偏颇，对一些作品的评价简单、生硬，对前辈文学史研究者如林庚和刘大杰等的批判，过于粗暴等，也记录了一个时代的学术生态。但是颇有意味的是，其关于思想内容和艺术成就两分的编写体例，却保留下来了，成为文学史研究过程中非常流行的或者说通行的观念，成为文学史研究的一种新模式。

后来的文学史研究者、撰写者在套用这个模式时，看似自然而然，水到渠成，却忽略了半个世纪前有过的惊心动魄的思想改造运动。虽然当年那场“插红旗，拔白旗”的激烈斗争早已不见，简单地用阶级和阶级斗争的立场、观点来分析文学作品的批评方式也不时兴了，并被遗弃，但是一个时代在思想观念上留下的印迹却是那样地深刻，以致成为半个世纪来中国文学史写作的通行模式。

三

这里，为了更清晰地呈现文学史研究观念的这一重大转变，有必要对某些个案作略微细致一些的考察。

以个案为例，著名文学史家刘大杰是很有代表意义的人物，用五六十年代惯用的文学术语来说，刘大杰是一个典型。

刘大杰的《中国文学发展史》，在学界的口碑很好，笔者听不少前辈师长和学人对《中国文学发展史》褒奖有加，该部著作有不少版本，除了最初由中华书局出版的《中国文学发展史》，该著作还在1957年、1962年和1970年代作了三次修订和出版。第三次修订是指由上海人民出版社的《中国文学发展史》第一卷（1973年）和第二卷（1976年）。除最后的"文革"期间的修订版，对于前几个版本的评价各有不同，有的认为1949年版的质量较高，也有的认为1962年修订版内容更加扎实，更加缜密，如骆玉明在肯定了1949年版的不羁的才情，"自由飞扬"的文笔的同时，认为1962年的修订版"结构更加完整，原有的缺漏、疏忽得到弥补，叙述变得较为严谨和规范"。虽然与初版本相比，修订版中"自由挥洒、无所顾忌的言论减少了"，但"就知识性、学术性来说，还是比前者显得成熟和老练"。并且"比起在前后多种集体编写的《中国文学史》，刘先生的书仍然是最漂亮、最具有才华和最能显示个性的一种"。[1]而另有研究者虽然"不准备简单地把三次修订作为某种'倒退'来描述"[2]，但是认为，"刘著文学史的三次修订便是一步一步由人文性叙述文本变成僵化的理念文本的过程"[3]。还有的研究者认为"两次修订本相比初版，则是有退有进的，退的是对时事的妥协和个性的逊让，进则在于许多方面的叙述更趋完整和准确"[4]。

而本文所关注的是，思想内容和艺术成就的二分观念是怎样一步一步地进入到刘大杰的《中国文学发展史》之中的，这是一个漫长的转变过程，从初版的1949年一直延续到1976年，在27年的过程中，研究观

[1] 刘大杰："前言"，《中国文学发展史》，复旦大学出版社，2011年，第5—6页。

[2] 贾毅君：《文学史的写作类型与文本性质》，载《天津大学学报》（社科版），第3卷第3期，2001年9月，第207页。

[3] 同上书，第213页。

[4] 陈尚君：《写在刘大杰〈中国文学发展史〉初版重印之际》，见刘大杰：《中国文学发展史》，百花文艺出版社，2007年，第629页。

念的变化是比较复杂的，有反复，有深化，也有紧跟时势的情形。

这里观念的转变，既有自然演变，即随着学识的增长和人生经历的丰富，转化为深邃的学术洞见，也有迫于外界形势，为适应形势而改变，或者说先是被迫，后来慢慢就接受。当然作为一个治学严谨的研究者，即便是迫于形势，也是在努力适应和消化之后，作出相对审慎的反应，除了1970年代版，因为受“文革”思潮影响较大，较多地增加了阶级论和儒法斗争的内容，不被学界所认同，缘由“是外来压力作用的结果，它显然不能代表刘先生对中国文学的真实看法”[1]，据说“刘先生在去世前对此也‘感到十分痛苦和遗憾’”[2]。

学界主要是以1949年和1962年的修订版本来作比较，其中也涉及1957年的版本。而认真翻检这两个修订版，会发现从内容上说，1962年版文学史最为丰富，而在思想观念上和阐释框架上，1957年版的转变才是关键。

而本章所关注的所谓思想和艺术两分模式也是在刘大杰1957年版的文学发展史中就出现的，这一点最明显的转变体现在小标题和目录中。在1957年的版本中，按照作者自己的说法，缘于“教书很忙”“没有充裕的时间”来作较大的修订工作，因此“只做了一些收集材料和分期分章的准备工作”，“只在文字上作了些改动，体制内容，仍如旧书”。[3]

在体制内容基本不变的情况下，文字作了哪些改动呢？从小标题看，最明显的改动是关于思想和艺术的二分原则，例如屈原，初版本中

[1] 刘大杰：“前言”，《中国文学发展史》（上卷），复旦大学出版社，2011年，第3页。

[2] 陈尚君：《写在刘大杰〈中国文学发展史〉初版重印之际》，见刘大杰：《中国文学发展史》，百花文艺出版社，2007年，第629页。

[3] 刘大杰：“新序”，《中国文学发展史》（上卷），古典文学出版社，1957年，第1页。

只有“屈原及其作品”一节，在1957年版本中增加了“屈原文学的思想与艺术”一节，既然有思想和艺术之分，那么有关思想内容不能不概括成以下几个方面，即“爱国精神的发扬”“强烈的政治倾向”和“不屈不挠的斗争精神”等。[1]

在“汉代的诗歌”一章中，在整体大致不变的情形下，最后加了结语部分，在这一部分中，最主要的是强调了汉代乐府歌辞和古诗的某些思想内容：“在那些诗篇里，我们看见了男女恋爱的歌唱，豪强恶霸对于人民的压迫，封建制度下的婚姻悲剧，战争的苦痛，妻离子散的别情，孤儿寡妇的悲惨生活，中下层知识分子的苦闷，都能生动地形象地表现出来，这种现实主义精神和富于人民性反抗性的思想内容，不仅是继承了诗经的优良传统，并且创造性地发展了这种优良传统。这对于后代诗人发生很大的教育意义与启发作用。”[2] 虽然在前面的若干小节中，这些内容已经分别作了表述，但是为了体现修订原则，作者在这里作了集中的总结。因此，结语中的这段话，也可以看作作者“对马克思列宁主义的初步学习”[3] 所取得的成果。

当然，说是“文字改动”，其实并不是只在已有章节的基础上增增减减，也增加了一些全新的内容，例如初版中没有司马迁，也许是当初作者并没有把《史记》看成是文学作品的缘故，因此在1957年版中新增了“司马迁与史传文学”整整一章，其中“史记的史学价值”与“史记的文学成就”两节的分设，某种意义上也可以看成是思想内容与艺术成就这一模式的运用。

应该说，1957年版的《中国文学发展史》虽然按作者自述，在整体

[1] 刘大杰：《中国文学发展史》（上卷），古典文学出版社，1957年，第105—107页。

[2] 同上书，第225页。

[3] 同上书，第1页。

上改动不大，但是在不少章节中，已经试图将思想性和艺术性的二分原则融入其论述框架，并将阶级分析方法运用到作品阐释之中，为1962年“正式重写”文学史作了观念上的准备。

然而，在1962年版文学史中，人们会发现，作者并没有继续将这一思想内容和艺术成就二分的阐释模式加以推广，而是试图寻找新的思想与艺术相结合的阐释视角来解读作品（当然，1962年版的文学史，最大的修订是在内容的扩充上，特别是清代部分，据统计，该部分由初版的5万余字，到1957年的8万多字，又到1962年的20余万字[1]）。

作为有个性、有独立见解和学术洞见的作者，刘大杰不愿意按当时通行的思想内容和艺术成就这种二分模式来阐释文学作品（可与当时科学院文学所编写的《中国文学史》，或者与稍后的游国恩等主编的《中国文学史》相比较）。因此，他试图从艺术和现实生活之间的关系来展开论述，即思想内容和艺术成就不能简单地作二分，这样既符合他的学术立场，也与他1949年版的《中国文学发展史》的基本思路相吻合。

即以《红楼梦》为例，作者在“曹雪芹与红楼梦”一节的修订中，将初版的“《红楼梦》的文学价值”作了较多的扩充。首先从文学对现实生活的反映入手，强调《红楼梦》的巨大成就，“是在这家谱式的小说里，大胆揭露了君权时代外戚贵族的荒淫腐朽的生活，指出他们种种虚伪、欺诈、贪心、腐朽、压迫和剥削以及心灵与道德的堕落”[2]。为此，作者特地增加了“《红楼梦》的现实主义艺术特色”的阐述，认为小说的现实主义内容“是在于真实地反映了农民地主的阶级矛盾和善于

[1] 陈尚君：《写在〈中国文学发展史〉初版重印之际》，见刘大杰：《中国文学发展史》，百花文艺出版社，2007年，第630页。

[2] 刘大杰：《中国文学发展史》（下卷），复旦大学出版社，2011年，第322页。

分析、表现家族内部的矛盾，善于描绘人物的典型性格”[1]。其实，在《红楼梦》中，有关农民和地主阶级的矛盾的描写并不突出，曹雪芹主要是写荣宁二府的兴衰史和贵族地主阶级的生活百态，作者也清楚这一点，所以接下来，其展开的落脚点则在小说所反映的地主阶级内部的矛盾上，认为好的文学作品就是要将生活中的矛盾集中展示出来，并且要做到既深刻又典型，故在《红楼梦》中，“母子、父子、夫妇、兄弟、姊妹、妻妾、主仆、丫头与丫头，无处不显示着矛盾与冲突，演成无数的葛藤，无数的对立，围绕着纠缠着那一家族的各种人物，有的是追求功名，有的是维护名教，有的为了爱情，有的为了钱财，有的是争权夺势，有的是争情夺爱。真是千头万绪，曲折回旋，曹雪芹都把它们安排得条理分明，描写得入情入理”[2]。

刘大杰认为，这部伟大作品丰富而深刻的内容就是在现实主义创作过程中得到体现的，由此，必须通过艺术表现手段来加以阐发。既然在许多研究中，认为《红楼梦》是“高度的思想性和艺术性的统一”[3]的伟大作品，那么就要从两者高度统一的方面着手，即必须从艺术角度和文学结构上来体悟其深刻的内涵，而不必将思想性和艺术性作分隔论述。

刘大杰在1962年版文学史的修订过程中一方面大大增加了文学作品对现实生活的揭示和所展露的社会生活内容上的阐释，即从文学反映论角度来读解作品，另一方面又拒绝在阐释体例上继续将作品的思想内容和艺术成就作分别描述（作者并没有在1957年版文学发展史的基础上，将这二分模式进一步普泛化）。这里既体现了作者的个性，也表现出他独立的学术人格。当然，形势比人强，随着一波又一波的政治运动

---

[1] 刘大杰：《中国文学发展史》（下卷），复旦大学出版社，2011年，第326页。

[2] 同上。

[3] 见刘大杰：《中国文学发展史》（下册），上海人民出版社，1973年，第390页。

浪潮，在1970年代版的文学发展史中，还是没有逃脱用思想内容和艺术成就的二分模式来改写文学史的命运。

在各个版次的文学发展史中，最能清晰反映刘大杰文学史修订思路轨迹的，还是在对诗人李白的论述和阐发上，即每一次修订，这位浪漫派大诗人就向社会现实靠拢一步。

在初版（1949年）的文学发展史中，诗人李白是作为浪漫派的伟大代表而获得其文学史地位的。所以有关诗人的这一章节的题目就是“浪漫诗的产生与全盛”“浪漫派的代表诗人李白”，作者认为在浪漫文学的传统中，“无论在诗的体裁，内容或其作品的风格上，兼有王、孟、岑、高二派之长，集浪漫文学的大成，使这一派的作品呈现着空前的光彩”的，非诗仙李白莫属。“前人加于诗歌上面的种种格律，都被他的天才击得粉碎。在中国过去的诗人内，从没有一个有他这么大胆的勇气和创造性的破坏。在他的眼里，任何规律，任何传统和法则，都变成地上的灰尘，在他天才的力量下屈服了。他是当代浪漫生活、浪漫思想、浪漫文学的总代表。”[1]当然，李白的意义和价值，还在于和杜甫的写实主义的“社会诗”的对照上，作者认为李白和杜甫在诗风上“是形成两个绝不相容的极端”[2]，“杜甫要把诗歌来表现实际的社会人生，一扫宫体诗人所歌咏的色情，与浪漫诗人所憧憬的神奇与超越，他的取材，是政治的兴亡，社会的杂乱，饥饿贫穷的苦痛，战事徭役的罪恶，都是黑暗的暴露与同情的表现。因为如此，他的作品变成了历史，变成了时代的镜子”[3]。而李白“是一个彻底的纵欲享乐者，他对于过去未来全不关心，只追求现世的快乐与官能的满足”，最后作者还引用宋人罗大经

[1] 刘大杰：《中国文学发展史》，百花文艺出版社，2007年，第240页。

[2] 同上书，第247页。

[3] 同上书，第248页。

的话作归结："李太白当王室多难，海宇横溃之日，作为诗歌，不过豪侠使气，狂醉于花月之间耳。社稷苍生，曾不系其心膂。其视杜陵之忧国忧民，岂可同年语哉。"[1]

然而，1950年代后，浪漫主义大诗人李白不能再一味浪漫下去了，再伟大的诗人也必须以对社会现实生活的反映来证明自己的价值。故刘大杰在1957年版的文学发展史中，首先在标题上去除了"浪漫"两字，相关章节由原先的"浪漫诗的产生与全盛"和"浪漫派的代表诗人李白"，改成了"李白与盛唐诗人"和"李白的生平及其作品"。在内容上特地增加了"李白诗歌的现实意义"一小节，作者似有辩解地写道，将屈原和李白作为中国古代积极浪漫主义诗歌的双绝，"并不是否定李白诗歌的现实意义"，认为李白诗歌重要内容和现实意义之一，"是善于描写和歌咏祖国的山河"，"他以多种多样的表现方法，以强烈的吸引人的艺术力量，对于祖国雄奇壮丽的清绝明秀的山河景色，作出了精美无比的描绘与歌咏，使读者发生热爱祖国江山的高超感情"。在这里，刘大杰将"浪漫派"改成"积极浪漫主义"，讲诗作能激发读者爱国主义精神等，均包括在现实意义里面了。而另一重现实意义则落在"李白的古风、乐府一类的诗篇里"，因为在那里"也有直接反映人民生活，批判黑暗政治，揭露权贵荒淫的作品，这些作品数量虽不多，但是不能忽略的"。[2]

为了说明那些数量不多，却"不容忽略"的现实主义作品的意义，作者增加了若干内容，如从李白的古风和乐府中各选取了一首诗（《古风》二十四和《战城南》）录于文中，并作了相关的阐释："前一首谴责太监权贵们的荒淫横暴，后一首表现了非战思想。"接着又引申道："再如《古风》十四、十九、三十四等篇，是指责征吐蕃、征南诏的战争和

[1]　刘大杰：《中国文学发展史》，百花文艺出版社，2007年，第246页。

[2]　刘大杰：《中国文学发展史》（中卷），复旦大学出版社，2011年，第77页。

反映安禄山之变乱的。再如《丁都护歌》的写船夫，《宿五松山下荀媪家》的写农妇，《江夏行》的写商妇，在一定程度上，反映出劳动人民辛勤的生活面貌，都是值得注意的作品。”[1]

在1962年的修订版中，还是在“李白诗歌的现实意义”一小节，为了补充1957年版的阐释不足，又添加了《苏武》《经下邳圯桥怀张子房》《寄东鲁二稚子》等诗歌的现实意义的阐释，当然只是增加了少量文字，正如前文所述，1957年版文学发展史已经在观念上完成了基本转变，故除了一些字句，没有大的改动。

接下来，在1970年代的修订版中，我们能看到政治浪潮和思想改造运动的威力，在那里浪漫派大诗人的面目发生了极大的改变。在这最后一次修订过程中，作者大大地扩充了篇幅，李白和许多唐代诗人均由专节改为专章。大量的阶级分析进入了文学史，尤其是有关儒法斗争的内容，这里不准备将这种政治干预文学研究的情形展开论述，只需将小标题列出，就一目了然。在有关这位伟大诗人的一章中“李白的阶级地位与诗歌艺术”成为题目，还专有一小节是“李白的阶级地位”，而浪漫主义诗人李白同时成为一个“批判儒家，推尊法家”的政治路线正确的诗人。当然，李白也确似有这方面的诗作内容，如：“我本楚狂人，凤歌笑孔丘”“余为楚壮士，不是鲁诸生”等，这些豪放不羁的诗句本来是展示这位诗人浪漫情怀的，现在则成了批儒崇法的呈堂证据。

也就是在这一章中，我们看到了刘大杰抵制许久，不肯轻易套用的二分模式：“李白诗歌的思想内容”和“李白诗歌的艺术特色”终于显现。[2]这里，二分模式不是一个阐释路径问题，而成为一种政治标准了。

---

[1] 以上均见刘大杰：《中国文学发展史》（中卷），古典文学出版社，1958年，第105—107页。

[2] 见刘大杰：《中国文学发展史》（二），目录，上海人民出版社，1976年。

后　记

写作本书的缘起，是出于对本质论文学史写作观的质疑，即当胡适在其《白话文学史》中，将文学分成活的文学与死文学，并派定只有每个时代的白话文学才值得载入史册，似开启了现代中国文学史的本质论写作的先河。20 世纪 50 年代，胡适的思想虽然在中国大陆受到严厉的批判，但是我国的文学史写作却固守本质论话语，将色彩斑驳的文学现象还原成某种特定本质的反映或表现，这样一来，许多丰富的文学材料只能以某种单一的面目出现在相关的描述中，殊为可叹。

以本质论话语来书写文学史，有时代的缘由，有其哲学和意识形态上的缘由，也有功用上和操作上的便利。可以说，现代意义上的历史著述，往往要坚持某种鲜明的立场，否则面对汗牛充栋的史料典籍，实在难以取舍。

中华文明不仅历史悠久，而且一些历史资料尚保存完好，类似的文学史早已有之，《汉书·艺文志》和《隋书·经籍志》等就是早期某种意义上的文学史或出版史。钟嵘的《诗品》亦可作为断代的五言诗歌史来读，当然还有《文苑英华》等大量文学史料可供爬罗剔抉，因此，依傍某种文学观念及与之相应的阐释话语，也是文学史得以展开的必由路径。

从学理逻辑上讲，秉持某种文学观念，必然要运用与这一文学观相应的一整套阐释话语，这样才能使得作者的意图得到贯彻。但是实际情形却未必，许多文学史作者在处理具体的史料过程中，并不一以贯之，即其具体运用的阐释话语与自己所申明的文学观未见得契合， 这不仅不影响其意图的整体呈现，而且有时还显得更有魅力。我想，这可能是历史大于逻辑的缘故。其实文学史的丰富性，取决于阐释话语的丰富性，每一种文学观念与阐释话语的出现，都使得文学作品绽放出更绚烂的色彩，如郑振铎《插图本中国文学史》和早期的刘大杰的《中国文学发展史》就是因为同时运用多种阐释话语而大放光彩，得到学界的广泛认可。相反，过于严格的依照某种观念来展开文学史，尽管卷册繁多，也往往显得寡薄。幸好 21 世纪以来新出版的一些文学史，采纳了多种不同文学阐释话语来处理丰厚的史料，使得后生学子能从中窥见我国古代文学的灿烂辉煌。

此书由于从文学观念的演变着眼，在表述上颇为曲折，且费斟酌，但是得到童庆炳老师的指点和肯定，尤获助力。同时在一些内容上和李春青等学兄有所切磋，也有所得益。另外，在资料的搜集上得到师友和同事的襄助，在此一并表示由衷的感谢。可惜童老师已经仙逝，不能检察此书的得失，深为遗憾。

感谢陈丹晨先生在耄耋之年为本书作序。感谢张文礼在编辑和出版过程中付出的心血，他认为，虽然早先出版的这些文学史著作大都用的是 2000 年以后的新版本，但是对刘大杰的《中国文学发展史》要作一些特别的说明，此言甚是。因为刘大杰先生的文学史前后修改过三个版本，有 1957 年版，1962 年版，还有“文革”期间的修改本。情形有些特殊，容易混淆。他最初的 1940 年代出版的《中国文学发展史》，我用的是天津百花文艺出版社 2007 年的版本，应予以说明。21 世纪以来，以往民国年间的中国文学史和讲义翻印出版多多，翻检之下，让人感怀颇深。

本书是教育部人文社会科学研究基地文艺学研究中心的重大项目“中国文学史研究观念的演变和20世纪批评的转型”成果的前半部分。特此说明。

2018年11月 于上海